KB209186

원더풀 라이프

고레에다 히로카즈 장편소설 | 송태욱 옮김

서커스

원더풀 라이프

작가의 말

소설 『원더풀 라이프』는 같은 이름의 영화가 기본이지만, 단지 영상을 문자로 옮겨놓은 것은 아닙니다. 각본에 살을 붙여 부풀린 것도 아닙니다. 이번에 제가 하고 싶었던 것은 영상을 활자로 정착시키는 것이 아니라 영화라는 형태로 일단 부풀어 오른 『원더풀 라이프』의 모티프를 활자라는 영역으로 다시 해방시키는 것이었습니다. 그러므로 독자 여러분께서는 이 소설을 그 자체로 독립된 작품으로 읽어주셨으면 합니다.

텔레비전에서 다큐멘터리 프로그램을 만들 때는 취재 대상을 2인칭이나 3인칭으로 그립니다. 상대의 내면으로 파고들어 감정이입을 하거나 1인칭 내레이션으로 심리묘사를 하는 걸 저는 가능한 한 피해왔습니다. 다시 말해 '당신은 내가 아니다'라는 인식이 제 연출의 기본 자세였습니다. 카메라가 피사체와 거리를 유지함으로써 비로소 초점이 맞고 필름 위에 상을 맺는 것처럼 말이지요. 타자를 그린다는 것은 그런 일이라고 생각해왔습니다.

이에 반해 픽션이라는 것은 등장인물의 내면으로 자유롭게 시점을 옮길 수 있습니다. 심리묘사를 쭉 써서 늘어놓는 것만으로 책 한 권을 쓸 수도 있습니다. 즉 '당신은 나다'라는 신의 시점을 포함한 묘사의 자유로움을 획득하는 것이 픽션을 픽션이게 하는 특징이라고 할 수 있습니다. 서스펜스나 호러 영화는 대부분 관객의 시점을 피해자 1인칭에 겹쳐 그림으로써 픽션으로서의 공포를 성립시킨다는 데서도 그것은 명백할 겁니다.

저는 픽션이라는 장르이기는 하지만 영화에서는 가능한 한 심리묘사를 피하려고 합니다. 지금 단계에서 그것이 얼마나 성공하고 있는지 어떤지는 불안합니다만, 픽션을 다큐멘터리처럼 찍는다는 것이 연출할 때의 제 콘셉트였습니다. 그것이 사람의 행위를 그리는 영화의 독자성을 제 나름대로 모색해나가기 위한 첫 걸음이라고 생각했기 때문입니다.

이번에 저는 일단 이 족쇄를 치우고 붓이 가는 대로 등장인물의 내면으로 파고들어 심리묘사를 했습니다. 이는 신선하고 즐거운 작업임과 동시에 위험하고 매혹적인 마약 같은 것이라고 생각했습니다. 이런 당연한 말을 굳이 여기에 쓰는 것은, 이번에 처음으로 소설이라는 것을 쓰면서 영상과 활자라는 차이를 넘어 다큐멘터리와 픽션이라는, 작품을 그리는 두 가지 태도(장르가 아니라)의 차이를 몸소 실감할 수 있었기 때문입니다. 이는 앞으로 저의 창작 활동에 큰 도움을 줄 수확이었다고 생각합니다.

제가 머릿속에 그렸던 또 하나의 모티프가 영화라는 구체적인 모습을 얻었고, 또 소설이라는 형태로 새로운 생명을 얻을 수 있었던 것은 많은 사람들의 협력과 노력 덕분입니다. '저자의 말'에 협력자의 이름과 감사의 말을 쓰는 것은 너무나도 당연한 것 같아 처음에는 피하려고 했습니다. 하지만 이렇게 원고가 완성되고 보니 응원하고 격려해준 사람들의 이름을 여기에 적지 않을 수 없는 저자의 마음이라는 것도 역시 몸소 실감할 수 있었습니다.

우선 저의 졸렬한 각본에 자신들의 육체를 제공하고 등장인물에 생명을 불어넣어준 아라타 씨, 오다 에리카 씨를 비롯하여 많은 배우 여러분. 그들의 육체를 경유함으로써 등장인물은 원고지 위에서 한층 생생하게 존재할 수 있었습니다. 그리고 작품 속에 망자로 등장하여 자신들의 추억을 말해준 일반 사람들. 여러분의 협력이 없었다면 『원더풀 라이프』는 그 매력의 대부분을 잃었을 거라고 생각합니다.

양로원이나 고간지高岩寺를 방문하여 〈추억 하나를 고른다면?〉이라는 가두 인터뷰를 담당해준 연출부와 제작부의 젊은 스태프. 5백 명에 이르는 취재가 작품의 현실감을 높여주었다는 것은 틀림없는 사실입니다.

배우, 일반 사람을 불문하고 그들의 감정을 주시하고 끌어내준 카메라맨 이와자키 유타카 씨와 기술 스태프 여러분. 스태프로서만이 아니라 시설 직원으로 등장해준 이소미 도시히로 씨, 군지 히데오 씨를 비롯한 미술 스태프 여러분들. 천국에 이르기까지의 7일간이라는 실재하지 않는 공간과 시간에 현실성을 부여해준 의상 담당인 야마모토 고이치로 씨와 야마모토 가즈코 씨 부부. 멋진 곡을 작곡하고 연주해준 가사마쓰 야스히로 씨. 저는 그 곡이 눈을 내리게 했다고 남몰래 믿고 있습니다. 하루도 빠지지 않고 촬영장을 찾아주고 모든 사람들을 따뜻하게 지켜봐준 스틸의 스키타 마사요시 씨. 〈환상의 빛〉에 이어 조감독을 맡아준 다카하시 이와오 씨. 현장의 온화한 분위기는 다카하시 씨의 인품에 힘입은 바가 컸습니다.

이 책의 장정을 포함하여 〈원더풀 라이프〉에 관한 모든 광고 미술의 디자인을 담당해준 가사이 가오루 씨와 기시라 마나미 씨를 비롯한 광고제작사 선애드의 여러분. 기획을 하는 단계에서부터 완성할 때까지 강력하게 뒷받침해준 야스다 마사히로 씨, 시게노부 유타카 씨와 엔진필름, 텔레비전맨유니언의 여러분. 무엇보다 텔레비전 다큐멘터리 제작 시절부터 이번 소설 집필에 이르기까지 7년 가까이 저의 멋대로 된 창작에 행동을 같이하며 계속해서 귀중한 조언을 해준 프로듀서 사토 시호 씨. 그리고 이번에 저에게 이 소설 집필을 재촉하고 거듭되는 원고 수정에도 흔쾌히(?) 응해준 하야카와 출판사의 미요시 슈에이 씨와 교열의 세키 요시히코 씨. 그 밖에 많은 관계자 여러분, 이 자리를 빌려 감사하다는 말씀을 드립니다. 정말 감사했습니다.

그리고 잊어서는 안 되는 것이 영화 촬영의 무대가 된 쓰키시마의 수산시험장 터입니다. 곧 해체된다는 이 시설이 그 자신에게 새겨온 70년이라는 세월이 제가 소설을 쓸 때도 많은 영감을 주었습니다.

마지막으로.

『원더풀 라이프』라는 작품에는 제 아버지와 어머니의 모습이 반영되어 있습니다. 특정한 등장인물이라는 이야기가 아닙니다. 두 분이 살아온 시대, 그리고 앞으로 보내게 될 시간에 대한 제 나름의 생각이 이 소설에 담겨 있습니다. 어떤 때는 공감이고 어떤 때는 조심스러운 요망이기도 합니다. 그리고 이 작품에는 12년간 영상 제작 일에 관계해온 저 자신의 모습 또한 반영되어 있습니다. 촬영 현장에서 느낀 고민, 발견, 기쁨…… 그런 저 자신의 희로애락이 이 작품에 담겨 있습니다.

부모님과 떨어져 살게 된 지 10년이 됩니다. 그다지 공유할 수 없었던 지난 10년이라는 시간의 공백을 이 책을 읽음으로써 조금이라도 메울 수 있었으면, 하고 아들은 멋대로 된 생각을 해봅니다.

1999년 2월 16일

고레에다 히로카즈

차례

월요일

Reception

환영

'왼발 발가락 끝이 시리다. 거기만 이불 밖으로 비어져 나와 있을 것이다. 어렸을 때부터 험하게 잔다고 어머니에게 자주 꾸중을 들었다.'

사토나카 시오리는 감각을 잃은 발을 다시 이불 속으로 집어넣고 다른 쪽 발끝으로 싹싹 비벼대며 침대 안에서 살짝 실눈을 떠보았습니다.

아침 햇살이 방 안으로 쏟아져 들어와 흔들흔들 벽에 나른하게 어른거리고 있습니다. 이곳 시설은 3층 건물인데, 전체적으로 아주 낡았습니다. 그렇지 않아도 외풍이 심한데 그녀의 방만은 옥상에 튀어나온 듯 지어진 탓도 있어서 겨울에는 몹시 추웠습니다. 쏟아져 들어온 햇살도 아직은 그다지 자기주장을 시작한 게 아니라서 방 안 공기는 창밖과 마찬가지로 꽁꽁 얼어붙어 있습니다.

그런 탓인지 이불 속이 더욱 따뜻하게 느껴졌습니다. 베개에 희미하게 스며든 자신의 머리카락 냄새를 들이마시며 시오리는 다시 눈을 떴습니다. 창밖도, 시설 건물 안도 밤의 정적을 질질 끌고 있고 아직 사람이 움직이는 기미는 없습니다.

그녀는 이불 안에서 지내는, 밤이라고도 아침이라고도 할 수 없는 자신만의 이 시간이 좋았습니다. 30분쯤 이런 행복한 시간 속에서 꾸물거린 뒤에야 겨우 침대에서 일어나 준비를 시작했습니다. 방에 있는 조그만 세면대에서 세수를 하고 이를 닦고 제복으로 갈아입습니다. 제복은 나팔꽃인가 뭔가 하는 꽃 빛으로 물들였다는 연보라색 원피스에 가슴에 대는 천이 달린 짙은 감색 앞치마 모양의 꾸밈없고 단순한 것이었습니다. 하지만 그것도 여기에 오기 전에 입었던 고등학교 교복보다는 훨씬 센스가 있다고 생각했습니다. 두툼한 양말을 신고 검정색 가죽 편상화에 두 발을 넣고는 뻣뻣하고 묵직한 감색 상의를 걸칩니다. 그리고 애용하는 노트와 스케치북을 겨드랑이에 낀 시오리는 방문을 열고 직원실로 내려갔습니다.

직원실은 2층 모퉁이에 있는 북향 방으로, 시오리의 방만큼이나 추워서 방 구석진 곳에 놓인 스토브에는 이미 불이 켜져 있습니다. 이제 막 켰겠지요. 켤 때 났을 석유 냄새가 아직 남아 있고 어슴푸레 흐릿한 오렌지색 불도 슬슬 힘들게 호흡을 하고 있습니다.

아침에 일찍 일어나는 스기에가 평소처럼 맨 먼저 나와 벌써 청소를 시작했습니다.

"좋은 아침."

스기에는 시오리를 보자 걸레질을 하던 손을 멈추지 않고 '늦었어!' 하는 의미를 담아 이렇게 짧게 인사했습니다. 시오리는 학교 복도에서 거북한 선생님과 갑작스럽게 마주쳤을 때처럼 입안에서 인사도 되지 않는 말을 우물우물 중얼거리고는 자신도 청소에 가세했습니다. 이곳 직원실은 초등학교 교실 정도의 넓이로, 뒤쪽 벽에는 칠판이 걸려 있습니다. 중앙에 5인용 목제 책상과 그 위에 전기스탠드며 전화기가 놓여 있어 시골 초등학교 교무실이나 면사무소 같은 분위기의 장소였습니다.

1년쯤 전 처음으로 이 방에 발을 들여놓았을 때 묘한 반가움을 느꼈던 일을 시오리는 지금도 또렷이 기억하고 있습니다. 그녀는 도쿄에서 나고 자랐기 때문에 아마 자신이 느낀 그리움은 옛날 텔레비전 드라마나 영화에서 본 낡은 교실이나 뭔가가 떠올라서 그랬을 거라고 생각했습니다.

시오리는 대걸레를 들고 그곳만 햇살이 드는 창가 자리를 차지하고 이불 속의 온기를 그리워하듯이 햇볕 속을 왔다 갔다 합니다. 별로 의욕을 보이지 않는 그녀에게 보라는 듯이 스기에는 윗도리를 벗고 감색 셔츠를 팔꿈치까지 걷어붙이고는 화난 듯한 얼굴로 걸레질을 계속했습니다. 마흔 살을 조금 넘겼을까요, 살짝 짓궂고 위압적인 데가 있는 스기에 다쿠로라는 사람이 시오리는 좀 거북했습니다.

"좋은 아침입니다."

"일찍 나오셨네요."

우당탕탕 발소리를 크게 내며 두 남자가 직원실로 들어왔습니다. 동료인 가와시마와 모치즈키입니다. 스기에와 둘만 있지 않게 되어 시오리는 솔직히 좀 안도했습니다.

"좋은 아침."

스기에는 두 사람을 보고 역시 '늦었어!' 하는 마음을 담아 인사했습니다. 가와시마는 그런 일에 신경 쓰지 않고 즐겁다는 듯이 모치즈키와 다시 이야기를 나누었습니다.

"이야아, 야마다 할아버지, 초장부터 섹스 이야기. 열일곱 살 때의 첫 경험부터 주구장창이야. 그러다가 결국 고른 게 부인하고의 온천 여행이었다니까. 사흘 내내 섹스 이야기만 듣고 있어야 하는 내 처지도 좀 생각해줘야지, 안 그래?"

"하지만 꽤 멋진 이야기 아닌가요?" 모치즈키가 여느 때처럼 온화하게 웃는 얼굴로 맞장구를 칩니다.

“그럴 거면 처음부터 그걸 고르든가. 정말 고생만 시킨다니까, 지겹게 말이야.”

이렇게 말하면서도 평소의 붙임성 있는 웃는 얼굴을 보여준 것으로 보아 가와시마는 야마다라는 할아버지를 진짜 싫어하지는 않는 것 같았습니다. 가와시마는 서른을 살짝 넘겼을까요? 모치즈키는 아직 이십대 중반쯤이겠지요.

시오리는 두 사람의 대화를 시야 구석에 잡아두면서 겉으로는 전혀 흥미 없는 척했습니다. 가와시마와 모치즈키가 윗도리를 벗고 의자에 앉아 걸레질을 시작한 후에도 시오리는 창가에서 떨어지려 하지 않고 바깥 경치를 보고 있었습니다. 직원실뿐만 아니라 이 시설의 창유리는 오래된 것들이라 표면이 울퉁불퉁 파도를 쳤습니다. 창밖에는 벌써 노랗게 물들어 잎이 거의 다 떨어져버린 은행나무 숲이 펼쳐져 있습니다. 일그러진 유리 탓에 창밖의 노란색과 갈색이 서로 스며들어 섞인 탓에 어딘지 모르게 꿈속 풍경처럼 보였습니다. 유리를 통해 비쳐드는 햇살도 좀 색다르게 흔들렸습니다.

한번은 시오리가 실수로 층계참의 창유리를 깨뜨렸을 때 소장인 나카무라 씨는 화를 내지는 않았지만 “이거 좀처럼 구할 수 없는 건데” 하며 깨진 유리를 집어 들고 아쉬워했습니다.

여느 때와 마찬가지로 창밖에 펼쳐진 풍경을 바라보면서 시오리는 그런 일을 떠올리고 있었습니다.

그때 터벅터벅 느긋한 발소리와 함께 소장인 나카무라가 몸을 좌우로 흔들면서 직원실로 들어왔습니다.

"좋은 아침입니다."

나카무라는 약간 쇄된 특유의 목소리로 모두에게 인사를 합니다.

"나오셨어요."

네 사람은 청소하던 손을 멈추고 허리를 펴고는 나카무라 쪽으로 갔습니다. 스기에, 가와시마, 모치즈키에게 둘러싸이자 몸집이 작은 나카무라는 더욱 작아 보였습니다.

나카무라는 아침부터 말쑥하게 감색 양복에 넥타이를 맸으며 한 벌인 조끼까지 껴입었습니다. 당장이라도 단추가 튀어나갈 것 같은 조끼로 동그란 배가 흘러내리지 않도록 간신히 지탱하고 있는 모습이었습니다. 그러나 그 배와 늘 자상한 웃음을 띤 둥근 얼굴이 마침 한 쌍이 되어 그런대로 균형을 이루고 있다고 시오리는 생각했습니다.

스태프가 모두 모인 것을 확인한 나카무라는 손에 든 서류에 힐끗 시선을 떨어뜨리고 나서 이야기를 시작했습니다.

"지난주는 열여덟 명, 전원 무사히 보내드릴 수 있었습니다. 이것도 다 여러분이 노력해준 덕분입니다. 12월도 벌써 2주째에 접어들었습니다. 그런데 이번 주에는 숫자가 좀 늘었습니다. 다해서 스물두 명입니다."

스물둘이라는 숫자를 듣고 '으악' 하는 느낌으로 가와시마가 과장되게 얼굴을 일그러뜨렸습니다.

"가와시마 씨, 여덟 명."

"예."

"스기에 씨, 일곱 명."

"예."

"모치즈키 씨, 일곱 명."

"예."

"이렇게 되겠습니다. 제가 드릴 말씀은 여기까지입니다. 그럼 여러분, 이번 주도 힘차게 잘 부탁합니다." 나카무라는 이렇게 말을 마치고 스태프의 얼굴을 둘러보면서 늘 그렇듯이 방긋 하고 가벼운 웃음을 남기고는 직원실에서 나갔습니다.

남은 네 명은 다시 청소를 시작했습니다.

"스물두 명이라니, 너무 많은 거 아닌가요?" 걸레로 자기 책상을 닦으면서 가와시마가 말합니다.

"겨울이 되면 아무래도 그렇지, 노인들은." 어쩔 수 없다는 듯이 스기에가 중얼거렸습니다.

"언제였더라, 서른 명이 넘은 적이 있지 않았나요?" 가와시마가 이렇게 말하며 잠깐 생각에 잠기는 몸짓을 했습니다.

"그거 1월 셋째 주였어요. 그때 폭설이 내렸잖아요." 모치즈키가 가와시마의 얼굴을 보며 말했습니다.

“그래, 맞아, 엄청 힘들었지, 그때는.” 가와시마가 이렇게 맞장구를 치고는 살짝 어조를 바꿔 “그런데 말이야, 왜 나만 여덟 명이지? 불공평한 거 아냐?” 하고 누구에게랄 것도 없이 말했습니다.

“역시 경험을 쌓아야지, 자네의 경우는. 애정이야, 애정, 나카무라 씨의.” 말꼬리를 잡듯이 스기에가 놀립니다.

“경험을 쌓다니요, 이제 충분하잖아요? 3년이에요, 제가 여기 온 지도.”

“그 대신 실력이 늘지 않아서가 아닐까? 저래 보여도 꽤 정확히 보고 있거든, 저 사람.”

“심한데요, 그렇게 말하는 건.”

매주 되풀이되는 가와시마와 스기에의 수작이 이번 주에도 다시 시작되었습니다. 두 사람이 주고받는 말을 조용히 들으면서 모치즈키는 묵묵히 청소를 계속했습니다. 그런 세 사람의 이야기에 귀를 기울이며 시오리는 차갑게 굳어 있던 직원실의 공기가 처음보다는 조금 따뜻해졌다고 느꼈습니다. 다만 스토브 탓인지 모두의 대화 탓인지는 알 수 없었습니다.

땡, 땡, 땡, 땡, 땡.

각설탕처럼 굳은 겨울 추위를 쇠망치로 조금씩 깨뜨려나가듯, 안개가 자욱한 현관에 금속음이 울립니다. 시설의 현관 옆에는 오도카니 파출소처럼 지어진 수위실이 있고, 그 입구에 조그만 종이 달려 있습니다. 아마 수위 아저씨겠지요, 키가 크고 장대처럼 마른 남자가 종에 늘어뜨려진 줄을 좌우로 흔들고 있습니다. 그게 신호라도 되는 것처럼 안개 너머로 사람 그림자가 어렴풋이 떠올랐습니다. 그 모습의 윤곽이 점차 뚜렷해지더니 이쪽을 향해 한 사람, 또 한 사람이 천천히 걸어왔습니다. 시설인 석조 건물은 오래된 병원 같은 모습이었습니다. 주위에 자욱이 깔린 안개가 아침 햇살을 가려 깨끗하게 물청소를 한 현관의 검은 바닥도 그늘지게 하고 있습니다. 그런 탓에 건물의 인상이 더욱 차갑게 느껴졌을지도 모릅니다.

맨 먼저 찾아온 남성이 망설이듯이 돌계단 중간에 멈춰 섰습니다.

현관 오른쪽에 '접수'라고 쓰인 나무 팻말이 걸려 있는 게 보입니다.

"안녕하세요. 여기서 성함 좀 확인하겠습니다."

접수처의 작은 창 안에서 여성이 부드러운 목소리로 말했습니다. 그 목소리에 망설임을 떨쳐버린 듯 나머지 돌계단을 다 오른 남성은 작은 창을 들여다보았습니다.

"다카하시 데루마사입니다."

여든 살이 넘어 보이고 등이 살짝 굽은, 몸집이 작은 남성입니다. 건물 안에서 볼 때는 역광이라 거의 실루엣밖에 보이지 않았습니다.

접수처의 젊은 아가씨는 시오리와 같은 유니폼을 입었습니다. 그녀는 앞의 서류를 손가락으로 짚으며 그의 이름이 확실히 명부에 있다는 걸 확인하고는 마치 공중목욕탕에서 사용하는 신발장 번호표 같은 나무 표찰을 두 손으로 들고 창 너머로 건넸습니다.

"다카하시 씨, 3번입니다. 입구로 들어가셔서 오른쪽 대합실에서 기다려주세요."

첫 번째 방문자가 건물 안으로 사라지고 이어서 나타난 사람은 여성 같았습니다.

"고리입니다."

일흔 살 정도일까요? 머리를 짧게 자르고 따뜻해 보이는 감색 카디건을 입었습니다.

"고리 요네 씨 맞으시지요? 2번 표찰입니다."

시설로 찾아오는 사람들은 대부분 노인들이었으나 개중에는 십대나 이십대의 젊은이도 몇 명 섞여 있습니다. 그들의 목소리와 발소리가 현관홀을 울리며 차례차례 건물 안으로 사라집니다. 되풀이되는 그 모습은 뭔가의 시작 같기도 하고 또 뭔가의 끝 같기도 했습니다. 그런 의미에서 이곳은 사람이 태어나기도 하고 죽기도 하는 병원이라는 장소와 역시 어딘가 닮았는지도 모릅니다.

얼마나 시간이 지났을까요, 안개 저편에서 나타난 사람들 전원이 무사히 대합실로 안내된 것 같았습니다. 그걸 기다리기라도 했다는 듯이 현관 밖에 떠돌고 있던 안개는 어디론가 다 사라져 버렸습니다.

대합실로 안내된 사람들은 스토브 주위에 놓인 갈색 가죽을 씌운 긴 의자에 각자 편한 대로 앉아 있습니다. 그곳은 시설의 중정에 면해 있기는 했습니다만, 아직 이른 아침이어서 그런지 실내는 어둡고 공기도 탁한 느낌이었습니다. 마룻바닥에는 정성껏 왁스가 칠해져 있고 벽에는 인상파풍의 풍경화 하나가 걸려 있습니다.

키 큰 청년이 혼자 창가에 서서 중정을 내다보고 있습니다. 그 외의 스물한 명은 이따금 기침 소리를 낼 뿐 아무도 말을 하지 않고 그저 조용히 앉아서 앞으로 시작될 뭔가를 기다리고 있습니다.

잠시 후 조금 전까지 접수처에 있었던 여성이 서류를 손에 들고 대합실로 들어왔습니다. 스토브의 불을 쬐고 있던 사람도, 창가에 있던 청년도 그녀 쪽을 보았습니다. 그녀는 교실로 들어온 선생이 하는 것처럼 방 안을 한번 빙 둘러보고는 모두를 향해 꾸벅 절을 했습니다.

조용했던 실내가 쥐 죽은 듯이 더욱 조용해졌습니다.

"안녕하세요. 여러분, 잘 오셨습니다. 이제부터 오전 면접을 시작하겠습니다. 들고 계신 표찰에 쓰인 순서대로 부르겠으니 그때까지 여기서 기다려주십시오. 먼저 표찰 번호 1번 다타라 기미코 씨, 계단을 올라가셔서 오른쪽 A 면접실로 들어가 주세요."

오른손에 든 나무 표찰을 얼굴 옆으로 살짝 들며 왜소한 몸집의 여성이 일어났습니다. 그걸 계기로 지금까지 조용히 앉아 있던 사람들이 자신의 나무 표찰을 보기도 하고 옆 사람의 번호를 힐끗거리기도 했습니다. 그러자 비로소 방 안의 공기가 술렁이기 시작했습니다.

직원실을 나가서 정면의 복도를 좀 걸어가면 면접실이 늘어서 있습니다. 앞에서부터 면접실 A와 B가 복도를 끼고 좌우에 있고 그 안쪽, 그러니까 ㄷ자형의 시설 건물의 막다른 곳쯤에 C와 D 면접실이 좌우에 있습니다. 다만 D 면접실은 지난 1년 6개월 동안 사용되지 않았습니다.

면접실 A의 문 옆에는 '모치즈키 다카시', '사토나카 시오리'라고 직원의 이름이 적힌 표찰이 걸려 있습니다. 방의 넓이는 학교 교실을 절반으로 나눈 정도일까요. 벽에 책장 두 개와 서류장 하나가 붙어 있고, 책장 위에는 오래된 지구의도 보입니다. 창가에는 커다란 면접용 책상이 놓여 있고, 모치즈키와 시오리, 그리고 방문자가 앉을 의자가 준비되어 있습니다.

모치즈키는 이미 의자에 앉아서 오늘 면접을 볼 일곱 명의 서류를 훑어보고 있습니다. 시오리는 창가에 선 채 묵직한 백과사전을 펼쳐놓고 페이지를 넘기고 있습니다. 다만 그녀의 모습은 뭔가를 찾아본다기보다는 그저 무료한 시간을 때우기 위한 심심풀이로만 보였습니다. 확실히 그녀도 처음에는 심심풀이였습니다. 이 시설에 오기 전까지 시오리는 활자를 읽는 습관이 전혀 없었으니까요. 하지만 막상 읽기 시작하니 삽화와 사진이 잔뜩 있어서 그녀는 솔직히 그 재미에 푹 빠졌습니다. 지난가을에 제1권 1페이지의 '아이(藍, 쪽)'부터 읽기 시작하여 지금은 385페이지의 '아프리카'에 이른 참입니다.

'뭐, 시간만은 남아돌 만큼 많으니까.'

시오리는 은밀히 몇 년이 걸리더라도 전체 31권인 백과사전을 다 읽겠다는 어린애 같은 목표를 세워두고 있습니다.

페이지 사이에 접혀 있는 아프리카 지도를 펼치려고 하는 순간 똑똑 하고 면접실 문을 노크하는 소리가 들렸습니다.

"들어오세요." 실내에 모치즈키의 온화하고 모난 데 없는 목소리가 울립니다.

시오리는 머릿속에 펼쳐지기 시작한 아프리카의 이미지를 탁 하고 백과사전에 끼워 넣고 모치즈키 옆의 의자에 앉았습니다. 문손잡이가 천천히 돌고 문 너머에서 조금 전의 몸집이 작은 여성이 모습을 드러냈습니다. 갈색 코트에 같은 색 계통의 모자를 썼습니다. 나이는 칠십대 후반쯤일까요. 하지만 시오리는 그녀의 말씨나 표정에서 소녀 같다는 인상을 받았습니다.

"코트는 저쪽에 걸어두십시오." 모치즈키가 이렇게 말하며 입구 옆의 옷걸이를 가리킵니다.

여성은 문 앞에서 살짝 고개를 숙여 인사하고는 코트와 모자를 벗었습니다. 코트 안에도 같은 계열의 갈색 투피스를 입고 있어서 그녀의 고상하고 세련된 센스를 느끼게 했습니다. 머리는 쇼트커트로 다듬었는데 투명한 은색이었습니다. 벗은 코트와 모자를 옷걸이에 걸려고 발돋움을 했을 때 투피스 윗도리 아래로 새빨간 스웨터가 힐끗 비쳤습니다. 머리가 흐트러지는 것이 신경 쓰이는지 오른손으로 매만지며 두 사람 앞으로 걸어온 여성은 긴장된 표정으로 다시 한번 고개를 숙여 인사하고는 준비된 의자에 가만히 앉았습니다. 자리에 앉자 그녀의 가슴 언저리까지가 책상에 가려졌습니다.

"다타라 기미코 씨 맞나요?" 모치즈키는 자신도 살짝 등을 구부려 시선을 그녀와 같은 높이로 맞추며 물었습니다.

"네, 그렇습니다."

"먼저 생년월일부터 말씀해주시겠습니까?"

"1920년 4월 3일생입니다."

"그렇다면 연세는?"

"일흔여덟 살입니다."

서류에 생년월일과 나이를 적어 넣은 모치즈키는 천천히 얼굴을 들고 그녀에게 말했습니다.

"이제 상황은 대충 아셨으리라 생각합니다만, 혹시나 해서 다시 한번 말씀드리겠습니다. 다타라 기미코 씨, 즉 당신 말인데요, 어제 돌아가셨습니다. 심심한 조의를 표합니다."

이렇게 말한 모치즈키는 가볍게 고개를 숙였습니다. 옆에서 설명을 듣고 있던 시오리도 늘 그렇듯이 마지막의 '심심한 조의를 표합니다'라는 말에 맞춰 모치즈키와 함께 고개를 숙였습니다.

다타라 씨는 눈앞의 일에 어떻게 반응해야 좋을지 다소 당황한 듯했지만 곧바로 자신도 고개를 숙이면서 "마음을 써주셔서 고맙습니다" 하고 감사의 뜻을 표했습니다.

가족이 경야나 장례식에 찾아온 고인의 친구들에게 하는 듯한 그녀의 대응이 좀 우스운 것 같아 시오리는 속으로 키득 웃었습니다.

"다타라 씨는 여기서 일주일을 보내게 됩니다. 여러분께는 각자 방을 마련해두었기 때문에 편히 지내시기 바랍니다. 다만 이곳에 계실 동안 다타라 씨가 꼭 해야 할 일이 있습니다."

모치즈키의 설명을 듣고 있던 그녀의 얼굴이 일순 긴장했습니다.

"그건 말이죠, 다타라 씨의 78년 인생 중에서 소중한 추억을 하나 골라주시는 겁니다. 여러분께서 고르신 추억은 저희 스태프가 최선을 다해 영상으로 재현해드립니다. 그리고 토요일에는 시사실에서 그 영상을 보시게 될 겁니다. 거기서 다타라 씨에게 그 추억이 선명하게 되살아난 순간, 다타라 씨는 그 추억만을 가슴에 안고 저세상으로 가시게 됩니다. 이곳은 여러분이 그곳으로 갈 때까지의 중계 지점이라고 생각하시면 됩니다."

모치즈키는 자신의 말을 상대가 반추하고 납득할 때까지 기다리면서 천천히 말을 덧붙였습니다.

"대단히 죄송합니다만 여기에는 제한 시간이 있습니다. 그 작업을 사흘 안에 해주셨으면 합니다. 오늘이 월요일이니까 수요일 해지기 전까지는 추억을 골라주시기 바랍니다. 저희 스태프가 다타라 씨의 선택을 도와드릴 것입니다. 저는 담당자인 모치즈키 다카시입니다."

"보조인 사토나카 시오리입니다."

이렇게 말하고 두 사람은 다시 고개를 숙였습니다.

모치즈키는 지금까지 수없이 되풀이해온 설명을 이번 주에도 또 이렇게 한 사람 한 사람의 망자에게 해나갔습니다.

설명을 다 들은 망자들이 보이는 반응은 제각각입니다. 죽었다는 사실을 납득하지 못하는 사람, 분해하는 사람, 화내는 사람, 웃는 사람, 말없는 사람, 당황하는 사람, 남기고 온 일이나 가족을 몹시 걱정하는 사람 등. 다만 시간이 좀 지나면 사람들은 대부분 표면적으로는 순순히 자신의 죽음을 받아들이고 진지하게 선택 작업에 몰두합니다.

1년 동안 그런 사람들을 접해온 시오리는 첫 인상만으로 그 사람이 제한 시간까지 추억을 고를지 어떨지 대충 알 수 있게 되었습니다. 보조라고 해도 일은 대부분 모치즈키 혼자 해도 충분했기 때문에 그녀는 옆에 앉아 스케치북에 망자들의 초상화를 그리거나 고를 수 있을지 없을지를 ○×로 예상하며 놀았습니다. 옆에서 보면 불성실하게 보이겠지만, 그런 일이라도 하지 않으면 낮 동안의 시간을 주체할 수가 없습니다.

* * *

"그렇습니까, 제가 죽은 겁니까?"

이날 여섯 번째로 면접실을 찾은 야마모토 슈지 씨는 모치즈키의 설명을 다 듣고 책상 위로 시선을 떨어뜨린 채 이렇게 중얼거렸습니다. 야마모토 씨는 쉰 살. 짙은 회색 양복에 감색 넥타이를 맸고 쥐색이라는 말이 정확히 어울리는 레인코트를 걸쳤습니다. 머리숱이 상당히 적어서 나이보다 약간 늙어 보였습니다.

"예, 유감스럽지만요."

모치즈키가 안됐다는 듯이 말하자 야마모토 씨는 다음 말을 막듯이 비로소 얼굴을 들었습니다.

"아니, 별로 유감스럽지는 않습니다. 어차피 이대로 살아 있다고 해도 앞으로 그다지 즐거운 일이 기다리고 있을 거라고는 생각하지 않았으니까요."

거기까지 단숨에 말하고는 다시 시선을 책상 위로 떨어뜨린 그는 입가에 자조인지 빈정거림인지 알 수 없는 묘한 웃음을 띠었습니다.

* * *

이날 마지막으로 면접실을 방문한 사람은 와타나베 이치로라는 일흔 살의 남성이었습니다. 검정색 터틀넥 스웨터에 회색 재킷이라는 소탈한 복장이었는데, 그다지 세련된 느낌은 들지 않았습니다. 오히려 질박하고 고지식한 타입으로 보였습니다. 지금은 이미 은퇴했지만 철강 관련 회사에 오랫동안 근무했다고 합니다. 와타나베 씨는 모치즈키의 설명을 다 듣고 이제 얼마 안 남은 머리카락과 입가에 기른 흰 수염을 싹싹 훑으면서 환한 어조로 이야기하기 시작했습니다.

"아니, 그, 뭡니까, 즐거웠던 일이나 기뻤던 일 말인가요? 글쎄요, 물론, 많이 있지요. 제 인생이 백 퍼센트 생각대로 되지는 않았지만, 저한테 주어진 생명이랄까 에너지는 나름대로 불태웠다고 생각하고, 가정도 일도 뭐 평범하기는 했지만 역시 나름대로 충실하지 않았나, 하고 생각하고 있으니까요."

잠시 이렇게 이야기한 후 와타나베 씨는 마지막으로 자신에게 납득시키듯이 크게 한 번 고개를 끄덕였습니다.

같은 무렵 옆방에서는 가와시마가 한창 면접을 보고 있었습니다.

가와시마는 경력이 오래되지 않은 만큼 설명에도 품이 들었고, 그가 담당한 망자가 제한 시간을 지키지 못하는 경우도 간혹 있었습니다. 나카무라 소장이 자신에게만 까다로운 망자를 할당하는 게 아닐까 진심으로 의심했을 정도입니다.

지금도 이세야 유스케라는 청년에게 막 설명을 마친 참이었는데, 그는 자신이 죽었다는 사실을 알려도 슬퍼하는 모습을 전혀 보이지 않고 그저 실실 엷은 웃음을 띠고 있을 뿐이었습니다. 가와시마는 어쩐지 안 좋은 예감이 들었습니다.

"다들 여기로 오는구나, 다들. 나쁜 짓을 하든 좋을 일을 하든 같단 말이지? 어렸을 때 배운 '나쁜 짓을 하면 지옥에 떨어진다'는 것도 사실이 아니고? 그것도 거짓말? 다들 여기라고! 이야, 재미있네." 이렇게 말한 이세야 씨는 호기심 어린 눈으로 방 안을 둘러보았습니다.

그런 그를 주체하지 못하겠다는 듯이 가와시마는 손에 든 볼펜 끝으로 머리를 긁적였습니다.

가와시마가 담당하는 면접실 C는 남향의 모퉁이 방으로, 조그마한 중정과 면해 있습니다. 햇볕이 잘 들기도 해서 창가에는 많은 화분이 놓여 있는데 무슨 종인지는 모르지만 빨갛고 노란 꽃이 산뜻하게 피어 있습니다. 겨울철에는 중정의 나무들도 잎이

다 떨어지고 시설은 어디든 색을 잃어버립니다. 찾아오는 망자들의 복장도 회색이나 갈색의 수수한 색상인 경우가 많기 때문에 이 아름다운 갖가지 꽃들은 가라앉기 일쑤인 이곳 분위기를 조금은 환하게 해주었습니다.

그러나 지금 가와시마 앞에 앉아 다리를 아무렇게나 뻗고 있는 이세야 씨의, 눈이 아플 만큼 선명하고 환한 핑크색 스웨터와 은색 가죽 재킷과 바지는 어떤 꽃보다 강렬하게 시선을 끌었습니다. 게다가 그의 머리는 벼락이라도 맞은 듯이 곤두서 있습니다. 잠버릇이 험해서 그렇게 된 것인지, 멋으로 그렇게 한 것인지도 구별할 수 없는 가와시마는 한동안 그 머리에 시선을 빼앗겼습니다.

그때 똑똑똑똑 하고 방에 금속음이 울렸습니다.

처음에 가와시마는 그 소리가 어디서 나는지 몰랐는데, 유심히 귀를 기울여보니 아무래도 이세야 씨 입에서 나는 것 같았습니다.

"뭐지? 이 소리는?" 신기해하며 가와시마가 물었습니다.

이세야 씨는 질문을 받고서야 비로소 눈앞에 가와시마가 있다는 사실을 깨달은 것처럼 그를 향해 "피어스" 하며 혀를 내밀었습니다. 놀랍게도 혀 한가운데에 구멍이 뚫려 있고 새끼손가락 끄트머리만 한 동그란 은빛 구슬이 끼워져 있었습니다.

가와시마는 그걸 보고 아프겠다는 듯 얼굴을 찡그렸습니다.

이세야 씨는 가와시마의 그런 반응을 즐기는 듯 피어스를 이로 물고 조금 전처럼 큰 소리를 내보였습니다.

가와시마는 찡그린 얼굴에 억지웃음을 띠면서 물었습니다. "이세야 씨, 22년간의 인생 중에서……"

가와시마가 이렇게 말하기를 기다렸다는 듯이 그는 즉시 뒷말을 막았습니다. "아, 그, 그러니까 지금 그 설명은 다 들었는데요, 전 고를 생각이 전혀 없거든요."

이세야 씨는 딱 잘라 이렇게 말하고는 입 안의 피어스를 똑똑 울리고 있을 뿐이었습니다.

* * *

"그야 뭐, 누가 뭐래도 남자는 말이지, 그거 할 때, 그거 할 때가 최고 아니겠소? 그거야 누구한테 물어봐도 그렇지. 어디 한번 물어보라고."

이렇게 말한 쇼타 요시스케 씨는 가와시마의 얼굴을 들여다보고 어깨를 으쓱하며 웃었습니다. 여든 살을 바라보는 나이인데도 코듀로이 재킷을 맵시 있게 입었고 가슴 호주머니에는 네커치프가 보였습니다. 깨끗이 닦인 구두는 흰색과 갈색이 배색된 것이었습니다. 얼핏 봐도 회사원이나 공무원이 아니었다는 것은 쉽게 알 수 있었습니다.

"아니, 그런 사람만 있는 건 아니겠지요." 쇼타 씨의 태평하게 웃는 얼굴에 압도된 가와시마가 말했습니다.

"그건 말이지, 점잔을 빼는 거야. 허세를 부리는 거지. 그렇게 좋은 건 없으니까, 아니, 정말이라고. 나 같은 경우는 그게 열여섯 살 때였나, 세 살 연상이었는데 말이지. 살짝 통통한 게 또 좋더라고."

매주 한 사람쯤 꼭 이런 할아버지가 있기 때문에 가와시마도 별로 놀라거나 당황하지는 않았습니다. 그래도 담당하는 사람이 많을 때 여자 경험을 주구장창 늘어놓는 것은 역시 곤란했습니다. 그래서 가와시마는 '또야' 하는 느낌으로 상대가 눈치채지 못하게 살짝 한숨을 내쉬었습니다.

* * *

이날 마지막으로 면접실 C를 방문한 사람은 니시무라 기요 씨라는 할머니였습니다. 여든은 진작 넘었을 겁니다. 팥색 카디건에 금빛 자수가 들어간 스카프를 목에 두르고 짙은 갈색의 롱스커트를 입었습니다. 동그란 금테 안경 너머로 온순한 코끼리 같은 눈이 웃고 있었습니다.

방 안은 벌써 오랫동안 침묵에 휩싸여 있었습니다.

가와시마가 설명하는 동안에도 그 후에도 그녀는 한마디도 하지 않고 가만히 창밖만 내다보고 있었습니다. 그러는 사이에 해가 서서히 서쪽으로 기울고 중정도 그늘이 졌습니다. 낮에 일단 따뜻해졌던 공기가 다시 차가워졌습니다.

가와시마는 입구까지 걸어가 문 옆에 있는 전등 스위치를 올렸습니다. 알전구의 오렌지색 불빛이 비치자 가와시마는 비로소 방 안에 소리 없이 밤이 찾아왔다는 걸 깨달았습니다. 그래도 니시무라 씨는 가만히 앉아 중정만 내다보고 있습니다. 자신에게는 보이지 않는 뭔가가 그녀에게는 보이는 것 같은 기분이 들어 가와시마는 그 시선을 따라가 보았습니다. 여느 때와 다름없이 말라버린 겨울의 초목과 낯익은 하얀 벤치 하나가 보일 뿐이었습니다.

바로 그때 벤치 옆에 세워진 가로등에도 오렌지색 불이 들어왔습니다.

하루 일을 마친 스태프는 모두 방으로 돌아가 제각각 자신만의 시간을 보내고 있을 겁니다. 스물두 명의 망자들도 지금쯤 침대에서 눈을 감고 있거나 창가에 서서 바깥을 내다보거나 하면서 자신의 지난 수십 년 인생을 돌이켜보고 있겠지요.

중정에 놓인 벤치는 불빛을 받아 어둠 속에 떠올랐고 시든 잔디 위에 그림자를 드리우고 있습니다. 시오리에게는, 마치 정체를 알 수 없는 동물이나 박물관에 놓인 조그마한 공룡 뼈가 가만히 숨을 죽이고 풀숲에 드러누워 있는 것처럼 보였습니다. 벤치가 불빛을 받자 주위의 어둠이 더욱 짙게 느껴졌습니다.

방의 창으로 보이는 섬뜩한 밤 풍경이 질색인 시오리는 커튼을 치고 그 풍경을 시야에서도 머리에서도 닫아버렸습니다. 침대 위에 스케치북과 사인펜, 메모 용지 등을 마치 그러는 편이 안심이 된다는 듯이 흩뜨려 놓고 그 가운데에 앉습니다. 그러고는 오늘 면접을 본 망자들의 자료를 정리하기 시작했습니다. 모치즈키에게 도움이 될지 어떨지는 모르겠으나 오늘 밤 안에 이걸 그에게 가져다주는 것이 보조로서 해야 하는 그녀의 일이었습니다.

방 벽에는 온통 스냅 사진이 붙어 있습니다. 대부분은 시내의 사소한 풍경이나 길가에 피어 있는 풀꽃, 하늘의 구름 등이었습니다. 카메라를 든 손을 힘껏 뻗어 찍은 모양인지 그녀 자신을 찍은 사진도 많았습니다. 사진을 찍은 지 얼마 안 되는 듯 사진은 대부분 초점이 맞지 않았는데, 이렇게 벽에 붙이고 빨갛고 노란 형광펜으로 코멘트를 달아놓은 것을 보면 그녀는 그런대로 괜찮다고 생각했는지도 모릅니다.

책상 앞 벽에 조그만 책꽂이가 달려 있습니다. 그러나 책은 한 권도 보이지 않습니다. 그 대신 어디서 주워온 것인지 주먹만 한 크기의 모양 좋은 돌이 늘어서 있습니다. 돌에는 물감 같은 것으로 해바라기 꽃이나 어린아이 얼굴, 바닷물고기 그림이 다채롭게 그려져 있었습니다.

대충 작업을 끝낸 시오리는 정리한 자료를 들고 힘차게 일어났습니다. 그리고 입구 옆 벽에 걸린 동그란 거울을 들여다보고 왼손으로 두세 번 머리를 매만지고 나서 문손잡이를 잡았습니다. 하지만 갑자기 움직임을 멈추더니 뭔가 잊어버린 것이 생각났다는 듯이 다시 거울 앞으로 돌아갔습니다. 거울에 얼굴을 최대한 붙이고 앞머리 몇 가닥을 잡아당기기도 하고 들어올리기도 했습니다. 그러고는 마침내 '이제 됐어' 하는 듯이 거울 속의 자신과 서로 고개를 끄덕이고는 기세 좋게 문을 열고 방을 나섰습니다.

탕, 탕, 탕, 타당.

모치즈키의 방은 1층에 있습니다. 계단을 내려가 오른편 안쪽에 있습니다.

층계참에 울리는 발소리를 들으면서 시오리는 자신이 살짝 들떠 있다는 사실을 깨달았습니다.

타당, 타당, 타당, 탕.

계단을 내려가는 리듬이 심장 소리와 마찬가지로 조금씩 빨라지는 것이 그 증거입니다. 가슴에 안은 자료를 두 손으로 단단히 고쳐 잡고 마지막 계단을 두 발로 뛰어 내려서고는, 얼마 남지 않은 시간에 숨을 골랐습니다.

방 앞까지 가서 멈춰 선 시오리는 왼손으로 문 옆에 있는 창을 똑똑 두 번 두드렸습니다. 가운뎃손가락 구부러진 부분에 간유리의 거슬거슬한 촉감이 전해지고, 그 진동 너머에서 거무스름한 그림자가 희미하게 움직이는 것을 알 수 있었습니다.

"예. 들어오세요." 유리 너머에서 모치즈키의 목소리가 들렸습니다.

"회람판이에요."

이렇게 말한 시오리는 드르륵 하고 기세 좋게 창문을 열었습니다. 모치즈키는 방 안의 창가에서 평소처럼 책을 읽고 있었습니다.

"수고했어요." 온화하게 웃는 얼굴로 이렇게 말한 모치즈키는 곧 일어났습니다. 시오리는 이 한순간에만 보이는, 책을 읽고 있는 그의 옆얼굴이 좋았습니다. 시오리가 창문을 여는 타이밍과 모치즈키가 일어서는 타이밍에 따라 옆얼굴이 보이기도 하고 안 보이기도 했습니다. 그런데 오늘은 성공했습니다. 창가까지 다가온 모치즈키는 시오리의 눈앞에서 멈춰 섰습니다.

"여기요." 자료를 건넨 시오리는 모치즈키로부터 시선을 피하고 말았습니다.

모치즈키는 건네받은 자료를 꼼꼼히 훑어보기 시작합니다. 시오리는 모치즈키 등 뒤의 책상에 펼쳐져 있는 책을 훔쳐보았습니다. 책등의 파란 부분이 힐끗 눈에 들어왔습니다. 그의 방은 말끔히 청소되어 있었는데, 벽은 천장까지 온통 책으로 가득 차 있었습니다. 바닥에도 책이 산더미처럼 쌓여 있어 옴짝달싹할 수도 없을 정도였습니다. 정말 침대 위 말고는 온통 책에 묻혀 있는 느낌의 방이었습니다. 그래서일지도 모르지만 이 방은 주위 사람들에게 어딘가 사람을 거부하는 듯한 인상을 주었습니다.

시오리도 늘 이렇게 창문 너머로 자료를 건넬 뿐이고, 지금껏 한 번도 그의 방에 발을 들여놓은 적이 없습니다. 그도 그녀를 방 안으로 불러 잡담을 하는 일은 생각도 안 하는 것 같았습니다. 물론 그녀가 여자라는 이유도 있겠지만, 사실 다른 동료나 나카무라 소장조차 모치즈키의 방에 들어가 본 적이 없습니다.

밤이 깊은 복도에 자료를 넘기는 소리만 울립니다.

"뭘 읽어요, 이번 주는?" 두 사람 사이에 흐르던 짧은 침묵을 깨고 시오리가 물었습니다.

"이번 주는 『R』라는 추리소설."

"용케 읽나 보네요, 일주일에 한 권씩. 재미있어요?"

감탄해서 말했다고 생각했는데 마음과는 달리 말끝이 빈정거리는 것처럼 들리고 말아 시오리는 곧바로 후회했습니다.

"다 읽으면 빌려줄게."

"지금 읽는 거 다 읽으면요."

"뭘 읽고 있어?"

"세계대백과사전."

모치즈키는 한순간 시오리를 봤을 뿐 곧바로 다시 옆의 자료로 시선을 돌렸습니다.

'나는 왜 얼빠진 얘기만 하고 있을까? 그냥 "고마워요" 하고 한마디만 하면 될 것을.'

시오리는 곧바로 이렇게 생각했지만 이제 두 번째 침묵을 자신이 메울 용기는 없었습니다. 게다가 어쩔 도리가 없는 대화를 그가 별로 불쾌하게 생각하는 것 같지도 않았기 때문에 더 이상 허물을 들춰내지 않고 방으로 돌아가기로 했습니다.

"안녕히 주무세요" 하고 중얼거린 말이 상대에게 제대로 전해졌는지 어떤지도 모른 채 왔을 때와는 전혀 다르게 푹 가라앉은 마음으로 복도를 걸었습니다. 등 뒤로 모치즈키가 자료 정리 방법에 대한 의견인지 충고인지를 한두 마디 한 것 같기도 했지만 그녀의 귀에는 이제 그의 목소리가 들어오지 않았습니다. 시오리는 모치즈키의 말에 돌아보지도 않고 뭐라고 모호한 대답을 하고는 조금 전에 뛰어내려온 계단을 무거운 발걸음으로 올라갔습니다.

층계참 천장에 달린 등불이 꾀죄죄한 벽에 그녀의 그림자를 그립니다. 얼굴을 들자 자신이 깨버려 그곳만 새것으로 갈아 끼운 네모난 유리창이 아직 주위에 어울리지 못하고 오도카니 쓸쓸하게 있는 것이 눈에 들어왔습니다.

모치즈키가 회람판을 들고 찾아왔을 때 가와시마는 방 창밖에 있는 테라스로 나가 한창 화분을 손질하고 있었습니다. 테라스는 사방이 10미터 정도인데 그곳에 설치된 선반에는 수목 화분이 늘어서 있습니다. 그는 오른손에 전정가위를 들고 모치즈키의 노크 소리도 듣지 못할 만큼 진지하게 식목과 격투하고 있었습니다.

대답이 없어서 어쩔 수 없이 스스로 문을 열고 방으로 들어온 모치즈키는 가와시마가 테라스에 있는 것을 보고 창문으로 내다보듯이 "안녕하세요?" 하고 말을 걸었습니다.

그 목소리를 듣고 비로소 알아차린 가와시마가 "어어" 하고는 손에 들고 있던 가위를 옆에 놓고 창문을 넘어 훌쩍 방 안으로 들어왔습니다. "어, 고마워." 목에 두른 수건으로 두 손에 묻은 흙을 떨고 가와시마는 웃으며 모치즈키로부터 자료를 받았습니다. 그러나 자료에는 눈도 주지 않고 테이블 위에 놓고는 곧장 다시 테라스로 나갔습니다.

"어때요? 이번 주는" 가와시마의 등에 대고 모치즈키가 친밀하게 말을 겁니다.

"이야, 한 사람 골치 아픈 사람이 있어." 가와시마는 손질이 끝난 화분을 실내로 옮기기 시작했습니다. "이세야라는 스물두 살짜리 프리터인데, 어쩐지 묘하게 자신이 있어 보이거든. 나는 그런 타입이 아주 불편해. 모치즈키 씨는?"

"저는 둘이라고 해야 하나요?"

"둘?"

가와시마는 좌우의 손에 하나씩 든 화분을 창문 너머로 모치즈키에게 건넵니다. 모치즈키도 익숙한 모습으로 화분을 창가의 바닥이나 벽에 달린 목제 선반에 늘어놓습니다.

"야마모토 씨라는 쉰 살 남성하고 와타나베 씨라는 일흔 살 남성이에요."

"둘이라고? 힘들겠군. 그런데 어떤 사람이야?"

"둘 다 회사원이었는데 이렇다 할 특징은 없어요."

"아아, 그런 사람이 제일 곤란해, 막상 그럴 때는."

가와시마가 자신도 경험이 있다는 듯이 두세 번 응응 하며 고개를 끄덕였습니다.

다해서 서른 개쯤 되는 크고 작은 화분이 방 안에 늘어섭니다. 벽에는 그가 직접 그렸을 만개한 벚꽃 그림이 얼핏 대수롭지 않게 기대어져 있습니다. 최근에 막 시작한 것인지 붓놀림이 아직 미덥지 못한 것 같았습니다. 벚꽃 꽃잎은 하얀색과 연한 핑크색과 진한 핑크색의 유화 물감으로 정성껏 나뉘어 칠해졌는데, 거기에서 그의 생각의 깊이가 느껴지는 작품으로 완성되어 있습니다.

마지막 화분을 모치즈키에게 건넨 가와시마는 혹시 안에 넣지 못한 화분이 없나 하고 다시 한번 확인하고는 테라스에 달린 알전구 스위치를 껐습니다. 그런 후 창틀에 걸친 사다리 제일 위에 털썩 앉아 창가에 늘어놓은 나무 잎사귀를 수건으로 하나하나 정성껏 닦기 시작했습니다. 그런 그의 동작을 보고 있으니 모치즈키의 가슴속에서도 고운 마음이 솟아났습니다.

"이제 뭐가 제일 볼만한 시기죠?" 꽃봉오리 끝에서 아주 살짝 보라색을 내비치고 있는 화분을 손에 들고 모치즈키가 묻습니다.

"글쎄, 지금은 시클라멘인가. 난도 최근에는 간단히 구할 수 있게 되었고, 겨울에 피는 동백꽃도 좋지. 다음 달에는 매화도 좋을 거야."

모치즈키가 화분에 흥미를 가져준 것이 기뻐서 가와시마는 흡족한 듯 방 안을 둘러보며 말했습니다. 가와시마의 생가는 원래 스미다 강 연변에 옛날부터 있던 식목원이었는데 그는 집에서 하는 일에 흥미를 보이지 않아 고등학교를 중퇴한 후에는 권투 도장을 다니기도 하고 비계공 수습을 하기도 한 모양입니다.

그런데 이 시설에 오고 나서 심심풀이 삼아 중정에 코스모스 씨를 뿌린 것이 계기가 되어 뚜렷한 이유도 없이 그토록 싫어했던 전정가위도 지금은 능숙하게 사용할 수 있게 되었습니다. "피는 못 속인다니까" 하며 웃는 가와시마의 웃는 얼굴에는 살짝 후회하는 마음도 담겨 있는 것 같았습니다. 속 꽤나 썩였겠지요. 이렇게 지내는 것도 실은 가와시마 씨 나름대로 부모님께 효도를 하는 걸지도 모른다는 생각이 들었습니다.

낮에는 망자들을 상대하느라 그다지 서로 이야기할 기회가 없는 그들에게 밤의 이 시간은 귀중한 정보 교환이 이루어지는 장이자 교류의 장이기도 했습니다. 회람판 같은 낡은 형식은 그만두고 지금 유행하는 메일로 하는 게 어떻겠느냐는 안이 스태프들 사이에 나온 적도 있었습니다. 그러나 결국 나카무라 소장의 판단으로 이 귀찮은 습관을 남기기로 했습니다.

'스기에 씨 말처럼 아무것도 생각하지 않는 것 같지만 나카무라 씨도 꽤 생각을 많이 하는지도 모르겠는걸.'

모치즈키와 꽃 이야기를 하면서 가와시마는 머리 한구석에서 문득 그런 생각을 했습니다.

스기에의 방은 홍차 향기로 가득합니다. 회람판을 가져온 가와시마는 방 가운데에 놓인 둥근 테이블 앞에 앉아 있습니다. 스기에는 개수대 옆에 서서, 가와시마는 이름도 모르는 은제 도구를 사용하면서 지금 막 홍차를 끓이는 참이었습니다.

찻잎이 우러나는 시간을 재고 있는지 포트 옆에 놓인 모래시계가 소리 없이 시간을 새기고 있습니다. 창가의 큼직한 찬장에는 많은 찻잔이 늘어서 있습니다. 민튼, 마이센, 게다가 웨지우드나 지노리라는 브랜드의 고가 찻잔인 것 같았습니다. 물론 가와시마는 어느 게 뭔지 전혀 알 수 없었습니다. 아무튼 가와시마는 홍차라고 해도 레몬티나 밀크티의 구별 정도밖에 할 수 없었으니까요.

그래도 이렇게 회람판을 전하러 왔을 때 스기에가 끓여주는 홍차는 맛있었고, 평소 자신의 일을 빈정거리기만 하는 스기에가 이때만은 신사적으로 대해주는 것도 가와시마에게는 기쁜 일이었습니다.

스기에는 지나치게 열중하는 데다 싫증을 잘 내는 성격이라 그게 언제까지 지속될지 몰랐습니다. 하지만 적어도 지난 몇 달 동안은 오후의 면접을 일찍 끝내고 방에 틀어박혀 혼자 홍차를 끓이는 것이 일과가 된 것 같았습니다. 오늘도 가와시마가 이세야 씨나 쇼타 씨를 앞에 두고 머리를 싸매고 있던 무렵, 일곱 명 전원에게 서둘러 설명을 마친 스기에는 방으로 돌아와 홍차에 관한 오래된 문헌을 읽고 있었을 정도입니다.

그렇다고 일을 대충하는 것도 아니고 성적도 가와시마보다 훨씬 좋았기 때문에 가와시마도 그가 하는 말을 거스를 수 없는 점이 있었습니다.

다만 스기에에 관한 한 가지 재미있는 이야기가 있습니다. 그의 방 인테리어는 그야말로 세련된 물건들로 이루어져 있는데 그중 하나만은 어울리지가 않습니다. 바로 커다란 개 장식물인데 도자기로 만든 셰퍼드입니다. 대개는 침대 옆에 놓여 있는데 오늘은 문 옆에서 방을 지키고 있는 것처럼 이쪽을 향하고 있습니다. 자신에 대해서는 좀처럼 이야기하지 않는 스기에는 혼자가 되면 이 셰퍼드에게 이런저런 이야기를 하는 게 아닐까 하는 그럴 듯한 소문이 스태프들 사이에 믿어지고 있습니다. 가와시마도 처음에는 그럴 리가 없다고 생각했습니다. 그런데 어느 날 밤늦게 목욕탕에서 방으로 돌아가다가 그의 방 앞을 지나는데 안에서 즐거운 듯이 이야기하는 소리가 들려온 적이 있었습니다.

모치즈키나 나카무라가 놀러 오기라도 한 것일까, 하고 생각했지만 아무래도 방에 있는 사람은 스기에 혼자인 것 같았습니다. 엿듣는 게 별로 좋지 않은 일 같아서 그대로 방으로 돌아갔습니다만, 그때부터 가와시마는 스기에가 전보다 조금 더 좋아졌습니다.

모래시계의 모래가 다 떨어졌습니다. 스기에가 포트에 넣은 홍차와 데워진 찻잔 두 개를 쟁반에 올려 가져왔습니다. 포트도 찻잔도 흰색 바탕에 진한 청색의 당초무늬가 디자인되어 있어 '중국제인가' 하고 가와시마는 생각했습니다.

"로열 코펜하겐." 스기에는 찻잔에 홍차를 따르면서 의아하게 보고 있던 가와시마에게 말했습니다.

"아아, 로열 코펜하겐." 가와시마는 이렇게 맞장구를 쳤습니다만 사실 그게 지금 자신이 궁금해한 찻잔의 이름인지 홍차의 종류를 말한 것인지 알 수가 없었습니다.

두 사람은 테이블을 사이에 두고 말없이 있었습니다. 방 안에는 홍차를 후루룩거리는 소리만 울립니다. 스기에는 만족스러운 듯했습니다. 이런 두 사람의 모습을 셰퍼드도 조용히 바라보고 있는 것 같았습니다. 결국 가와시마는 홍차를 한 잔 더 마셨습니다.

부아. 부우부.

스기에가 망자 전원의 서류를 정리하여 나카무라의 방을 찾았을 때 그는 한창 애용하는 트롬본 손질을 하고 있었습니다. 소리 상태가 좋든 나쁘든 그는 반드시 일주일에 한 번은 오랫동안 써온 악기를 이렇게 분해하여 닦고 다시 조립했습니다. 나카무라의 방은 직원실 바로 아래인 1층의 후미진 모퉁이 방이어서 이렇게 밤늦게까지 다소 소리를 낸다고 해도 주위에 별로 폐가 되지 않았습니다.

역시 소장인 만큼 방 안에 갖춰진 인테리어는 책상이나 침대를 포함하여 모두 오래된 목제였고, 벽에는 누군가 유명한 작곡가가 직접 쓴 악보가 액자에 넣어져 장식되어 있었습니다. 골동품이라 불릴 만한 물건들에 섞여 컴퓨터와 디지털 제품이 놓여 있는 것도 새로운 것을 좋아하는 어린애 같은 구석이 있는 그의 성격을 잘 드러내줍니다.

회람판을 테이블 위에 놓고 그대로 방을 나가려고 한 스기에에게 나카무라는 손을 멈추고 말을 걸었습니다. "스기에 씨, 스기에 씨, 장기 한 판 두고 가지 않겠소, 딱 한 판만."

이렇게 말한 나카무라가 가리킨 침대 옆의 테이블 위에는 이미 오랫동안 상대를 기다리고 있었던 것처럼 장기 말이 가지런히 판 위에 늘어서 있었습니다. 이 말도 판도 이미 수십 년이나 사용해온 것인 듯 보병步兵이나 향차香車라는 글자를 읽을 수도 없을 만큼 낡은 것이었습니다.

"수위하고 하면 되잖아요. 사이도 좋으니까." 귀찮은 듯이 스기에가 말합니다.

그러자 나카무라는 토라진 듯한 표정을 지으며 장기판을 가리킨 검지로 귀 뒤를 긁었습니다.

"어, 뭐야, 또 싸운 거예요?"

농으로 돌려버리려는 듯 스기에가 재차 공격합니다. 나카무라는 장난을 하다 들킨 아이처럼 그렇지 않아도 동그란 몸을, 몸 둘 바를 모르겠다는 듯이 더욱 동그랗게 하고는 어쩔 수 없다는 듯이 다시 트롬본 손질을 시작했습니다.

부보. 부보바.

트롬본이 내는 소리도 어딘지 모르게 겸연쩍은 듯이 울렸습니다.

밤 순찰을 마치고 방으로 돌아온 수위는 회중전등을 벽에 걸어두고 추운 듯이 두 손을 비비면서 발밑에 놓인 스토브의 불을 키웠습니다. 불은 훅 하는 소리를 내며 순간적으로 크게 흔들리나 싶더니 하얀 물감 한 방울을 팔레트에 떨어뜨리고 붓으로 뒤섞을 때처럼 오렌지색 불빛이 더욱 밝아졌습니다.

잠시 불 옆에서 언 몸을 녹인 수위는 의자에 앉아 책 한 권을 꺼내 들었습니다. 도수가 높은 검은 테의 동그란 안경 너머의 작은 점 같은 눈이 책을 들여다봅니다. 표지에는 '이기기 위한 마무리 장기'라는 글자가 보입니다. 전기스탠드가 비추는 사무용 책상 위에는 얄팍한 장기판이 놓여 있습니다. 수위는 말을 하나하나 들고는 책과 비교하면서 장기판 위에 늘어놓습니다.

탁.

탁.

'소리 좋은걸.'

수위는 이렇게 생각했습니다. 자신이 쥔 말이 밤하늘을 떨게 하는 좋은 소리를 냅니다. 그리고 그 진동이 손끝을 통해 자신의 몸에도 전달됩니다.

이렇게 있으면 그는 항상 자신의 몸이 주위에 녹아드는 듯한, 자기 이외의 것이 몸 안으로 흘러드는 듯한 신기한 감각에 사로잡힙니다. 그는 혼자 보내는 고독한 이 시간이 좋았습니다.

'내일도 분명히 춥겠는걸.'

밤하늘을 올려다보며 수위는 이런 생각을 했습니다. 캄캄한 밤하늘에는 창백한 별이 무수히 반짝이고 있었습니다. 마치 공기가 굳어 작은 얼음이 되어서는 딱 하는 소리와 함께 차갑게 떨고 있는 듯이 보이기도 했습니다.

평소와 다름없는 월요일이 이렇게 끝나갔습니다.

화요일

Remembering

상기

시설의 침대에서 눈을 뜬 와타나베 이치로 씨는 천장이 평소 익숙한 것과 달라 순간적으로 지금 자신이 놓여 있는 상황을 알 수가 없었습니다. 하얀 회반죽을 바른 벽. 갓 세탁한 냄새가 나는 베개와 시트. 조그만 세면대와 거울. 그리고 아침 햇살이 비쳐드는 서양식 창과 소박한 커튼.

드디어 안개가 걷히기 시작한 머릿속으로 와타나베 씨는 비디오테이프를 되감아 어제 모치즈키라는 청년이 해준 설명을 다시 한번 반추했습니다.

'아아, 그래. 난 죽은 거였지.'

방은 다다미 여섯 장 크기쯤 될까요, 마룻바닥인데 세면대 주위만 엷은 물색과 하얀색 타일이 깔려 있습니다. 와타나베 씨는 멍하니 타일 무늬를 보면서 어젯밤 세수도 안 하고 잠자리에 들었다는 사실을 떠올렸습니다. 출장을 가서 호텔에 묵었다가 아침에 눈을 떴을 때 잠깐 이런 혼란스러운 기분에 휩싸이는 일이 있었습니다. 그러나 이 시설은 그런 호텔보다는 훨씬 훈훈했고, 무엇보다 호텔 특유의 먼지 냄새 같은 것이 전혀 나지 않았습니다. 그만큼 상쾌한 기분으로 아침을 맞을 수 있었던 것 같습니다.

망자들의 방은 중정에 면한 시설 1층에 나란히 준비되어 있었습니다. 문에는 나무 표찰과 같은 번호 표찰이 걸려 있는데 와타나베 씨의 방은 20번이었습니다.

커튼을 열자 중정 건너편에도 지금 자신이 있는 것과 같은 낡은 건물이 보였습니다. 그러나 그쪽은 인기척이 없는 것으로 보아 지금은 사용하지 않는 것 같습니다. 아내가 죽은 지도 꽤 되었기 때문에 "안녕히 주무세요"라든가 "잘 잤어요"라는 인사를 나누지 않고 혼자 자고 일어나는 데는 익숙했습니다. 최근에는 별로 쓸쓸하다고도 느끼지 않게 되었습니다. 지옥이니 극락이니 하는 세계를 믿은 건 아니었지만, 역시 죽은 후에는 좀 더 비일상적인 시간과 공간이 기다리고 있지 않을까 하는 막연한 생각을 하고 있었습니다. 그래서 생전의 일상과 별로 다르지 않은 이 공간에 있다는 사실이 그에게 죽음에 대한 자각을 희미하게 한 것일지도 모르겠습니다.

침대에서 일어나 세면대에서 겨울 아침의 차가운 물을 난폭하게 얼굴에 끼얹고 타월로 쓱쓱 닦았습니다. 거울 속에는 평소와 다름없는 자신의 얼굴이 있었습니다. 백발이 섞인 머리는 숱이 적어졌고 눈썹에도 꽤 오래전부터 하얀 것이 섞여 있었습니다. 이마에도 눈가에도 주름이 깊게 팼고 볼 살은 늘어지고 탄력이 없습니다. 동년배 남자들보다는 육체적으로나 정신적으로 젊은 편이라고 생각했습니다만, 새삼 이렇게 보니 일흔이라는 나이에 어울리는 용모라는 사실을 납득할 수 있었습니다. 이렇게 얼굴을 꼼꼼히 들여다본 와타나베 씨는 거울 속의 자신에게 확인하듯이 한마디 중얼거렸습니다.

"괜찮은 인생이었지?"

두껍게 깔린 낙엽을 밟으며 니시무라 기요 씨가 중정을 걷고 있습니다. 햇살이 비스듬히 줄무늬를 만들고 군데군데 양지가 생기긴 했지만 아직 춥다는 것은 변함이 없습니다. 하지만 그런 것은 개의치 않고 니시무라 씨는 나무들 사이로 걸어 다닙니다. 어디서 찾았는지 하얀 비닐봉지를 핸드백처럼 팔에 걸었습니다. 이따금 쭈그리고 앉아 낙엽 사이에서 도토리나 무슨 나무 열매 같은 걸 줍습니다. 흙이나 티끌을 떨고 손에 들고 찬찬히 들여다보고는 마음에 들면 봉지 안에 소중히 넣습니다. 정말 즐거워 보였습니다. 마치 천진난만하게 노는 여자아이 같았습니다.

'이곳이 마음에 든다면 다행스러운 일이지.'

면접실 창으로 그녀의 모습을 보고 있던 가와시마는 이렇게 생각했습니다.

이미 죽은 몸이라 망자들에게 이곳이 그다지 큰 의미를 갖지는 않을 거라고 생각했습니다. 그래도 애써 최후의 한 주를 함께 보내는 것이니 즐겁게 보내는 것은 무리라고 해도 적어도 서로 기분 좋게 지내고 싶다, 좋은 곳이었다고 생각하며 이곳을 떠날 수 있었으면 좋겠다, 그는 이렇게 생각했습니다.

나무들 사이로 보였다 안 보였다 하는 그녀의 뒷모습을 가와시마는 천천히 눈으로 좇았습니다.

'나중에 모시러 가자.'

이날 가와시마의 면접실 문을 처음으로 노크한 사람은 가네코 요시타카 씨라는 중년 남성이었습니다. 가네코 씨는 좀 긴 머리에 가르마를 탔고 안경 너머의 눈빛이 날카로웠습니다. 직업은 카메라맨인데, 사진 스튜디오를 운영했다고 합니다. 큰 체구의 등을 꼿꼿이 펴고 약간 긴장한 듯이 의자에 앉은 가네코 씨는 가와시마에게 이야기하기 시작했습니다.

"별로 감동적인 인생을 보낸 것이 아니라 아주 평범했지만, 굳이 말하자면 어린 시절이 제일 좋았지 않았나 싶습니다."

"어린 시절이요?" 가와시마가 확인하듯이 이렇게 되물었습니다.

"예."

"그건 대략 몇 살 때입니까?"

"글쎄요, 중학교 2학년쯤일까요? 여름방학 전날. 전 서민 동네에서 자랐는데, 노면전차를 타고 학교에 다녔습니다."

"서민 동네라고 하면 어느 쪽이죠?"

"학교는 오카치마치였고 집은 네즈에 있었습니다. 그 무렵엔 아직 부모님 두 분 다 살아계셨지요. 그다지 풍족하지는 않았는데, 굳이 말하자면 가난한 편이었지요. 주위 사람들 모두 지금보다 가난했기 때문에 그런 것은 전혀 마음에 두지 않았습니다. 어린애이기도 했고요. 그 무렵에는 다행히 성적도 좋아서 부모님께 성적표를 보여드려도 아무 말도 안 했습니다. 내일부터 여름방학이고 놀 거리는 잔뜩 있었지요. 숙제는 8월 30일이나 31일에 할 생각이었으니까, 이제 할 일이라고는 아무것도 없고 정말 아무 걱정도 없었지요. 낮이었을 텐데, 노면전차 맨 앞에 탔습니다. 운전석 옆의 창문은 열려 있는데, 그 창문으로 들어오는 바람을 온몸으로 맞습니다. 그런 해방감은 그 후의 인생에서 한 번도 못 느꼈던 것 같습니다."

감개무량한 듯이 이렇게 말한 가네코 씨는 긴장이 풀린 모양인지 처음으로 살짝 웃어 보였습니다. "제가 지났던 곳은 정확히 우에노의 시노바즈노이케 거리였습니다. 주변이 온통 녹음으로 우거져 무척 시원한 나무 그늘을 쭉 달려가는 거죠. 그곳은 노면전차만 다니는 독립된 전용 레일이라 시간으로 따지면 오륙 분이면 금세 시내로 나옵니다. 그 전용 궤도를 달리는 동안은 좌석에 앉을 수 있는데도 저는 일부러 맨 앞에 서 있었지요."

"노면전차 창으로는 어떤 풍경이 보였습니까?"

가와시마는 그때의 모습을 꼼꼼하게 물어나갔습니다.

"구체적인 모습은 떠오르지 않지만, 선명한 색이나 소나기구름, 새파란 하늘과 같은 인상은 없습니다. 제 기억에는 흑백 사진이랄까, 그다지 컬러풀한 풍경은 아니었습니다. 어젯밤 이불 속에서 어쩐 일인지 시노바즈노이케의 자연 속을 달려가는 모습을 떠올려봤거든요."

"노면전차에서 들렸던 소리 같은 것은 기억 안 나십니까?"

"시끄러운 전차 달리는 소리죠."

"벌레나 매미 같은 것은요?"

"예, 매미가 주위에서 극성스럽게 울었지요. 나무들 사이를 달리는 거니까 매미 소리가 아주 극성스럽게 들렸던 것 같습니다."

"냄새 같은 건 어땠는지 기억나십니까?"

"냄새요? 냄새는 특별히 구체적인 강한 냄새는 없었던 것 같은데요."

여기까지 말한 가네코 씨는 갑자기 조용하게 자신에게 말하는 듯한 어조가 되었습니다. "지금 생각하면 56년을 산 인생에 그리 극적인 일은 없었으니까요. '세 라 비C'est la vie'라는 프랑스 말이 있잖아요, '그게 인생이야'라는 뜻의. 제 인생을 돌아봤을 때는 역시 제일 먼저 그 말이 떠오릅니다." 이렇게 말한 가네코 씨는 쓸쓸한 듯 그리운 듯한 묘한 표정으로 웃었습니다.

* * *

"하나라고 하니까 무척 어렵습니다만, 제일 결정적인 것이라면 자살 미수 사건입니다." 다카하시 데루마사 씨는 의자에 앉자 먼저 이런 이야기를 꺼냈습니다.

다카하시 씨는 어젯밤 방에서 정리했다는 메모를 쥔 손을 무릎 위에 올려놓고 있었습니다. 메모지 제일 위에는 '1913년 7월 26년 출생'이라고 쓰여 있고 자신이 태어난 날부터 지금까지 85년간의 궤적이 연대순으로 공들여 정리되어 있었습니다. 꼼꼼한 글자만 봐도 교사였다는 그의 직업이 납득이 갔습니다.

"자살 미수 사건이라는 건 언제 일입니까?" 내용이 내용인 만큼 가와시마도 신중하게 말을 고르면서 물었습니다.

"스물다섯 살 때입니다. 쇼와 9년 11월 4일."

가와시마는 손가락을 꼽아가며 계산하더니 서류에 1934년이라고 적었습니다. "원인은 뭐였나요?"

"여러 가지였습니다만, 하나는 아버지와 어머니의 다툼이었지요. 항상 싸움이 끊이지 않았습니다. 저는 그 무렵 아버지한테 원인이 있다고 생각했습니다. 독재적인 데다 마음에 안 들면 바로 어머니한테 고함을 질렀거든요. 그래서 '난 외톨이구나' 하고 생각하게 되었습니다. 그 외에도 제 중학교 친구가 병으로 죽었지요. 결핵이었습니다. 그리고 실업의 고통도 있었지요. 저는 중학교를 졸업한 후 아버지와 싸우고 곧 가출을 했습니다. 아사가야의 미야코都신문 배달소에서 더부살이를 하면서 니혼대학 예과를 다녔고 경제학부를 졸업했습니다. 그때까지는 좋았는데 직장을 구할 수가 없었어요. 그래서 눈물을 머금고 집으로, 아버지한테 돌아간 거죠. 그래서 집에 있어도 어깨를 펴지 못했습니다."

"그런 원인이 겹쳐서……"

"예. 하지만 직접적인 원인은 1934년 11월 1일에 짝사랑하던 상대가 결혼을 해버렸고 그 일로 슬픔의 구렁텅이에 빠진 겁니다. 그래서 4일 세이부신주쿠선의 무사시세키 역의 절벽 위에서 뛰어내릴 결심을 했습니다."

이야기가 점차 핵심에 다가가도 다카하시 씨의 표정에는 그다지 변화가 없었습니다. 하지만 독특한 어조를 지니고 있어서 마치 그림 연극인가 뭔가의 이야기를 들려주는 듯했습니다.

"그때 일이 어떤 식으로 생각나십니까?" 가와시마도 그런 어조를 무너뜨리지 않도록 주의하면서 짧은 말로 끼어들었습니다.

"달이 휘영청 밝은 밤이었는데 절벽 위에 서서 전철이 오기를 기다리고 있었습니다. 좀 있으니까 요란한 소리를 내며 세이부신주쿠선의 전철이 달려왔습니다. 바로 뛰어내리려고 하는 순간 철도 선로가 달빛에 파르께하게, 처참하다는 말이 가장 적합할 거라고 생각합니다만, 파르께한 번개 같은 빛을 냈는데 그게 제 눈에 비쳤습니다. 흠칫한 순간 전철이 지나가버렸습니다. 잠시 그 자리에 꼼짝 안 하고 멍하니 서 있을 때 생각난 것은 연인과 어머니의 얼굴이었습니다. 그때 본 풍경이 뇌리에 각인되어 지금도 사라지지가 않습니다. 그 후 인생의 고비 때마다 어쩐 일인지 그 절벽 위에서 본 선로의 모습이 문득 떠올랐는데, 뭐랄까요, 그동안 제 인생을 지배한 풍경이라고 생각해왔습니다."

* * *

오쿠노 신이치로 씨는 스물한 살의 대학 4학년생입니다.

표정이나 말투가 차분해서 가와시마는 나이보다 상당히 어른스럽다는 인상을 받았습니다.

"소중한 추억이라는 것하고는 좀 다릅니다만, 전 체질적으로 아토피성 피부염을 앓았습니다. 고등학교 2학년 때쯤 그게 악화되어 굉장히 힘들었던 시기가 있었어요. 그 일이 제일 인상에 남습니다. 잘 때 무의식적으로 긁는 모양인지 아침에 일어나면 굉장히 아팠습니다. 그게 점점 심해졌습니다. 그래서 장갑을 끼고 잤는데, 그게 좀 더 악화되자 아침에 일어나 장갑을 보면 이렇게 피가 묻어 있기도 하고……"

이렇게 말한 오쿠노 씨는 두 손바닥을 위로 향해 책상 위에 올리고 가만히 응시했습니다.

"장갑은 어떤……"

"하얀색, 택시 운전수가 끼는 그런 것이었습니다. 하얀 장갑이 피로 새빨개졌지요. 그런 아침을 맞은 거죠, 그 무렵엔."

"어떤 계절이었죠?"

"겨울이었어요. 11월쯤 되려나?"

"겨울이었다는 걸 어떻게 기억하고 있죠?"

"뭐랄까, 아무튼 추웠거든요. 거실 소파에서 자고 있었는데, 거기에 텔레비전이 있었어요. 잠들 수가 없어서 심야방송을 보고 있었습니다. 어머니가 일어나서 아침 준비를 하느라 접시가 덜그럭거렸는데 그 소리에 눈을 떴을 겁니다. 그러면 먼저 피 냄새가 났어요. '아아, 피라는 게 이런 냄새구나' 하고 생각했어요."

오쿠노 씨는 괴로운 추억을 담담하고 냉정하게 이야기했습니다.

"왜 굳이 고통스러운 추억을 고른 거죠?" 가와시마가 상당히 조심스럽게 물었습니다.

이 일은 타인의 마음속 주름 안을 들여다보는 일이 있기 때문에 상대에게 상처를 주지 않으려면 세심한 주의가 필요했습니다. 특히 오쿠노 씨처럼 일반적으로는 행복하다고 받아들여질 수 없는 추억을 고른 경우에는 더욱 섬세한 대응이 요구되었습니다. 3년을 경험하는 동안 가와시마도 그것을 충분히 이해했습니다.

"역시 거기서 나름대로 배운 것이 있었다고 생각합니다. 뭐랄까, 그런 경험을 해서, 이상한 말일지도 모르지만, 어딘가 체념 같은 느낌으로, 오히려 인생을 대하는 태도가 확 바뀐 면이 있었거든요."

오쿠노 씨는 이렇게 말하고 가와시마의 걱정을 지워버리듯이 상쾌하게 웃어 보였습니다.

* * *

흰색과 보라색의 선명한 투톤 컬러 스포츠웨어를 입은 노모토 도시오 씨는 게이트볼 클럽의 회장입니다. 햇볕에 탄 건강해 보이는 얼굴에 웃으면 새하얀 이가 드러납니다.

"저는 현역 시절, 그러니까 정년을 맞이할 때까지의 인생에는 괜찮은 장면이 거의 없었는데, 제2의 인생을 맞이하여 게이트볼을 시작했습니다. 일을 하고 있었을 때는 혼자 기계를 마주하는 일이 많았기 때문에, 동료들하고 힘을 합쳐 시합의 승부에 일희일비할 수 있는 시간을 갖게 되어 정말 다행이었다고 생각합니다."

"구체적으로 특별히 이때다 싶은 게 있습니까?"

"예. 작년 봄 요코하마 시 대회에 나갔을 때 일입니다. 이 볼이 마지막 골폴을 맞히면 우승할 수 있고 만약 빗나가면 공격이 교체되는 상황이었는데, 이게 정말 뭐라고 해야 할까요, 생사의 경계라고 하나요? 굉장히 긴박한 장면이었는데, 그 한순간의 한 타, 그걸 맞혔을 때의 기쁨이란 정말 최고였죠."

"친 순간이라고 했는데 그때는 어디를 보고 있습니까?"

"주변은 전혀 눈에 들어오지 않습니다. 공밖에 보이지 않죠. 눈 앞에는 9라고 쓰인 빨간색 볼만 보입니다. 보통 때라면 응원하는 사람들이 웅성거리고 있지만 골폴을 치기 직전에는 쥐 죽은 듯 조용해집니다."

"친 순간에는 소리가 들리지 않게 됩니까?"

"예, 들리지 않습니다. 그런데 골폴을 맞혀서 완료되었을 때는 하늘에 닿을 만큼 손을 높이 쳐드는 거죠."

이렇게 말한 노모토 씨는 의자에 앉은 채 왼손 주먹을 천장을 향해 기세 좋게 번쩍 올렸습니다.

스기에는 면접실에서 망자가 오기를 기다리며 오늘 밤에는 취향을 달리 해서 아쌈차로 밀크티를 끓여볼까 하는 생각을 하고 있었습니다. 그는 이곳 일이 싫었던 것은 아닙니다. 다만 1년 넘게 하다 보니 요령을 알 수 있었고, 망자가 선택하는 추억에도 일정한 경향이 있다는 것을 금세 알 수 있었기 때문에 몇 종류의 패턴을 정리하고 대책을 생각하면 일은 쉽게 해낼 수 있었습니다. 그러므로 매주 괴로워하면서 줄타기를 되풀이하는 가와시마 같은 사람이 스기에로서는 오히려 믿기지가 않았습니다.

'처음에 사람들은 긴 인생 중에서 단 하나의 추억을 고르는 일을 사흘에 끝낸다는 것이 불가능하다고 생각할지도 모른다. 특히

70년, 80년이라는 긴 인생을 보내고 온 노인에게는 더욱 힘든 작업이라고 말이다. 하지만 여기서 일을 시작하고 나서 곧 그게 아니라는 것을 깨달았다. 사람은 늘 현재나 미래를 생각하면서 사는 건 아니다. 특히 아이나 손자를 다 키운 여성이나 은퇴하여 연금 생활을 시작한 남성은 이제 여생을 보내면서 "그때가 좋았다", "그때는 힘들었다" 하며 인생을 회상하기 시작한다. 그들은 살고 있기는 하지만 결코 현재를 사는 건 아니다. 살아가면서 "추억"이라는 과거를 살기 시작한 것이다. 즉 그런 사람들은 사실 이곳으로 오기 전에 이미 선택 작업을 대부분 끝낸 것이다. 그들이 옛날 앨범을 펼치면서 그리움에 잠겨 있던 생전의 행위를 여기서 다시 한번 재현해주기만 하면 되는 것이다. 그러므로 "단 사흘 안에요?"라고 놀라는 망자들은 대부분 하룻밤이 지나고 다음 날에는 자신이 직접 면접실로 찾아온다. 나는 그 상대에 따라 자신의 역할을 바꿔주기만 하면 된다. 어떤 때는 남편으로, 어떤 때는 아들로. 어떤 때는 아버지로, 친구로, 학교 선생님으로. 그들이 생전에 그 추억을 되풀이해서 이야기해온 상대를 상상하고 그 역할을 해주면 되는 것이다. 간단한 일이다. 맛있는 홍차를 끓이는 것이 오히려 훨씬 더 어렵다.'

스기에는 정말 이렇게 생각했습니다.

"글쎄요, 역시 그 시절이니까요. 후루카와 다리밖에 없네요."

"그건 몇 년쯤의 이야기죠?"

"종전 직후니까 1945년이에요. 그리고 결혼한 게 1946년이니까요. 제일 인상 깊죠."

고리 요네 씨는 이렇게 말하고 눈을 가늘게 뜨고 웃었습니다. 그녀가 고른 것은 전쟁으로 생이별한 연인과 다리 위에서 재회했을 때의 일이었습니다.

"거기서 만나신 게 몇 년 만이었습니까?"

"글쎄요, 3년 만이었을 거예요."

"마지막으로 만났을 때 이야기하신 건 기억하십니까?"

"만주에 가 있는 동안에는 편지도 뭐도 없었고, 휴가를 받아 후쿠야마로 돌아왔을 때 만났는데 그때 '이제 못 돌아올지도 모르니까' 하는 말은 했어요. '살아 돌아오지 못할 것 같아'라고요. 전쟁도 거의 끝나갈 무렵이었거든요. 하지만 결혼 약속은 하고 갔기 때문에……" 여기까지 말한 고리 씨는 다음 말을 삼켰습니다.

"만나신 건 맞선이나 뭐 그런 거였습니까?"

"아뇨. 부모님께는 비밀이었어요. 둘이서만 약속한 거였거든요."

"아아, 그럼 연애였습니까?" 스기에가 '좀 하시는데요' 하는 어조로 입가에 웃음을 띠었습니다.

"뭐 그런 거지요. 뛰어갔다고 할까, 날아갔다고 할까, 아무튼 그 시대에서 보자면 멋진 편이었지요."

고리 씨는 이야기하는 동안 내내 환하게 웃는 얼굴이어서 스기에도 간혹 그녀가 이미 죽었다는 사실을 잊어버릴 뻔했습니다.

"굉장한 우연이었군요."

"그렇지요, 군대에서 돌아온 걸 모르고 있었으니까요. 만나리라고는 생각도 못했지만, 뭐 인연이 있었던 거지요."

"그렇게 재회했을 때의 일입니다만, 어떤 다리였습니까?"

"그 다리는 아주 길었어요. 우리가 전쟁 전에는 동양에서 제일 길었다고 했으니까 상당히 길지 않았을까요? 요시노 강이었으니까요, 다리 밑은요."

"폭도 넓었습니까?"

"글쎄요, 차가 교차할 정도는 되었어요."

"좀 세세한 겁니다만, 고리 씨는 어느 쪽을 걷고 있었나요?"

"저는 왼쪽이었어요."

"그리고 맞은편에서?"

"그 사람은 자전거를 타고 있었으니까 한가운데로 왔어요."

"어떤 자전거였는지 기억나십니까?"

"옛날 자전거라서, 남자 거요, 그 투박한 것 말이에요."

고리 씨는 머릿속에 지금도 그때의 정경이 그대로 남아 있는 것처럼 스기에의 세세한 질문에도 머뭇거리거나 망설이는 일은 전혀 없었습니다.

"고리 씨는 다리를 건너 어디로 가려고 했습니까?"

"다리를 건너면 시골이었는데, 고구마를 사러 가는 길이었어요. 비백 무늬 천으로 만든 몸뻬를 입고 리어카를 끌고 있었지요. 그런데 한가운데서 만난 거예요."

"남편분은 어디로 가는 길이었죠?"

"라디오가 고장이 나서 수리하러 도쿠시마 시로 가려고 자전거 뒤에 싣고 있었어요."

"남편분은 그때 뭐라고 하시던가요?"

"별말 없었어요. 남자라서 별로 말을 하지 않았어요. 찾으러 갔는데 집도 없어져서 알 수가 없었다는 말만 했어요."

"잘생긴 분이었나요?" 스기에가 다소 농담처럼 물었습니다.

"뭐, 그냥 보통 정도지요. 자기 남편을 칭찬할 수는 없잖아요." 이렇게 말한 고리 씨는 수줍어하는 것 같았습니다.

"예컨대 그 다리 위에는 다른 사람들이 많이……"

"네, 지나고 있었어요. 하지만 그런 건 눈에 들어오지도 않았어요."

"두 사람만 있는 듯한……"

"호호호. 그랬을지도 모르겠네요, 젊었으니까요."

* * *

살았으면 내년에 서른 살을 맞이할 히라카와 나나에 씨는 둘째 아이가 태어난 순간을 골랐습니다.

"아이가 둘이었는데 첫째 아이 때는 모든 게 처음이라서 눈 깜짝할 사이였고, 정신을 차리고 봤더니 이미 태어난 그런 느낌이어서 거의 하나도 기억나지 않거든요. 둘째 아이 때는 제가 어딘가에서 객관적으로 보고 있는 부분이 있어서 아, 통증이 시작되었어, 이제 좀 있으면 다시 통증이 시작되겠구나, 하는 걸 알 수 있었어요. 그런데 태아가 커서 좀처럼 나오지 않았는데 힘껏 배에 힘을 주었더니 머리만 나왔어요. 천장에 잔뜩 라이트가 달려 있었는데, 바로 라이트 가장자리의 은색 부분에 비치는 거예요, 갓난아기가요. 머리를 아래로 향하고. 그걸 보고 '아아, 책하고 똑같구나. 이렇게 나오는구나' 하고 생각했어요. 그때 '이제 조금만 하면 되겠다' 싶어 무척 기분이 좋아졌어요. 30년을 살아오면서 별로 자신을 칭찬해주고 싶다고 생각한 적이 없었지만 그때만은 역시 순순히 그런 생각이 들더라고요."

이야기를 들으면서 스기에는 '진통을 재현하는 것은 좀 고생스러울 것 같은데' 하고 생각했습니다.

"저로서는 상상도 할 수 없습니다만, 무척 아프겠지요?"

"그때는 두 번 다시 이런 일을 겪고 싶지 않다고 생각해요, 진통이 시작되면요. 하지만 물론 사람에 따라 다르겠지만, 태어난 순간 '아아, 다음에는' 하고 벌써 다음 아이를 생각하는 사람도 친구 중에는 있어요. 그래서 역시 잊어버리지 않으면, 내내 그 고통을 기억하고 있다면 세상에는 형제가 적어질 거라고 생각해요."

* * *

1912년, 메이지 45년생인 아라키 가즈지 씨는 여든다섯 살입니다. 퇴역한 지 벌써 50년이 넘었는데도 그때의 경험이 몸에 배어 있는 거겠지요. 허리를 편 자세와 말씨에서 군대 경험자라는 것을 금방 알 수 있었습니다.

"전쟁이 끝났는지도 모르고 정글로 들어갔는데 야자나무 숲에서 생포된 것은 8월 27일쯤이었을 겁니다. 3월 2일 밤 다른 부대에서 '포위되었다'는 연락이 처음 왔는데 '아라키, 빨리 가'라고 했어요. 마침 밥 먹을 시간이었는데 '밥은 나중에 가져갈 테니까 바로 가'라고 해서 124명의 부하를 데리고 야습으로 포위망을 뚫었지요. 하지만 거기서 아무리 기다려도 밥은커녕 물통의 물도 떨어지고 지쳐서 그날 밤은 거기서 선잠을 자고 있었습니다. 아침에 멀리서 '꼬끼오' 하는 소리가 들려올 무렵이 되자 마닐라 만에서 함포 사격이 시작되어 픽픽 쓰러졌고 열여섯 명만 살아남았지요. 어쩔 수 없이 부하의 시체를 넘어 산을 내려왔어요. 너무 배가 고파서 뭐라도 먹을거리가 없을까 하고 찾았는데 더운 지방이라 파파야 같은 게 있었습니다. 그런 걸 먹고 필리핀 사람이 살고 있는 작은 동네로 가서 카모테라는 고구마 비슷한 것을 훔치기도 하고 옥수수를 훔치기도 하고 바나나를 훔치기도 했어요.

그런 것을 먹으며 연명했습니다. 1945년 4월 29일은 천장절*이라 그날은 공격에 나설 거라고 생각하며 기다렸는데, 하늘을 나는 비행기는 온통 록히드뿐이었습니다. 곧 골짜기 너머에서 '재팬, 바보들, 나와라' 하는 소리가 들려왔어요. 한 사람은 손을 맞아 손가락이 부러져 총을 들 수 없었고 또 한 사람은 발뒤꿈치를 맞아 '이제 움직일 수가 없다'고 해서 두 사람한테 물통의 물을 나눠주고 나머지는 모두 다른 산으로 도망쳤습니다."

아라키 씨는 등을 쭉 편 채 손짓 발짓을 해가며 정글에서의 생활에 대한 이야기를 계속했습니다. 스기에는 카모테, 옥수수, 바나나, 하고 아라키 씨가 먹은 것을 차례로 메모했습니다.

"3월 2일 밤의 전투부터 염분을 섭취하지 않아서 힘이 안 나는 겁니다. 손등을 핥아도 짜지가 않았어요. 그래서 야자가 있어도, 바나나가 있어도 나무에 올라가지 못하니까 군도를 뽑아 다 같이 나무를 베어 쓰러뜨리고, 코코넛과 이슬을 먹으며 이틀 정도는 버틸 수 있을 거라고 생각해서 야자를 안고 안도감과 피로 때문에 그대로 잠들었습니다. 그때 사오십 명에게 둘러싸였는데 정신을 차리고 보니 그들이 총으로 겨누고 있었습니다. 어차피 총에 맞아 죽을 거라면 담배나 한 대 피우고 쌀밥이라도 먹고 죽고

* 天長節. 쇼와 천황의 생일로 일본의 국경일이다. 제2차 세계대전 후에는 '천황탄생일'로 바뀌었다.

싶다고 생각했지요. 그래서 '기브 미 시가렛'이라고 말했어요. 그랬더니 일어나지 못할 거라고 생각했나 봐요. 호주머니에서 담배 한 대를 꺼내주더라고요. 그게 빨간 마크가 붙은, 처음 보는 담배였어요. 나중에 수용소에 들어갔는데 거기서는 매월 1일에 담배를 피우는 사람이나 안 피우는 사람이나 상자에 든 러키스트라이크라든가 카멜이라든가 필립모리스 같은 담배를 주었어요, 열 갑이 든 거요. 그때 '아, 이 마크, 이게 러키스트라이크구나. 그때 그 담배로구나' 하고 생각했습니다."

"야자나무 숲에서 러키스트라이크를 피웠을 때는 어떤 맛이었습니까?"

"안도감과 담배 맛이 좋아서 취했던 거겠지요. 이거 말할 수 있겠다 싶어서 '아이 앰 헝그리. 보일드 라이스 기브 미'라고 했더니, 이삼백 미터 간 곳에 야자나무로 지은 오두막집이 있었는데 그곳으로 데려가주었습니다. 밥을 지어주었지요. 그래서 테이블에 바나나 잎을 깔고 거기에 솥에서 밥을 푸고 소금을 뿌려주더군요. 정말 기쁜 마음으로 손으로 집어서 먹었어요. 이거 이야기할 수 있겠다 싶었는데, 닭이 있더군요. 닭도 먹고 싶더라고요. 전별 선물로 받은 시계가 있었는데 고장이 나긴 했지만 '체인지, 체인지'라고 했더니 '오케이'라고 하더군요. 그러더니 제일 약한 닭을 주었습니다. 그래서 병사가 목을 졸라 잡아서는 껍질을 벗기고 삶아 소금을 쳐서 먹었지요. 정말 맛있었습니다."

아라키 씨는 그렇게 해서 귀환하는 배를 타고 일본으로 돌아올 때까지 6개월간 먹은 것을 하나하나 이야기했습니다.

머리로 생각하여 멋있게 보이려고 한다면 뭔가 타인에게 좀 더 자랑할 수 있는 추억을 고를 것 같다고 생각할지도 모릅니다. 하지만 여기에 와서 막상 고르게 되면 남녀노소를 불문하고 가장 많은 것은 음식에 대한 추억이었습니다.

이날 모치즈키와 시오리의 방을 처음으로 방문한 망자가 고른 것도 역시 음식에 대한 추억이었습니다.

"글쎄요, 역시 대지진 때는 제가 아홉 살이었는데 어린 마음에도 그건 잊을 수가 없습니다, 예."

연보랏빛 기모노 위에 하오리*를 걸친 오쿠마 미치 씨는 태어나고 나서 84년간 도쿄를 떠난 적이 없다고 합니다.

"한 집 건너 옆집 친구 집에 놀러 가 있었는데 '우와아' 하고 시끄러워졌어요. 어른들이 밖으로 나와 떠들썩해서 저는 집으로 돌아갔어요. 그런데 그사이에 지진이 그쳤어요. 그러더니 '대숲으로 들어가, 들어가'라는 말이 들렸어요. 우리 집은 고슈甲州 가도 옆에 있었는데 집 뒤에 집 세 채쯤 되는 넓이의 아주 오래된 대숲이 있었어요. 그 대숲으로 들어가 그날 하룻밤을 보냈지요."

* 기모노 위에 걸쳐 입는 짧은 겉옷.

"오쿠마 씨는 대숲에서 뭘 했습니까?"

"아이였으니까 놀기도 하고 뜰로 나가 달리기를 하기도 했어요."

"뭘 하고 놀았습니까?"

"대숲에서는 대와 대에 줄을 매달아 그네를 타기도 하고……" 오쿠마 씨는 두 손으로 줄을 쥔 모습을 한 채 몸을 앞뒤로 흔들었습니다. "그리고 어머니들은 밥을 해서 주먹밥을 만들어 주었어요. 그 대숲에서 주먹밥을 먹었던 일은 지금도 잊을 수가 없어요, 네."

"어떤 주먹밥이었죠?"

"역시 삼각 주먹밥이었어요. 보리밥이 들어 있었지요. 한 되 안에 쌀은 세 홉 정도였고 나머지는 보리였거든요."

"안에는요?"

"아무것도 들어 있지 않았어요. 그냥 소금만 넣고 뭉친 거였거든요. 지금처럼 두르는 김도 없었으니까요. 옆에 매실장아찌라도 있으면 훌륭한 편이었지요. 단무지나 매실장아찌. 그래서 전 지금도 안에 뭘 넣은 주먹밥을 싫어해요, 네."

* * *

"배가 고파서 핫케이크를 먹으러 가자는 이야기가 나왔어요. 디즈니랜드의 핫케이크는 굉장히 맛있거든요, 그래서 먹으러 갔어요. 하지만 저는 가진 돈이 부족했어요. 어쩔 수 없이 친구 마나쓰 것을 하나 얻어먹었어요. 어찌나 맛있던지. 그다음에는 배가 불러서 좀 멀리 있는 스플래시마운틴을 타러 갔어요. 그런데 세 시간쯤 기다려야 한다고 하더라고요. 하지만 디즈니랜드에서는 세 시간 기다리는 건 보통이라며 일곱 명이서 왁자지껄 떠들며 줄을 섰는데, 세 시간은 금방 갔고, 같이 타자고 해서 다 같이 탔어요."

요시모토 가나 씨는 열네 살. 초록색 체크무늬 스커트에 흰색 터틀넥 스웨터를 입었습니다. 그녀는 휴일에 있었던 일을 전화로 친구에게 말하듯이 모치즈키에게 즐겁게 이야기했습니다. 모치즈키도 그녀의 종잡을 수 없는 이야기를 참을성 있게 들어 주었습니다.

두 사람의 모습을 곁눈질하면서 시오리는 왠지 자신이 불쾌해지는 걸 느꼈습니다. 특별히 디즈니랜드에 친구와 같이 간 것이 부러운 것은 아니었습니다. 눈앞에 있는 열네 살짜리 중학생에게 질투를 느낄 만큼 어린애가 아니라고 생각하고 있었으니까요.

다만 언제까지고 구김살 없이 이야기하는 열네 살 소녀의 태평한 모습을 보고 살짝 짓궂은 마음이 들었을 뿐입니다. 반 친구가 새 신발을 신고 학교에 왔을 때 맨 먼저 밟아 더럽히고 싶다거나 도서실에 순서대로 가지런히 꽂혀 있는 책을 봤을 때 한 권만 빼내 이삼 센티미터만 비뚤게 꽂아놓고 싶어지는 정도의 시시한 감정이었습니다.

* * *

엔도 구니오 씨는 스물한 살, 대학 3학년입니다.

감색 운동복에 청바지 차림의 그는 "딱 하나인 거죠?" 하고 모치즈키에게 확인하고 나서 자신의 결심을 굳히듯이 잠시 눈을 감은 채 잠자코 있었습니다.

모치즈키는 아무 말도 하지 않고 그가 이야기하기를 기다렸습니다.

"고등학교 1학년 때 좋아한 여자애가 있었어요. 결국 차였지만요. 그 애하고는 같은 연극반에서 클럽활동을 했어요. 그 애는 가방에 방울을 달고 다녔어요. 걸어가면 늘 가방의 방울이 짤랑짤랑 울렸어요. 그래서 연극반 교실에 있을 때도 저쪽에서 짤랑짤랑 방울 소리가 나면 '아, 왔구나, 왔어' 하는 느낌이었는데, 그 방울 소리를 듣는 게 상당히 좋았어요. 학교가 끝나고 대체로 방과후부터 저녁 늦게까지 내내 연습하는데 끝나면 돌아갈 준비를 하고 연극반 교실에서 현관까지 가는 거죠. 가끔 제가 먼저 도착하고 그 애가 나중에 올 때가 있었어요. 언제였더라, 아마 겨울이었을 거예요. 현관에서 돌아가려고 혼자 신발을 신고 있었어요. 밤이었고 깜깜했어요. 컨버스화여서 끈을 묶고 있었는데 2층에서 짤랑짤랑 하는 방울 소리가 들려 '아, 왔구나, 왔다' 하는 느낌이었어요. 진작 끈을 묶고 곧장 돌아갈 수 있었지만 일부러 천천히 묶고 그 애가 오기를 기다린 거죠. 그사이에 짤랑짤랑하는 방울 소리가 점점 다가왔고요. 그래서 돌아보면 그녀가 있곤 했는데, 만약 선택한다면 그녀의 얼굴을 보기 전이 좋을 것 같네요."

"보기 전요?"

"예. 보기 전의 기대와 설렘. 얼굴을 봐버리면, 결국 재치 있는 말 한마디 할 수 없었으니까요. 이런 말을 할까, 저런 말을 할까, 하고 생각하면서 끈을 묶고 있을 때가 좋았거든요."

엔도 씨는 이렇게 말하며 발밑의 스니커즈를 응시했습니다.

* * *

어제와 마찬가지로 와타나베 씨가 모치즈키와 시오리 앞에서 머리를 벅벅 긁고 있습니다. 다만 표정은 온화하고 여유도 있으며 다급한 모습은 전혀 없습니다.

"저로서는 70년간 나름대로의 인생을 보내왔다고 생각합니다. 물론 후회가 없느냐고 물으면 없지는 않지요. 후회가 없지는 않지만 납득은 하고 있습니다. 하지만 이렇게 갑자기 추억 하나를 골라야 하니 뭐랄까요, 구체적으로 어떤 것을 고르려고 하니까 꽤나 어렵네요. 그렇게 갑자기 떠오르지는 않으니까요. 뭐, 수중에 앨범이나 일기 같은 게 있다면 좀 더 선명하게 여러 가지 사건들이 떠오르겠지만요."

와타나베 씨는 이렇게 말하고 부끄러운 듯 웃으면서 모치즈키와 시오리에게 고개를 숙였습니다.

"앨범이요?"

"예. 그렇긴 해도 저 같은 경우에는 공습으로 집과 함께 어렸을 때의 사진이 몽땅 타버려서 볼 수가 없지만요." 이렇게 말한 와타나베 씨는 자신이 했던 말을 지우듯이 두세 번 얼굴 앞에서 손을 가로로 저었습니다.

"와타나베 씨, 자제분은요?"

"안타깝게도 없었습니다."

"취미 같은 것은요?"

"이야, 난처하군요. 특별히 이렇다 할……"

"부인하고의 여행이라든가?"

모치즈키의 이 한마디를 듣자 와타나베 씨의 표정이 살짝 굳어졌습니다. "그런 걸 골라야 하는 겁니까?"

이 한마디는 지금까지의 온화한 어조와는 달리 그가 마음속에 안고 있는 완고한 부분을 살짝 드러내주었습니다.

"아니요, 그런 건 아닙니다. 지금 제가 말씀드린 것은 예일 뿐입니다. 뭔가 힌트라도 될까 싶어서요." 모치즈키가 수습하듯이 이렇게 말하자 방 안은 잠시 침묵이 이어졌습니다.

두 사람이 주고받는 말을 들으며 시오리는 노트에 쓴 와타나베라는 이름 옆에 빨간 사인펜으로 크게 × 표시를 했습니다.

'여기 와서 "나름대로"라든가 "그럭저럭"이라고 말하는 사람은 꼭 고르지 못한다니까.'

마음속으로 이렇게 중얼거리면서 시오리는 눈을 치뜨고 와타나베 씨의 모습을 살펴보았습니다.

와타나베 씨는 등을 쭉 펴나 싶더니 크게 숨을 들이쉬고는 '휴우' 하고 한꺼번에 내뱉었습니다.

시오리는 큰 소리에 놀라 하마터면 펜을 떨어뜨릴 뻔했습니다. 와타나베 씨는 별안간 진지한 얼굴로 팔짱을 끼고는 눈을 감아버렸습니다. 시간이 얼마나 지났을까요, 조금 있다가 눈을 떴을 때 그는 여느 때의 온화한 표정으로 돌아와 있었습니다.

"우리 세대 사람들은 역시 전쟁이 큰 사건으로 기억에 남아 있죠. 저한테도 종전 후인 1945년 이후 자신의 삶을 규정한 큰 사건이 있었습니다. 제가 시코쿠의 교육대教育隊에 있었을 때 히로시마로 가게 되었고, 1945년 8월 8일에 히로시마 도착했습니다.* 이틀 걸려 간신히 도착했는데, 도착하고 보니 히로시마 거리가 불에 타서 온통 폐허가 되어 있었습니다. 지금까지 도시가 있었는데 없어지고 바다까지 한눈에 보이는 벌판이 되어 있었지요. 그 가운데로 도로만이 가로세로로 달리고 있고 거기에 개미 같은 사람들이 우왕좌왕, 우왕좌왕하고……"

---

* 히로시마에 원자폭탄이 떨어진 것은 8월 6일 오전 8시 15분이다.

와타나베 씨는 천천히 눈을 감고는 눈 안쪽에서 그때의 풍경을 떠올리려고 했습니다.

"우리가 집결하려고 했던 장소도 이미 흔적도 없이 사라져버렸습니다. 그래서 하는 수 없이 역의 기차 안에 있었지요. 그때는 이미 녹초가 되어 있었어요. 8월 한여름의 더운 날이라 탈수 증상이라도 보이고 있었을지 모릅니다. 그때까지 떠받치고 있던 것이 와르르 무너지고 마는 것 같았습니다. 일종의 진저리 같은 것이 느껴지고 몸이 흔들흔들하고 발작 같은 것이 일어났어요. 동료가 '어이, 와타나베, 왜 그래? 괜찮아, 괜찮아?'라고 했지만 저는 배를 안고 쪼그리고 앉았어요. 말하자면 그때 '하느님, 부처님, 제발 도와주세요'라고 한 거죠. '이런 상황은 견디기 힘듭니다'라고요. '아무리 그래도 너무 잔인합니다'라고도요. '살아남는다면 뭔가 유익한 일을 하겠습니다. 그런 삶을 선택하겠습니다. 그러니 어떻게 좀 도와주세요'라고요. 이런 생각이 들었습니다. 이거 사람들은 모를 겁니다. 이야기하는 건 지금이 처음이니까요. 저만 알고 있었던 거지요. 그럼 넌 어느 정도의 일을 했느냐고 물으면 아무래도 불안합니다만, 지금 이렇게 이야기하면서 조금 알게 된 것은, 조금 전에 취미라든가 여행이라는 말을 들었을 때 물론 그런 추억을 고르는 것도 좋습니다만, 저는 역시 뭐랄까요, 적어도 자신이 살았던 증거일 수 있는 그런 사건을 고를 수는 없을까 하는 생각을 했습니다."

차임벨이 울렸습니다.

오전 면접 시간이 끝났다는 것을 알리는 차임벨입니다.

모치즈키의 제안으로 내일까지 하루 더 천천히 생각해보기로 하고 오늘 면접은 이것으로 끝냈습니다. 와타나베 씨는 방 입구로 가면서 '살았던 증거'라는 유치한 말이 무심코 나와버린 것에 당황하고 있었습니다.

'나는 70년을 살아오면서 무의식중에 그런 생각을 한 것일까? 그건 그렇고 내가 말한 거지만 "살았던 증거"란 대체 어떤 거지?'

이런 자문을 하면서 와타나베 씨는 문 앞에서 두 사람에게 고개를 숙여 인사하고는 면접실을 뒤로 했습니다.

복도로 나가 문을 닫으려고 할 때 그의 등 뒤에서 "수고 많으셨습니다" 하는 소리가 들렸습니다. 돌아보니 맞은편 면접실에서 여성이 혼자 인사하고 나오는 참이었습니다. 그녀는 와타나베 씨를 보고 생글생글 웃으면서 다가오더니 가볍게 고개를 숙여 인사했습니다.

"노마 도미코라고 합니다."

"와타나베 이치로입니다."

와타나베 씨보다 대여섯 살쯤 어릴까요, 쇼트커트를 한 머리에 커다란 쌍꺼풀눈이 인상적이었습니다. 뽐내는 구석이 전혀 없는 서민적인 얼굴에 와타나베 씨는 친밀감을 느꼈습니다.

두 사람은 같이 직원실 안쪽에 있는 식당으로 갔습니다. 식당은 직원도 망자들도 자유롭게 이용할 수 있습니다. 직원실 모퉁이를 왼쪽으로 돌자 이미 복도까지 사람들이 떠드는 소리가 들렸습니다. 안으로 들어가자 그곳은 다른 방보다 천장이 높고 어지간한 시골 결혼식장만 한 넓이였습니다. 직사각형의 목제 테이블과 둥근 의자가 가지런히 늘어서 있는데, 이미 서른 개쯤 되는 자리는 거의 차 있었습니다. 여기서 일하는 직원인 듯한, 짙은 감색 윗도리와 한 벌인 바지를 입은 사람들이 망자들 사이에 섞여 차를 마시면서 즐겁게 잡담을 나누고 있었습니다.

간신히 창가 자리를 잡은 와타나베 씨는 음료를 주문하기 위해 혼자 자리에서 일어났습니다. 안쪽 창가에 허리 정도의 높이로 칸막이가 있는데 그곳이 주방이었습니다. 여성 직원 셋이 즐겁게 이야기를 나누면서 컵을 닦기도 하고 뜨거운 물을 끓이고 있었습니다. 벽에는 커피, 홍차, 코코아, 녹차, 우유라고 쓰인 두꺼운 종이 다섯 장이 나란히 붙어 있었습니다. 종이에 쓰인 글씨는 햇볕에 바래서 어지간히 읽기 힘들었습니다. 식당이라고 해도 이름뿐이고, 먹을 것이 나오는 것도 아닌 것 같았습니다.

와타나베 씨는 홍차 두 잔을 주문하면서 '그러고 보니 어제부터 아무것도 먹지 않았는데 배가 고프다는 감각이 없구나' 하고 처음으로 생각했습니다.

홍차가 나오기를 기다리는 와타나베 씨의 귀에 망자들의 이야기 소리가 들려왔습니다. 전시 중의 이야기나 연인, 아들이나 딸에 대한 사소한 자랑이었습니다. 그들이 모두 망자라는 것을 잊어버리면 그 대화는 시내의 카페에서 친구들끼리 나누는 이야기와 전혀 다르지 않았습니다. 그들은 고르려는 추억에 대해 이야기하면서 상대의 반응을 살피며 자신의 결심을 굳히고 있는 것처럼 보였습니다.

다만 자세히 보니 두세 명이 그룹을 만들어 이야기하는 것은 여성들뿐이고 남성은 혼자 창가 테이블에 앉아 바깥 경치를 바라보고 있거나 여성들의 이야기에 멀리서 귀를 기울이고 있는 사람들이 대부분이었습니다. 그러나 이 또한 시내 공원이나 노인 시설 등에서 보는 광경과 다르지 않다고 할 수 있습니다. 그런 가운데 자연스럽게 이렇게 되기는 했지만 여성과 같이 있게 된 와타나베 씨는 멋쩍음과 자랑스러움이 뒤섞인 복잡한 심정이었습니다.

'아내 이외의 여성하고 이렇게 차를 마셔본 게 언제였더라.'

홍차 잔을 받으면서 곰곰이 생각해봤지만 이렇다 하게 떠오르는 장면은 없었습니다. 자리로 돌아갈 때 눈앞에서 도자기 접시와 잔이 부딪치며 달그락거리는 소리를 냈습니다. 와타나베 씨는 자신이 긴장하고 있다는 것을 모두에게 알려버린 것 같아 좀 부끄러웠습니다. 노마 씨 앞에 잔을 놓고 옆자리에 앉자 기다렸다는 듯이 그녀가 말을 꺼냈습니다.

"저는 벌써 정했어요." 이렇게 말한 그녀는 홍차 잔을 두 손으로 감싸듯이 쥐었습니다.

"그렇습니까? 그러면 언제로……"

"여학교 시절이에요. 그 무렵에는 정말 즐거웠거든요. 학교는 스가모 쪽에 있었는데 매주 친구들하고 히비야로 영화나 연극을 보러 갔어요. 졸업식 때는 친구하고 같이 하카마*를 맞춰 입고 머리에 커다란 리본을 맸어요. 마지막에는 선생님과 함께 다 같이 노래를 불렀어요. 무슨 노래였을 거라고 생각해요? 졸업 노래인 〈우러러보니 드높아라〉였어요. 지금 아이들은 아마 생각도 할 수 없겠지만요. 그 당시엔 순수했으니까요. 그래서 노래를 부르면서 눈물을 주룩주룩 흘리는 바람에 손에 든 졸업장이 눈물로 흠뻑 젖었어요. 아, 이거, 정말이에요. 절대 과장이 아니에요. 거짓말 같은 이야기지만요."

"부럽네요."

와타나베 씨가 이렇게 말하자 그녀는 어린아이가 도리질을 하는 것처럼 과장되게 머리를 좌우로 흔들었습니다.

"즐거웠던 것은 그 무렵까지예요. 그 후로는 힘든 일뿐이었어

---

* 기모노 위에 덧입는 주름 폭이 넓은 하의로 허리에서 발목까지 덮으며 끈으로 묶는다. 여자 것도 있으며 근대에는 여학생의 교복, 현대에는 졸업식 등의 예복으로 입는다.

요. 스무 살에 아무것도 모르고 결혼했어요. 제멋대로인 남자였는데 마시고 패고 노는 걸 무척 좋아하는 사람이어서 울기도 많이 울었지요. 그런 시대여서 어린애를 안고 일을 할 수도 없었어요. 경제력이 없어서 견뎠지만, 지금이라면 분명히 이혼을 했겠지요. 집에 있을 때는 술을 마시거나 잤어요. 밥상을 차려도 '맛있다'거나 '맛없다'는 말도 하지 않았어요. 전혀 의욕이 없었지요, 같이 살면서."

"이야" 하면서 와타나베 씨는 난처하다는 듯이 머리를 긁적였습니다. 지금 들은 이야기는 대부분 자신에게도 해당되었기 때문입니다. 다만 그것을 '부부란 다 거기서 거기지요' 하며 웃어버릴 수 있을 만큼 자신이 보내온 부부 생활에 대한 이해가 없었기 때문에 그는 그저 잠자코 쓴웃음을 짓고 있는 게 고작이었습니다.

"와타나베 씨, 부인은 아직 저쪽에?" 노마 씨는 이렇게 말하며 앉아 있는 바닥 쪽을 가리켰습니다.

"아뇨, 벌써."

와타나베 씨는 이렇게 대답하며 천장을 가리켰습니다. 그렇게 가리키기는 했습니다만 그는 그 행위가 자신들이 놓인 상황을 제대로 표현한 것인지 어떤지에 대해서는 전혀 자신이 없었습니다. 다만 둘이서 그렇게 위아래를 가리키는 모습은 어딘가 얼이 빠져 있어, 어쩐지 지금 자신들의 어중간한 상황을 잘 드러내주고 있다는 생각이 들었습니다. 그런 우스움이 상대에게도 전해졌는지 두 사람은 손으로 가리킨 채 어깨를 으쓱하고 웃었습니다.

"5년 전에 죽었습니다. 그 후로는 쭉 혼자 살았습니다."

"그럼 힘드셨겠네요." 노마 씨는 안됐다는 듯이 말했습니다.

"예, 뭐." 와타나베 씨는 이렇게 말하며 애써 얼굴을 찡그려 보였습니다.

"그럴 거예요. 그렇거든요, 남자들은. 없어져야 비로소 마누라의 고마움을 안다니까요."

"예, 절실히."

"지금쯤 우리 남편도 그걸 깨달으면 좋을 텐데."

두 사람은 얼굴을 마주 보고 다시 웃었습니다.

'이렇게 남과 함께 웃는 것도 오랜만이구나.'

와타나베 씨는 이렇게 생각하면서 옆자리의 노마 씨를 흉내내며 테이블 위의 잔을 두 손으로 감싸듯이 쥐었습니다. 도자기를 통해 전해지는 홍차의 따뜻함이 부드럽게 손에 스며들었습니다.

1층 대합실 바깥에 있는 테라스에 요시모토 가나 씨가 혼자 앉아 있습니다. 테라스에서는 중정이 바라보였지만, 그녀는 그쪽으로 등을 돌리고 난간에 앉아 두 발을 흔들흔들하고 있습니다. 유니폼을 입은 남자 둘이 접사다리를 옆구리에 끼고 중정을 가로질러 갔습니다. 그때 복도의 열린 창으로 시오리의 얼굴이 비쳤습니다.

시오리는 코코아가 든 잔을 두 손에 들고 복도를 걸어오더니 테라스에 면한 철문을 쾅 하고 엉덩이로 밀어 열었습니다. 소리에 놀라 돌아본 요시모토 씨가 비로소 그녀를 알아봤습니다.

"여기 있었구나. 찾았어." 이렇게 말하며 다가온 시오리는 잔 하나를 요시모토 씨에게 건네고 난간에 나란히 앉았습니다.

"고마워요." 예를 표하고 잔을 받아들기는 했지만 대체 그녀가 무슨 목적으로 자신을 찾았는지 이해할 수가 없어서 요시모토 씨는 어리둥절했습니다. 그런 것은 개의치도 않고 시오리는 김이 모락모락 피어오르는 코코아를 맛있게 후루룩거렸습니다. 요시모토 씨도 한 입만 잔에 입을 댔습니다.

"가나 씨, 학교는?" 느닷없이 시오리가 물었습니다.

"학교요?"

"응. 어땠어? 즐거웠어?"

"즐거웠어요. 친구도 많이 생겼고."

"아, 그렇구나."

"공부는 별로 좋아하지 않았지만 쉬는 시간이나 방과 후에는 다 같이 이야기하고 함께 놀러 가기도 하고요."

"으음, 좋았겠다." 그 말에는 부럽다는 감정이 전혀 들어 있지 않았습니다. 다만 요시모토 씨는 그것을 알아차리지 못한 것 같았습니다.

"그렇지 않았나요?"

"나는 뭐랄까, 그런 게 안 되었나봐. 공부하는 것도 싫었고. 친구하고 같이 있는 것도 그렇고, 혼자 있을 때가 더 좋은 것 같았으니까."

"전 안 돼요. 혼자 있으면 쓸쓸해서, 특별히 사이가 좋은 애가 아니라도 '나도 좀 끼워줘' 하거든요." 요시모토 씨는 이렇게 말하고 처음으로 살짝 웃었습니다.

그녀의 어리둥절함이 조금 사라진 것을 시오리도 알 수 있었습니다.

"그런데 말이야, 디즈니랜드 말인데……"

"네."

"가나 씨가 고르려고 하잖아, 스플래시마운틴이라고 했나?"

"네."

"난 말이야, 여기서 일하게 된 지 1년쯤 되었는데 정확히 서른 명째야."

요시모토 씨는 멍한 얼굴로 듣고 있었습니다.

"디즈니랜드를 고른 애가."

"그렇구나. 서른 명이나요?"

그녀도 드디어 시오리가 무슨 말을 하려는지 알게 된 것 같았습니다.

"응. 역시 많아. 특히 여중생 같은 경우는."

시오리는 자신이 말한 '여중생'이라는 말의 울림이 필요 이상으로 경멸의 분위기를 띠지 않도록 조심했습니다.

"음, 그렇구나." 이렇게만 말한 요시모토 씨는 자기 앞의 코코아를 바라보며 잠자코 있었습니다. 그녀의 발밑에서 은행나무 낙엽이 바람에 빙글빙글 춤을 췄습니다.

"아, 하지만 서른 명이라고 해도 다들 다르니까. 스플래시마운틴을 고른 애는 그렇게 많지 않아. 기껏해야 네다섯 명 정도."

시오리는 격려하듯이 말했습니다.

벽돌 건물인 시설 2층 창문에는 그곳만 특별히 색을 칠한 것처럼 네모나게 잘린 파란 하늘이 비쳤습니다.

시오리는 옆에 앉은 요시모토 씨의 얼굴을 보지 않고 그 창문을 올려다보았습니다. "재미있지, 디즈니랜드." 시오리는 마지막에 이렇게 말하고는 코코아를 마시는 척하며 잔 안에서 히죽 웃었습니다.

"열여섯 살 때 여자를 알았고 그 후로 열일곱 살 때부터 쭉이었으니까. 정말 헤아리면 엄청나지. 사백, 아니 오백쯤 되려나, 이래저래."

"오백이나요?"

"오백이라고 숫자만 많다고 좋은 건 아니지만, 그건 아무리 해도 질리지가 않거든. 밥하고 마찬가지지."

"아, 그거 전부 유곽에 다니면서요?"

"응. 뭐 그 무렵엔 날마다였지. 요시와라, 다마노이, 스사키, 이런 유곽 거리를 하루에도 몇 번이나 왕복했는지 몰라. 많이 놀았지. 다리가 뻣뻣해지고 거기도 뻣뻣해지고, 대단했어. 돈이 없는데도 어디서 모아 가지고 그렇게 자주 다녔는지 몰라."

이렇게 말한 쇼타 씨는 스스로도 감탄스럽다는 듯이 고개를 크게 끄덕였습니다.

"그 주변을 너무 어슬렁거리며 시간을 보내다가는 금방 11시가 되고, 그러면 문을 닫으니까. 그때는 쓸 만한 여자가 없거든. 처음에는 반반한 여자가 '아, 오빠, 저기 멋쟁이 오빠, 한쪽 게다 닳은 오빠, 이봐요, 놀다 가요'라고 하니까 그만 의기양양해져서 침을 질질 흘리며 따라가면 이게 비싼 거지. 그런데 점점 시간이 지나고 11시가 되어 문 닫기 직전이 되면 가격이 내려가는 거야. 뭐 천 엔이었던 게 오백 엔이 되는 거지. 그러니까 그걸 노리고 가는데, 그러면 성공할 때도 있고 실패할 때도 있어. 역시 처음엔 얼굴이니까, 얼굴."

쇼타 씨는 자신의 얼굴을 가리키며 이렇게 말하고는 웃었습니다. 가와시마도 어쩔 수 없이 맞장구를 치면서 살짝 웃었습니다.

* * *

"생후 5개월인가 6개월."

"5개월인가 6개월?" 가와시마가 무심코 되물었습니다.

눈앞에 있는 분도 다로 씨의 표정은 어디까지나 진지함 자체여서 가와시마는 그가 농담을 하는 것 같지는 않았습니다.

"그렇습니다. 제 생일은 5월이고, 그게 가을 정도였으니까요."

"10월이나 11월?"

"그건 좀 정확하지 않지만, 생후 얼마 안 되었을 때니까 아마 가을이었을 겁니다."

"가을이라……"

"예. 그런데 오전이 아니라 오후였던 것 같습니다."

"오후?"

"정확하지는 않지만 아마 오후였을 겁니다. 알몸으로 이불에 누워서 햇볕을 흠뻑 쬐고 있었거든요. 가을이라 그리 덥지 않은 햇살이었어요."

역시 강한 의심에 사로잡혀 있던 가와시마가 되물었습니다.

"몇 시 정도였죠, 그게?"

"저물녘이었습니다."

"저물녘?"

"예, 3시? 그런 대낮은 아니었어요. 시트는 깔리지 않았고 이불이 아주 선뜩했고 햇볕은 무척 따뜻했습니다. 눈을 반쯤 뜨고 있었을 거예요."

이렇게 말하며 분도 씨는 눈을 반쯤 감고는 기분 좋은 표정을 지었습니다.

"햇볕을 피부 전체로 느꼈어요. 지금은 말로 잘 표현할 수 없지만 뭔가 살아 있다는 느낌이랄까요? 그게 가장 오래된 기억이고, 그게 지금까지 가장 행복했다고 하면 뭐랄까, 제일 오래된 기억이 제일 행복했다고 하면. 그 후 29년간의 제 인생은 뭐였나, 하는 생각에 좀 그렇긴 하지만, 아무튼 살아 있다는 것을 가장 실감한 경험이었어요."

"그게 지금 어떤 식으로 떠오르는데요? 색이랄까 빛 같은 것은요?"

"색은 없었어요. 오렌지색이나 노란색이었을 거라고 생각하지만 제 안에서 색은 없었습니다."

"소리는요?"

"소리도 없었습니다. 체감한 것은 선뜩한 느낌뿐이고 색이나 소리는 떠오르지 않습니다."

분도 씨는 딱 잘라 이렇게 말했습니다.

* * *

노란 은행잎, 도토리, 밤송이, 석류 껍질. 게다가 어디서 찾았는지 유리처럼 반투명하고 예쁜 물빛 돌.

니시무라 씨는 주워온 것을 하나하나 비닐봉지에서 꺼내 가와시마의 눈앞에 늘어놓았습니다. 그리고 책상 위에 늘어놓은 것을 한 번 천천히 바라본 그녀는 동그란 돌을 집어 들고 중정 너머로 곧 지려고 하는 석양에 비춰보았습니다. 돌 안은 오렌지색과 물빛이 겹쳐 신기하게 흐릿해서 진기한 동물의 알처럼 보였습니다.

"뭐 없었나요, 니시무라 씨? 즐거운 추억 같은 거요."

가와시마가 이렇게 물어도 니시무라 씨는 입을 다물고 있었습니다.

"니시무라 씨. 니시무라 씨. 결혼은요?"

니시무라 씨는 돌 안을 들여다보고 있었습니다.

"자식은요? 아, 손자는요?"

니시무라 씨는 처음으로 가와시마 쪽을 보더니 천천히 고개를 가로저었습니다. 그러고 나서 물빛 돌을 무릎 위에서 두 손으로 부드럽게 감싸 쥐었습니다. 그건 마치 알을 따뜻하게 해서 부화라도 시키려는 것처럼 보였습니다.

니시무라 씨는 그 자세 그대로 얼굴만 옆으로 향하고 중정을 보면서 툭 한마디 던졌습니다.

"여기는 꽃이 안 피나요?"

"아니요, 핍니다. 봄이 되면요. 아주 예뻐요."

"그래요?"

"예."

"예쁘겠지요?" 이렇게만 말하고 니시무라 씨는 다시 입을 다물고 말았습니다.

가와시마는 그 표정을 보면서 문득 생각난 것이 있어 그녀에게 물었습니다. “니시무라 씨, 올해 몇 살이시죠?”

그녀는 물음에 대답하지 않고 오늘도 역시 어제와 마찬가지로 해가 질 때까지 중정을 내다보았습니다.

이날의 면접이 모두 끝났습니다. 다섯 명의 스태프는 직원실 책상을 둘러싸고 망자들의 상황에 대해 보고했습니다. 직원실의 정면, 정확히 나카무라의 책상 뒤에 커다란 스크린이 걸려 있고 거기에는 니시무라 기요 씨의 얼굴이 슬라이드로 비춰졌습니다. 창밖은 이제 완전히 저물어 밤의 어둠에 휩싸였습니다.

“이렇게 해서 니시무라 기요 씨는 한 발 앞서 살아 있는 동안에 추억을 골랐습니다. 처음에는 저도 알아채지 못했습니다만, 이미 아홉 살 때의 기억 안에서 살기 시작한 거죠.” 이렇게 말한 가와시마는 스태프를 둘러보았습니다.

“아홉 살이요? 하지만 그녀 같은 사람한테 우리라든가 이곳 풍경은 어떤 식으로 비칠까요?” 스기에가 슬라이드 사진을 볼펜 끝으로 가리키며 흥미롭다는 듯이 물었습니다.

“글쎄요. 거울에 비친 자신의 모습은 어떨까요?”

다들 조금은 신기하고 숙연해졌습니다.

마침 대화가 끊겼을 때를 가늠하여 나카무라가 손에 든 만년필로 시오리에게 신호를 보냈습니다. 시오리는 그것을 보고 아주 귀찮다는 듯이 손에 들고 있던 리모컨 스위치를 눌렀습니다. 슬라이드가 찰칵 하고 큰 소리를 내며 니시무라 기요 씨의 얼굴이 이세야 유스케 씨로 바뀌었습니다.

그걸 보고 가와시마가 난감하다는 듯이 머리를 싸쥐었습니다. "아아, 지겨워, 이 녀석."

"무슨 일인데 그래?" 스기에가 짧게 물었습니다.

"아니, 이세야 씨는 오늘도 여전한데, 뭐랄까, 고를 수 없는 게 아니라 고르겠다는 의지가 전혀 없어요."

"고를 의지가 없다고? 몇 살이지 그 사람, 나이는?"

"스물두 살이요."

"22년을 살았다면 뭔가 하나쯤은 있겠지. 자네가 묻는 방식이 안 좋았던 거 아냐?"

"스기에 씨, 그럼 담당을 바꿔주시죠."

"싫어, 나도 바쁘니까."

"전 잘 못하겠다니까요, 이런 타입은."

"뭐야, 잘하는 타입이 있었던 거야?"

"아니, 뭐, 그런 뜻은 아니에요."

"뭐, 스포츠 시합이라든가 콘서트라든가 적당히 그런 걸 고르게 해." 스기에가 성가시다는 듯이 말했습니다.

"그렇게 할 수도 없지 않습니까? 뭐, 좀 더 끈기 있게 해보겠습니다. 정말 죄송합니다." 이렇게 말한 가와시마는 스태프 한 사람

한 사람에게 고개를 숙였습니다.

"제대로 해야지, 이제 신참도 아니고 말이야." 스기에의 엄중한 말이 다시 날아왔습니다.

"자. 그럼 다음으로 넘어가죠." 나카무라가 격려하듯이 말했습니다.

스크린에는 쇼타 씨가 등장했고 가와시마가 다시 머리를 싸쥐었습니다.

"뭐야, 또 자네야?" 스기에가 일부러 놀라는 척했습니다.

'이런 때 스기에 씨는 정말 심술궂다니까.'

두 사람이 주고받는 말을 들으면서 시오리는 속으로 이렇게 생각했습니다.

"이야, 이번 주는 정말 난감하다니까요. 쇼타 씨는 정말 멈출 줄을 모르는 느낌으로 오늘도 여자 경험만 줄기차게……"

"그걸 하나로 짜내는 게 자네 일이잖아."

"아니, 그건 알고 있지만……" 가와시마는 도움을 청하듯이 주위를 둘러보았습니다.

"하지만 즐거워하시죠, 쇼타 씨? 얘기하면서요." 모치즈키가 도움의 손길을 뻗쳤습니다.

"그렇다니까. 뭐랄까, 듣고 있으면 꽤 운치가 있어서 도중에 말릴 수가 없어."

이 말을 듣고 스기에가 질렸다는 듯이 쓴웃음을 지었습니다.

"뭐, 아직 시간도 있고, 들을 수 있을 만큼 충분히 들어 주는 게 좋지 않을까요?" 나카무라가 환하게 이렇게 말했습니다.

"여자 이야기도 그 사람한테는 소중한 추억이라는 건 틀림없고 그걸 통째로 받아들여 주는 것도 가와시마 씨의 일이라고 생각합니다. 무슨 일이나 공부니까요, 공부." 나카무라의 말은 부드럽게 직원실 전체를 감싸는 것 같았습니다.

모치즈키도 이 말에 고개를 끄덕이면서 가와시마를 보고 웃었습니다.

가와시마는 입속말로 "감사합니다" 하고 중얼거리면서 눈을 칩떠 다시 한번 스크린 속의 쇼타 씨를 쳐다보았습니다.

다음으로 스크린에 비친 사람은 와타나베 이치로 씨였습니다.

"와타나베 이치로 씨, 일흔 살. 전 회사원입니다." 모치즈키가 설명을 시작했습니다. "군대를 제대한 후 대학을 졸업하고 철강 관련 회사에 취직해서 정년까지 일했습니다. 가족은 부인뿐이고, 자식은 없습니다. 부인은 5년 전에 돌아가셨습니다. 실은 아직 고르지 못했는데, 그의 말을 빌리자면 뭔가 '살았던 증거'를 알 수 있는 사건을 고르고 싶다고 합니다."

"'살았던 증거'?" 스기에가 이 말에 민감하게 반응했습니다. "'살았던 증거'라고 해도 일반적으로 사람들은 대부분 그런 걸 남기지 않으니까. 여기로 오고 나서 '살았던 증거'를 찾아봤자 이미 늦은 거 아냐?."

"그러네요." 모치즈키도 어쩔 수 없이 맞장구를 쳤습니다.

"없는 건 없는 거지, 여기 오고 나서 생각해봤자. 그런 걸 고르고 싶다면 살아 있을 때 자기가 어떻게든 했어야지, 안 그러면 우리가 곤란해." 내버려두면 와타나베 씨에 대한 스기에의 공격은 점점 심해질 것 같았습니다.

"일단 오늘 밤에 비디오테이프를 주문해두려고 생각합니다만……" 이렇게 말한 모치즈키는 나카무라 쪽을 보았습니다.

"비디오? 역효과가 나지 않을까, 이런 사람한테는?" 스기에는 끝까지 회의적이었습니다.

"뭐, 그 사람 기분도 이해할 수 없는 건 아니지 않습니까?" 나카무라가 끼어들었습니다. "그런 걸로 고민한다는 것은 성실하다는 증거지요, 자신의 인생에 대해서요. 다만 여전히 추상적인 말에 멈춰 있으면 좀처럼 구체적인 선택을 하는 것으로 이어지지 못할 테니까요. 이건 일단 모치즈키 씨 말대로 비디오를 준비해서 보게 하는 게 한 가지 방법이라고 생각합니다." 이렇게 말한 나카무라는 웃는 얼굴로 스태프를 둘러보았습니다.

스기에도 마지못해 납득한 것 같았습니다. 그 모습을 보고 나카무라는 "자, 그럼 다음으로 넘어가죠" 하고 환하게 말하면서 자신은 엄지에 날름 침을 묻혀 앞에 놓인 서류를 넘겼습니다.

와타나베 씨의 얼굴이 분도 다로 씨로 바뀌었습니다.

"분도 다로 씨의 경우입니다만, 가장 오래된 기억이 생후 6개월쯤이라고 합니다. 알몸으로 이불에 누워 겨울 햇볕을 피부로 느꼈다고 하는데, 어떻게 된 걸까요?" 난감하다는 듯이 가와시마가 말했습니다.

"피부의 감각 이외에 어떤 것을 기억하고 있습니까? 예를 들면 색이나 소리는요?" 모치즈키가 물었습니다.

"그게 흑백이고 조용했다고 합니다."

그 말을 듣고 스기에가 우습다는 듯이 키득키득 웃었습니다. "그거 사진이나 뭔가를 본 거 아냐? 옛날 흑백 사진 같은 것. 자신이 그렇게 누워 있는 사진을 어머니나 누군가가 보여주었는데, 그게 자신 안에서 기억이 된 게 아닐까? 꽤 많거든, 그런 경우가. 아니, 나는 상관없어. 특별히 본인이 납득하고 있다면 말이지."

"대체로 몇 살 때까지 기억할 수 있는 걸까요?" 가와시마가 살피듯이 스태프를 둘러보았습니다.

"평균적으로 네 살 정도라고 하더군요." 책에서 읽었는지 모치즈키가 대답했습니다.

"네 살이라……" 이렇게 중얼거린 가와시마는 뭔가 생각난 것이라도 있는 듯 시선을 책상 위로 떨어뜨렸습니다.

"나카무라 씨는 언제쯤입니까, 가장 오래된 기억이요? 삼백 년쯤 전인가요?" 회의가 지루해졌는지 스기에가 볼펜을 책상 위로 툭 던졌고 '이제부터 잡담'이라는 듯이 두 손을 머리 뒤로 깍지를 끼었습니다.

"저 말인가요? 글쎄요." 나카무라 씨는 만년필로 자신의 무릎을 노크하듯이 톡톡톡 세 번 두드린 다음 "세 살쯤 되었을 때였나, 이건 좀 색다른 추억입니다만 아버지를 따라 강가를 산책하고 있었지요. 마침 보름달이었고요."

나카무라는 얼굴 앞에서 두 손으로 커다란 원을 그렸습니다.

"예쁜 달이 떴습니다. 어린 마음에도 아아, 달이 예쁘다, 하고 생각할 정도로요. 문득 옆을 봤는데 또 하나의 선명한 오렌지색 초승달이 떠 있었어요. 둘인 거예요, 달이. 아직 저도 어렸으니까 이런 일이 있을지도 모른다고 생각했는데, 그래도 일단 아버지한테 물어봤습니다. '아빠, 저건 뭐야?' 하고요. 그랬더니 아버지한테는 안 보이는 모양이었어요. 하지만 그건 확실히 남아 있어요, 아직도. 뭐였을까요?"

이렇게 말한 나카무라는 눈이 부시다는 듯이 눈을 가늘게 떴습니다.

"스기에 씨는 몇 살쯤이었나요?" 가와시마가 흥미롭다는 듯이 물었습니다.

"나 말이야? 나는 유치원에 막 입학한 무렵이었는데 버스를 타고 다녔거든, 유치원에. 가네코 씨처럼 버스 맨 앞에 서서. 그런데 정기권 넣는 투명한 케이스가 가슴 앞에서 반짝반짝 빛나잖아. 아아, 이제 어디든 갈 수 있다, 하는 뭔가 희망에 넘치고 아, 기쁘다, 하는 그런 기분과 동시에 자신이 모르는 세계로 가버리는 게 아닐까 하는 불안. 그런 두 가지 기분으로 보는 흔들흔들 흔들리는 정기권 케이스."

스기에는 이야기하면서 자신의 가슴께로 시선을 떨어뜨렸습니다.

"뭐랄까 사람의 인생을 상징하는 추억이군요." 나카무라가 중얼거렸습니다.

"저도 유치원이에요." 이번에는 가와시마가 말했습니다. "항상 모두한테 나오는 따뜻한 차가 있었어요. 그런데 그게 엽차였어요, 지금 생각하면요. 그때는 전혀 몰랐지만요. 어른이 되어서 엽차를 마실 때 '아아, 그때 그거' 하며 알게 된 거죠. 도시락을 먹으면서 그 엽차가 맛있었다는 걸 혀가 기억하고 있는 거예요. 미각의 기억이라고 하나요?"

"모치즈키 씨는?" 세 명의 이야기에 즐겁게 귀를 기울이고 있던 모치즈키에게 스기에가 이야기를 재촉했습니다.

모치즈키는 평소 그다지 자기 이야기를 하지 않았지만, 오늘은 웬일로 이야기를 시작하려고 숨을 들이마셨습니다. 시오리는 그 모습을 알아차리고 시선만 모치즈키 쪽으로 향했습니다.

"저도 서너 살 무렵의 기억입니다. 눈에 대한 기억이에요. 아버지 쪽 할머니가 사시는 시골이 야마가타입니다만, 눈 속에서 놀던 것이 지금 생각하면 저의 첫 기억이 아닌가 싶습니다. 눈을 참 좋아했거든요."

"차가웠다든가?"

스기에의 물음에 모치즈키는 살짝 고개를 갸웃했습니다.

"물론 사실은 차가웠겠지만 제 안에서는 신기하게도 따뜻했던 인상만 남아 있습니다. 주위가 전부 눈으로 둘러싸인, 정적의 세계라는 인상입니다."

"소리로 기억하는 건가?"

"예, 소리로요."

'모두가 이야기하는 추억은 어딘지 모르게 그 사람답구나.'

시오리는 슬라이드 리모컨을 손끝으로 만지작거리면서 이렇게 생각했습니다.

"다들 세 살이나 네 살이네. 그렇다면 그 전 기억은 어디로 가버린 걸까? 신기하네. 왜냐하면 그때까지 여러 가지 일들이 있었을 테니까 말이지." 스기에가 신기해하면서 말했습니다.

"사람에 따라서는 태아 때의 일까지 기억할 수 있다는 것을 지금의 의학으로 알 수 있는 모양입니다." 나카무라가 말을 이어받았습니다.

"태아 때요?" 가와시마가 몸을 내밀었습니다.

"예. 자궁 안과 마찬가지로 눈을 감고 물속에 떠서 어머니한테 감싸여 있었을 때의 안정된 자신의 기억을 되살림으로써 정신적인 불안을 없애려는 것이 목적인 모양이에요. 아니, 이거 진짜예요."

"자궁이라……" 이번에는 스기에가 중얼거렸습니다.

모두 직원실 의자에 앉아 자신의 머릿속 깊이 잠들어 있는 어둠을 더듬고 있는 것 같았습니다.

시오리는 눈을 감고 오른손으로 코를 잡은 채 크게 숨을 들이쉬고는 욕조에 머리까지 푹 담갔습니다.

흘러넘친 뜨거운 물이 배수구로 빠지는 소리가 한동안 들리더니 그 소리가 사라지자 목욕탕 전체는 다시 정적에 휩싸입니다. 얼마나 시간이 지났는지 시오리는 정적을 깨듯이 기세 좋게 물 밖으로 나왔습니다. 이것으로 세 번째입니다.

'전혀 안 되잖아. 떠오르는 게 아무것도 없어.'

직원실에서 했던 나카무라의 이야기를 시오리는 사람들 앞에서 전혀 흥미가 없는 듯이 행동했음에도 이렇게 실제로 시험해 보는 자신이 살짝 부끄러워졌습니다.

누군가 탈의장으로 들어온 것 같아 시오리는 귀를 기울였습니다. 문 밖이 조용한 걸 보니 아무래도 기분 탓인 것 같았습니다.

'바보 같아. 누가 진지하게 이런 걸 해보겠어?'

이렇게 처음부터 농담이었다는 식으로 돌려버리는 것이 편할 것 같아 시오리는 이제 물속에 잠기는 것을 그만두었습니다.

시오리는 목욕하는 걸 좋아했습니다. 타일이 깔린 이곳 목욕탕은 특별히 넓은 것도, 깨끗한 것도 아니었습니다. 하지만 그동안 공동주택의 조그만 목욕탕밖에 몰랐던 그녀는 다리를 쭉 뻗을 수 있다는 것만으로도 충분히 기뻤습니다. 무엇보다 공동주택에 살던 때는 어머니가 뜨거운 물이 아깝다고 해서 여기서처럼 욕조에 뜨거운 물을 찰랑찰랑 채우고 단숨에 몸을 담가 흘러넘치는 물소리를 듣는 사치는 부릴 수 없었으니까요.

뜨거운 물속에서 쭉 뻗은 팔다리가 흔들립니다. 일그러진 손가락 끝을 바라보며 시오리는 직원실에서 모치즈키가 했던 말을 떠올렸습니다.

'모치즈키 씨의 피부가 남자치고는 아주 드물 정도로 하얀 것은 눈 속에서 자랐기 때문일지도 몰라.'

이런 생각을 하며 시오리는 살짝 그가 부럽다고 생각했습니다. 그녀의 가장 오래된 기억은 네 살 무렵 어머니의 무릎을 베고 귀 청소를 받던 일입니다. 싸늘한 다다미 결이 바로 눈앞에 보이고 어머니의 포동포동한 무릎의 감촉을 자신의 볼이 희미하게 기억하고 있습니다.

어머니는 술을 좋아해서 이웃들에게 자주 폐를 끼쳤습니다. 시오리가 중학교에 다니고부터는 어머니와 싸웠던 기억밖에 없습니다. 그러므로 그녀에게 어린 시절 어머니와의 추억도 소중한 것이라기보다는 씁쓸함이 앞선 것이었기 때문에 평소에도 그다지 떠올리지 않으려고 했고, 지금까지 아무에게도 이야기한 적이 없습니다.

아버지는 사진으로만 봤을 뿐입니다. 그녀가 세 살 때 어머니는 아버지와 헤어졌습니다. 초등학교에 들어갔을 때 '이 사람이 아빠야' 하며 어머니가 사진 한 장을 보여준 적이 있습니다. 그 사진에서 시오리는 아버지 등에 업혀서 카메라를 향해 힘껏 찡그리고 있었습니다. 그와는 대조적으로 아버지는 눈가에 다정한 주름을 새기며 웃고 있었습니다. 시오리는 아버지와 어머니가 왜 헤어졌는지, 뭐가 원인이었는지 전혀 몰랐습니다. 하지만 사진 속 아버지의 인상을 보고 어머니가 잘못한 것이 틀림없다고 생각해왔습니다.

목욕탕에서 나온 시오리는 파자마로 갈아입고 그 위에 윗도리를 걸친 채 훌쩍 직원실로 향했습니다.

평소라면 모치즈키 혼자 잔무를 하고 있을 시간입니다. 특별히 그 일을 돕겠다는 기특한 생각을 한 것은 아니었습니다. 월요일 밤의 회람판을 전하는 것 외에 좀처럼 둘이서만 있을 기회가 없었기 때문에 잔무를 하는 모습을 보러 가는 것은 모치즈키와 시간을 공유할 수 있는 좋은 구실이었습니다.

생각했던 대로 계단 중간까지 내려가자 직원실에서 모치즈키의 목소리가 들려왔습니다. 아무래도 전화를 하고 있는 모양이었습니다. 시오리는 슬리퍼 소리를 죽이며 직원실 안으로 들어갔습니다. 한 발 내디딜 때마다 삐거덕거리는 소리가 났습니다.

"예. 숫자 이치(一)에 달월(月)이 들어간 로(朗)입니다. 글쎄요, 71개 다 부탁하고 싶은데요. 이번 주는 이분하고, 혹시 모르니까 야마모토 슈지 씨 것도 준비해주십시오. 그럼 언제쯤 받을 수 있습니까? 여기 도착하는 게 내일 오후 1시, 예, 괜찮습니다. 그럼 잘 부탁드립니다."

모치즈키가 전화를 하는 동안 직원실 안을 빙 돌아 창가로 간 시오리는 바깥 경치를 보는 척하면서 모치즈키의 모습을 살폈습니다.

모치즈키는 치링 하는 소리와 함께 수화기를 내려놓았습니다. 노트 위를 미끄러지는 펜 소리가 들리기 시작했습니다. 모치즈키도 시오리가 방으로 들어온 것을 이미 알고 있었지만 말을 걸지는 않았습니다. 그녀가 자신에게 특별히 무슨 말을 하러 온 것이 아니라는 사실을 알고 있기 때문입니다.

두 사람은 3미터쯤 떨어져 등을 진 채 말없이 있었습니다.

밤의 직원실은 낮보다도 휑뎅그렁해서 시오리는 조금 전과 전혀 다른 장소에 있는 것 같았습니다. 이미 수위의 순찰도 끝났는지 창밖은 아주 조용했습니다.

은행나무가 밤바람에 흔들려 이제 얼마 남아 있지 않은 갈색 잎 몇 개를 흩뿌렸습니다. 잎은 두세 번 공중에서 흩날린 뒤 소리 없이 어둠 저편으로 빨려들어 금세 보이지 않게 되었습니다.

시오리는 검지로 울퉁불퉁한 유리를 대보았습니다. 목욕을 하고 나온 탓에 따뜻한 손끝에 유리는 평소보다 차갑게 느껴졌습니다. 그녀는 이곳 일이 특별히 재미있다고 생각하지 않습니다. 하지만 어쩐지 거처로서는 별로 나쁘지 않다고 생각했습니다. 여기서는 자신의 생활을 간섭하는 선생님도 어머니도 없고 친구와 어울려야 하는 귀찮은 일도 없습니다. 18년을 살며 이런 자유를 누려본 것은 처음이었습니다.

그녀는 여기서 보내는 시간이 싫지 않았습니다.

언제까지고 계속되었으면 좋겠다고 생각했습니다.

수요일

Regret

후회

"여러분, 편히 주무셨습니까? 수요일 아침입니다. 오늘은 추억을 고르는 마지막 날입니다. 해가 질 때까지는 반드시 추억 고르는 일을 마쳐주시기 바랍니다."

관내와 중정에, 방송하는 여성의 목소리가 울립니다. 어제까지 추억 고르기를 마친 망자들 대여섯 명이 상쾌한 표정으로 마침 그곳만 볕이 드는 중정의 벤치 주위에 모여 있었습니다. 창밖에서 들려온 그들의 웃음소리에 와타나베 씨는 눈을 떴습니다.

침대에서 눈을 떴을 때 처음으로 머리에 떠오른 것은 '왜 추억을 하나만 골라야 할까' 하는 소박한 의문이었습니다.

'지난 이틀간 그렇게 해달라, 그게 규칙이니까, 라는 말을 듣고 열심히 생각했지만 어딘가 납득할 수 없는 점이 있다. 이야기를 듣고 영화로 만든다고? 그걸 보고 천국에 간다고? 대체 왜 그렇게 품이 드는 일을 해야 하는 걸까? 누가 그런 결정을 한 거지? 정말 꼭 그렇게 답답한 순서를 밟아야 하는 걸까? 아무리 그래봤자 죽었다는 사실에는 변함이 없을 텐데 말이지.'

와타나베 씨는 침대 위에 책상다리를 하고 팔짱을 끼고 앉아 이런 생각을 했습니다. 생각하면 할수록 추억을 하나만 고르는 데 특별한 의미가 있는 것 같지는 않았습니다.

'나는 자신의 인생에 납득하고 있다. 그건 누구보다 내가 제일 잘 알고 있다. 그걸로 충분하지 않을까?'

와타나베 씨가 이렇게 결론을 내렸을 때 창밖에서는 다시 한 번 커다란 웃음소리가 일었습니다.

"그만두었다고요?" 모치즈키가 깜짝 놀라 반문했습니다.

요시모토 씨는 어제의 명랑함과는 딴판으로 푹 가라앉은 표정으로 면접실 의자에 앉아 있습니다.

"그래요? 그런데 왜요?"

"그냥 별로 좋지 않은 게 아닐까 싶어서요." 이렇게 말한 요시모토 씨는 스스로도 제대로 설명할 수 없다는 듯이 고개를 살짝 갸웃했습니다.

"이건 학교 시험 문제처럼 하나의 정답이 있고 그걸 고르는 게 아니에요. 자신이 이거다 싶은 걸 고르면 그걸로 되는 겁니다."
모치즈키가 격려하듯이 말했습니다.

"네." 요시모토 씨도 그건 알고 있다는 듯이 고개를 끄덕였습니다.

"그래요? 그럼 좀 더 시간을 갖고 오늘 하루 생각해보지 않을래요?"

모치즈키가 이렇게 제안하는 걸 기다리고 있었다는 듯이 요시모토 씨는 다시 한번 살짝 고개를 끄덕였습니다.

시오리는 그런 요시모토 씨의 얼굴을 한 번도 보지 않고 바로 앞의 스케치북에 낙서만 하고 있을 뿐이었습니다.

이웃한 면접실에서는 오늘도 가와시마가 한창 악전고투하고 있었습니다. 세 번째 면접하러 온 이세야 씨는 완전히 긴장이 풀린 모습으로 두 발을 아무렇게나 앞으로 내뻗고 주머니에 손을 찌른 채 자신이 본 영화나 좋아하는 음악 이야기를 멋대로 지껄일 뿐 전혀 협조할 생각이 없는 것 같았습니다.

"꿈이나 뭐 그런 걸 고르면 안 되나요?" 화제가 끊겨 잠시 똑똑똑똑 피어스를 울리고 있던 이세야 씨가 돌연 뭔가 생각난 것처럼 물었습니다.

"꿈요?"

"예, 꿈."

"꿈이라면 잘 때 꾸는 꿈을 말하는 건가요?" 엉뚱한 질문에 당황한 가와시마가 되물었습니다.

"예, 그렇습니다. 예를 들면 말이죠, 이렇게, 뭔가 이상하게 컬러풀한 해변에 블록 모양의 배가 정박해 있는 겁니다. 그런데 상당히 오래전에 돌아가셨지만, 우리 할아버지가 굉장히 건강해서 발도 엄청 빠른데, 저를 쫓아오는 거예요. 저도 엄청 열심히 달려가지만, 꿈이라는 게 힘이 들어가지 않잖아요. 뭔가 흐느적흐느적……"

이렇게 말한 이세야 씨는 의자에 앉은 채 우주를 유영하는 듯이 두 팔과 두 다리를 천천히 버둥거렸습니다.

"아아, 슬로모션."

"아뇨, 슬로모션은 아니에요. 그런 감각을 재현할 수 있다면 굉장하지 않겠습니까?"

"그거, 뭐죠? 꽤 마음에 든 건가요?"

"아뇨, 특별히 고르고 싶은 건 아니에요."

가와시마가 손에 들고 있던 서류를 테이블 위로 내던졌습니다. "뭐야, 고르고 싶지 않으면 말을 하지 말아야죠. 시간만 아깝잖아요? 이것 봐요, 꿈은 안 돼요. 실제로 있었던 일 중에서 고르라니까요, 부탁이에요."

"하나 물어봐도 됩니까?" 이세야 씨가 갑자기 정색을 하고 물었습니다.

"예, 뭔데요?" 또 시시한 이야기를 하지 않을까 싶어 가와시마는 반쯤 자포자기한 심정으로 이렇게 말했습니다.

"누가 정했나요? 하나만 고르라는 규칙 말이에요."

가와시마는 깜짝 놀라 이세야 씨를 쳐다보았습니다.

"그리고 재현해서 영화로 만드는 거죠?"

"예."

"뭐 때문에 그런 걸 하는 겁니까?"

"뭐 때문에?" 가와시마가 이세야 씨의 말을 되풀이했습니다.

"예. 뭐 때문에, 누굴 위해서요." 이세야 씨는 어린애 같은 눈으로 가와시마를 똑바로 쳐다봤습니다.

"됐어요, 그런 건 몰라도 돼요." 이렇게 말한 가와시마는 이세야 씨의 시선을 피하듯이 눈앞의 서류로 시선을 떨어뜨렸습니다.

"어? 혹시 가와시마 씨도 모르는 거 아닌가요?"

이세야 씨는 가와시마의 자신 없는 모습을 간파한 듯이 살짝 심술궂은 눈으로 웃었습니다.

* * *

"나도 대체로 호리호리한 애를 좋아해. 가슴이 너무 큰 애는 좋아하지 않지. 가슴은 말이야, 납작해도 상관없어. 엉덩이는 말이지, 위로 탁 올라붙은, 그런 게 좋다니까."

쇼타 씨는 오늘도 계속해서 여자 경험을 들려주며 기분이 아주 좋았습니다.

"알맞은 나이는 스물네다섯이나 여섯. 그리고 살갗이 흰 여자. 얼굴빛이 희면 못생겨도 예쁘게 보인다는 말도 있으니까 말이야, 역시."

"엉덩이가 위로 탁 올라붙었던 살갗이 흰 여자로 지금도 잊을 수 없는 여자가 있습니까? 구체적으로요."

가와시마는 어제 들었던 나카무라의 조언을 떠올리고 '이렇다면 이야기하고 싶은 대로 하게 하자'는 각오를 다졌습니다.

"그거야 수십 년도 더 된 일이니까 말이지, 구체적으로 말하라고 해도……" 쇼타 씨는 너무 말을 많이 해서 목이 탄 것인지 아랫입술을 혀로 날름 핥았습니다.

그러고는 오른손으로 톡 하고 가볍게 탁자를 두드리더니 "돌아보면 말이지" 하고 다시 기세 좋게 이야기하기 시작했습니다.

"내가 감기에 걸렸을 때 죽을 끓여서 된장하고 매실장아찌로 휘젓고는 자기 입으로 후후 불며 '이거 식기 전에 드세요' 하면서 죽을 떠먹여준 여자지, 지금도 생각나."

이렇게 말한 쇼타 씨는 집게손가락 하나를 세워보였습니다.

"그건 말이지, 밥을 지어 냄비에 넣고 부글부글 끓여봤자 잡탕죽밖에 안 돼. 쌀을 씻어서 처음부터 물을 많이 넣고 죽으로 끓여야지. 그 고생이 고마운 거거든. '아아, 결혼한다면 이런 여자가 좋을 거야' 하고 생각했지."

"그렇게 죽을 끓여준 곳은 어디였습니까?" 드디어 계기를 포착한 것처럼 가와시마가 묻기 시작했습니다.

"그야 도호쿠였지. 아오모리였나?"

"여성의 집이었습니까?"

"여자 집이었지."

"연립주택이었나요?"

"응, 연립주택."

"다다미 넉 장 반짜리 방이라든가……?"

"그럼, 다다미 여섯 장짜리 방 정도였지, 아마."

"다다미 여섯 장……" 이렇게 확인한 가와시마는 노트에 써 넣었습니다. "된장은 어떤?"

"그건 센다이 된장, 불그스름한 거. 그걸 절구로 갈아서, 콩이 형태가 없어질 정도로 갈아서 말이지. 그게 다 되면 죽에 톡톡 넣고 한가운데에 매실장아찌를 퐁 하고 넣는 거야. 내가 매실장아찌를 좋아하거든, 맛이 기가 막히지."

가와시마는 으음, 으음 하고 고개를 끄덕이며 계속 메모를 했습니다.

"그러니까 그런 일이 있으면 말이지, 에라, 모르겠다, 도쿄에는 잠시 연락하지 말고 이 여자 집에서 닷새쯤 묵고 가자, 하는 생각이 드는 거야. 그러고는 나으면 또 격렬해지지. 답례야."

쇼타 씨는 이렇게 말하고는 정말 행복한 듯이 웃었습니다. 거기서부터는 어제까지와 마찬가지로 또 여자 경험담이 주구장창 이어졌습니다.

점심시간을 알리는 차임벨 소리가 울리자 면접은 일단 중단되었습니다. 잠시 후 시설 직원이나 수위, 식당이나 접수처 여성들이 각각 악기를 들고 중정에 모였습니다.

가와시마는 큰북, 시오리는 작은북, 모치즈키는 피리, 나카무라는 물론 트롬본, 스기에는 트럼펫을 들고 있습니다. 멜로디언, 아코디언, 탬버린, 트라이앵글도 있습니다.

모두 열다섯 명 정도 될까요? 그들은 중정에 면한 창고 돌계단에 악기를 들고 앉습니다. 지휘봉을 든 직원이 모자를 살짝 비스듬히 쓰고 그들과 마주 보고 서서 준비가 되기를 기다립니다.

"그럼 지금부터 이번 주 연주곡 연습을 시작하겠습니다."

이렇게 말한 그는 낡은 가죽 가방을 열고 안에서 바스락바스락 악보를 꺼내 모두에게 나눠주었습니다. 아무래도 그가 작곡자인 모양이었습니다.

멤버 중에는 악보만 보고 연주를 할 수 있는 나카무라 같은 사람도 있고 수위처럼 여기에 올 때까지 악기를 만져보지도 않은 사람도 있었습니다. 그러므로 그들의 연주는 고르지 않아 빈말이라도 잘한다고 할 수는 없었습니다.

그러나 이렇게 매주 한 번씩 같이 일하는 사람들이 모여 뭔가

한 가지 일에 몰두하는 것은 악기가 서툰 사람들에게도 결코 고통스러운 일은 아닌 모양이었습니다. 오히려 하루하루 단조로운 생활 속에서 이 시간은 그들에게도 즐거운 것 같았습니다. 그 증거로 연습에 빠지는 사람은 거의 없고, 연주하는 짬짬이 스태프들 사이에 웃음소리가 끊이지 않았으니까요.

중정에 그들의 연주 소리가 울립니다. 그 소리는 시설 건물에 웃음소리와 함께 반향하며 하늘로 올라갔습니다.

멀리 악기 소리를 들으면서 와타나베 씨는 노마 씨와 중정을 산책하고 있었습니다. 초겨울의 한가하고 포근한 낮입니다. 아침에 든 의문을 누군가에게 확인하고 싶어서 점심시간 차임벨이 울리자마자 식당으로 갔던 것입니다. 그리고 어제 노마 씨와 같이 앉았던 자리에 앉아 그녀가 오기를 기다리고 있었습니다. 어쩐지 짝사랑하는 고등학생이 할 법한 일이라는 생각이 들어 부끄러웠지만, 그에게는 그렇게 하는 것이 가장 확실한 일로 생각되었습니다. 생각했던 대로 조금 있으니 그녀가 모습을 드러냈습니다. 식당 입구에서 누군가를 찾는 듯이 둘러보았습니다.

자신을 찾고 있는 거라는 사실을 깨달았을 때 와타나베 씨는 왠지 무척 가슴이 뛰는 것을 느끼고, 그녀의 시야에서 문득 몸을 감추고 언제까지고 그녀가 자신을 찾게 하고 싶은 묘한 기분에 휩싸였습니다. 다만 너무나도 어린애 같은 욕구를 실행에 옮기기에는 마음에 거리껴 곧바로 오른손을 들어 그녀에게 신호를 보내려고 했습니다.

그때 그녀가 한 발 먼저 와타나베 씨를 발견하고 힘차게 오른손을 흔들며 다가왔습니다. 와타나베 씨는 어중간하게 올리다 만 오른손을 어찌할 바를 모르다가 결국 뒤통수를 긁적이며 얼버무렸습니다.

* * *

"글쎄요, 저는 생각도 해보지 않았어요. 고르지 않으면 안 되는 이유 같은 건요."

"그렇습니까?"

"하지만 듣고 보니 와타나베 씨 말대로네요. 왜 그런 걸 해야 하는지 저도 잘 모르겠어요."

노마 씨는 와타나베 씨와 나란히 걸으면서 이렇게 말했습니다만 특별히 화가 난다거나 놀라는 것 같지는 않았습니다. 와타나베 씨는 자신의 대발견이 가볍게 받아넘겨진 것 같아 약간 실망했습니다.

"하지만 말이에요, 그렇게 생각하면 살아 있을 때도 그런 일은 많지 않았나요? 이유는 잘 모르지만 그렇게 정해져 있는 일이요." 노마 씨가 웃으면서 말했습니다.

와타나베 씨는 묵묵히 듣고 있었습니다.

"예를 들면 '드래프트 회의'라는 게 있잖아요?"

"야구의 그거요?"

"네, 야구요. 저는 야구를 좋아하는데요, 특히 고교야구 보는 걸 무척 좋아했어요. 그래서 아주 오래전부터 궁금했었어요, '드래프트 회의'가요. 왜냐하면 열심히 연습해서 고시엔 대회에 나가고 활약하잖아요. 그런데 예를 들어 그 선수가 '한신 타이거스에 가고 싶다'고 생각한다고 해보자고요. 하지만 활약하면 할수록 다른 구단도 눈독을 들여 '우리도 데려오고 싶다'고 생각하게 되잖아요. 그러면 제비뽑기를 해요, 본인의 의사와는 상관없이요. 게다가 제비를 본인이 뽑는 것도 아니에요. 구단 사장이나 감독이 뽑아요. 적어도 본인한테 뽑게 해주면 좋잖아요, 그렇게 생각하지 않으세요? 더군다나 대학생은 스스로 고를 수 있고, 고등학생은 안 된다니, 전 이상하다고 생각했어요. 누가 정하는 걸까요? 정말 불합리해요."

"그러네요." 와타나베 씨는 자신의 이야기가 어쩐지 다른 것으로 바꿔쳐진 것 같은 기분이 들어 힘없이 맞장구를 쳤습니다.

"그렇죠? 그러니까 여기도 드래프트 회의 같은 것에 비하면 그래도 나은 편이라는 생각이 들어요. 왜냐하면 자신이 고를 수 있으니까요. 물론 와타나베 씨가 말씀하신 것도 틀리지 않다고 생각하지만요." 이렇게 말한 노마 씨는 위로하듯이 와타나베 씨 쪽을 보며 웃었습니다. 그리고 곧바로 다시 시선을 발밑으로 떨어뜨리고 구두 끝으로 일부러 낙엽을 차올렸습니다. "하지만 누군가가 필요하다고 생각했으니까 그렇게 한 거겠지요."

노마 씨가 마지막으로 던진 한마디가 이곳 시스템을 말한 것인지 아니면 드래프트 회의를 말한 것인지 와타나베 씨는 확실히 알 수가 없었습니다.

'역시 무슨 일이 있어도 고르지 않으면 안 되는 건가?'

자신이 낸 결론에 자신감을 잃고 와타나베 씨는 노마 씨 옆을 약간 뒤처져 걸었습니다.

점심시간이 끝나고 방으로 돌아간 와타나베 씨는 면접실에서 자신을 호출하는 방송을 들었습니다. 그리고 면접실에서 기다리고 있던 모치즈키와 시오리를 따라 곧바로 다른 방으로 안내되었습니다.

계단을 내려가 1층 대합실 앞을 지나서 모퉁이를 왼쪽으로 돌고 '도서실'이라는 표찰이 걸린 방을 지났습니다. 와타나베 씨는 모치즈키의 등을 쫓듯이 걸었습니다.

"이제 와타나베 씨는 비디오를 보시게 될 겁니다."

모치즈키가 돌아보며 이렇게 말하고는 다정하게 웃었습니다.

"비디오테이프에는 와타나베 씨의 생활이 녹화되어 있습니다. 추억을 고르는 데 참고가 될까 싶어서 준비했습니다. 어제 와타나베 씨가 말씀하셨죠? 앨범 같은 게 있으면 좋겠다고 말이에요.

그 대신이라고 생각해주세요."

와타나베 씨는 아직 사태를 제대로 파악하지 못하고 대체 앞으로 무슨 일어날지 불안하기만 했습니다.

"이쪽입니다." 모치즈키는 '시청각실'이라고 쓰인 방의 문을 열고 와타나베 씨를 안으로 안내했습니다.

와타나베 씨는 어쩔 수 없이 시키는 대로 방으로 들어갔습니다.

방은 다다미 여섯 장쯤 되는 크기로, 구조는 지금 묵고 있는 방과 거의 같았습니다. 다만 방 가운데에 커다란 철제 테이블이 있고 그 위에 텔레비전 모니터와 비디오기기 세트가 놓여 있습니다. 그리고 그 옆에는 비디오테이프가 산더미처럼 쌓여 있었습니다.

자세히 보니 테이프 하나하나에 와타나베 이치로라는 이름이 적혀 있고 그 옆에는 뭔지 알 수 없는 알파벳 몇 개가 쓰여 있습니다. 그리고 오른쪽 구석에는 큼지막하게 R-00, R-01, R-02라고 일련번호가 붙어 있는데 틀림없이 R-70까지 다 있었습니다.

"조금 전에도 말씀드렸지만 비디오는 어디까지나 참고 정도로 생각해주십시오. 다 보실 필요는 없습니다."

"그렇습니까? 고맙습니다." 와타나베 씨는 자신이 당황하고 있다는 것을 필사적으로 숨기려고 표정을 바꾸지 않은 채 이렇게 대답했습니다. 목소리가 목에 걸려 제대로 나오지 않았습니다.

모치즈키는 그가 그렇게 당황하고 있다는 사실을 알아차리지 못한 것인지 기계의 전원 등을 대충 확인하고는 와타나베 씨에게 여느 때와 마찬가지로 조용히 웃어 보였습니다.

“밤에라도 다시 찾아뵙겠습니다.”

이렇게 말한 모치즈키는 고개를 숙여 인사하고는 시오리와 함께 방을 나갔습니다.

방에 혼자 남은 와타나베 씨는 잠시 멍하니 그 자리에 서 있었습니다.

다음에 모치즈키라는 청년을 만나면 오늘 아침에 떠오른 의문을 제대로 물어볼 생각이었지만 일이 생각지도 못한 방향으로 전개되는 바람에 어리둥절해서 그럴 형편이 아니었습니다.

“비디오라니……” 와타나베 씨는 일부러 소리 내서 이렇게 말해보았습니다.

산더미 같은 비디오테이프 앞에서 어떻게 된 건지 잠시 생각했습니다만, 얼마 후 결심한 듯이 R-00이라는 번호가 붙은 테이프를 집어 들었습니다. 자신의 이름이 적힌 비디오테이프에 어떤 영상이 기록되어 있을까 하는 호기심이 대체 누가 무엇 때문에 어떻게 촬영한 것일까 하는 의문을 밀어냈습니다. 와타나베 씨는 익숙하지 않은 손놀림으로 비디오테이프를 비디오기기에 넣고 재생 버튼을 눌렀습니다.

테이프가 돌아가는 소리가 났습니다. 모니터에 까만 화면이 한동안 계속되다가 기차가 터널을 빠져나갈 때처럼 갑자기 새하얀 빛에 휩싸이더니 초점이 맞지 않은 화면에 갓난아기의 울음 소리가 들리기 시작했습니다. 주위를 둘러싼 산파인지 간호사가 "나왔어요, 나왔어요", "사내아이예요" 하고 환한 목소리로 말했습니다.

와타나베 씨는 시간이 지나가는 것도 잊고 처음으로 보는 자신의 이야기를 집어삼키듯이 주시했습니다.

* * *

소년 시절은 눈 깜짝할 사이에 지나갔습니다. 가족은 할아버지, 할머니를 포함하여 모두 여덟 명이었습니다. 형제는 나이 차가 나는 누나 세 명이 있을 뿐이고 남자는 이치로뿐이어서 거의 외아들이나 마찬가지였습니다. 여자들에 둘러싸여 자란 탓인지 얌전한 성격이었고 칼싸움이나 전쟁놀이를 하기보다는 집에서 누나들과 소꿉장난을 하는 일이 더 많았습니다. 그래서 골목대장들에게 자주 놀림을 받았다는 사실을, 와타나베 씨는 비디오를 보면서 떠올렸습니다. 집 안 호랑이로 집 안에서는 으스댔지만 밖에 나가면 영 맥을 못 추고 울며 돌아오는 일이 많았습니다. 다만 우는 얼굴을 보이는 게 싫어 몰래 세수를 하여 눈물 자국을 지우고 집으로 들어가는, 허세를 부리는 구석이 있는 소년이었습니다.

와타나베 씨는 옛날 기록 영화를 보는 감각으로 자신이 비치고 있는 비디오테이프를 차례로 봤습니다. 그러나 소년은 이야기의 주인공으로 삼기에는 모든 게 어중간하고 부족한 듯이 느껴졌습니다. 우등생도 아니고 골목대장도 아닌, 열등생이라 불리는 존재조차 못 되었습니다.

화면에 펼쳐지는 일상의 드라마는 확실히 자신의 모습을 중심으로 전개되기는 했지만 존재감은 철저하게 희박하여 와타나베 씨 본인에게도 조연자로밖에 보이지 않았습니다. 게다가 존재감이 없는 모습은 그 후의 인생에도 내내 그를 따라다녔다는 사실을 그 자신은 잘 알고 있었습니다. 그러므로 그런 경향을 어린 시절의 자신에게서 발견하게 되자 그는 새삼 동요하며 가슴이 아팠습니다.

누가 복도를 지나가는 듯해서 와타나베는 방 밖의 상황을 살폈습니다. 이렇게 한심한 자신을 다른 사람에게 보이고 싶지 않다고 생각한 그는 리모컨을 손에 들고 스피커에서 흘러나오는 소리를 줄였습니다.

'이건 앨범하고는 상당히 다르군.'

앨범이라면 입학식이나 운동회, 성장을 축하하는 행사, 가족여행 등 인생의 즐거운 장면이 담겨 있을 것입니다. 그러나 지금 자신이 보고 있는 비디오테이프는 그런 식의 취사선택이 전혀 이루어지지 않았기 때문에 두 번 다시 떠올리고 싶지 않다고 생각하여 뚜껑을 닫아놓은 한심한 자신의 모습도 그대로 화면에 등장했습니다.

'생각보다 즐겁지 않은 일이야.'

와타나베 씨는 이렇게 고쳐 생각하면서 조금 전 모치즈키라는 청년이 말한 "다 볼 필요는 없습니다"라는 말의 의미를 이해할 수 있을 것 같았습니다.

스기에의 면접은 오늘도 순조롭게 진행되었습니다. 이날 오후에 처음으로 면접실로 찾아온 사람은 김계옥이라는 서른아홉 살의 여성이었습니다. 김계옥 씨는 일본 이름이 사오토메 게이코라고 합니다. 한국에서 지금의 남편과 알게 되어 결혼했고 11년 전에 일본으로 왔다고 합니다.

"얼마 전 10월 연휴 때 남편하고 조반 고속도로를 아이즈와카마쓰 쪽으로 계속 달렸어요. 남편이 이와키까지 가본 적이 있었기 때문에 거기서 한 시간 정도면 갈 수 있을 거라고 했는데 심하게 길이 막히는 바람에 네 시간, 다섯 시간이나 걸리고 말았어요. 아이는 뒷자리에서 '아아, 따분해 죽겠어. 여기서 그냥 돌아가요'라고 했어요. 그래도 '조금만 가면 되니까 참자'라고 달래며 갔어요. 그런데 배가 고파서 어쩔 수 없이, 목적지에 도착하면 먹으려고 준비한 도시락을 차 안에서 먹었어요. 그때 문득 아아, 행복이란 이런 걸지도 모르겠구나, 하는 생각이 들더라고요. 가족 셋이서 차 안에서 도시락을 먹기도 하고 평소에 할 수 없는 이야기도 찬찬히 할 수 있었어요. 정말 싫기는 하지만, 아아, 정체도 가족에게는 그렇게 나쁜 것만은 아니구나, 하고 생각했어요."

"자제분은 몇 살이었습니까?"

"6학년이요. 열두 살."

"남편분이 운전하시고 김계옥 씨는 조수석에……"

"네, 맞아요."

"음악은요? 틀어놓았나요?"

"네. 남편이 음악을 좋아해서요. 저는 시끄러운 게 싫지만요. 라디오로 교통 상황을 듣기도 하고 카세트테이프를 듣기도 했어요."

"카세트테이프는 뭐였나요?"

"이노우에 요스이요. 그때 마침 NHK의 〈가린〉*이라는 드라마의 주제가였던 곡**이었어요. 저도 무척 좋아한 곡이라 그 노래가 인상에 남아 있어요."

"도시락은 어떤 거였나요?"

"주먹밥이었어요." 이렇게 대답한 김계옥 씨는 두 손으로 주먹밥을 만드는 동작을 해보였습니다.

* 1993년 10월 4일부터 1994년 4월 2일까지 방송된 NHK 연속텔레비전소설 드라마다.

** 이노우에 요스이井上陽水가 부른 〈캐나디언 아코디언〉이라는 곡이다.

“전날부터 거기로 간다는 말이 없어서 특별한 도시락이 아니라 집에 있는 것으로 만든 거였어요. 매실장아찌하고 대구 알이 있어서 그걸 넣고, 그 위에 살짝 후리카케*를 뿌린 거요. 삶은 계란하고.”

“어떤 이야기를 하셨습니까?”

“남편하고 결혼한 지 10년쯤 되었거든요. 여러 가지 일이 있었지만 즐겁지 않았느냐 하는 얘기였어요. 젊었을 때의 인생보다는 사십대가 된 지금이 더 즐겁지 않느냐, 젊었을 때는 나이를 먹는 게 싫었지만 나이를 먹는다는 게 그렇게 싫은 것만은 아니다, 이제야 그런 걸 알게 되었다, 하는 이야기를 남편하고 했어요.”

* * *

다카마쓰 지에 씨는 1939년생이고 차茶 판매점을 경영했습니다. 그녀는 오랫동안 장사를 해서인지 이런 상황에도 전혀 당황하는 기색이 없고 스기에와도 친구처럼 이야기를 나눴습니다. 그녀가 고른 것은 어린 시절에 들었던 소리에 대한 기억이었습니다.

“저는 생가가 아이치에 있었는데 시골로서는 아주 큰 집이었어요. 일주일에 두 번쯤이지만 훈련이 없을 때 집이 먼 특공대분

---

* 밥에 뿌려서 먹는 식품으로 생선가루, 김, 소금 등을 섞어 놓은 것이다.

세 명쯤을 저녁식사에 초대했어요. 세 시가 좀 지나면 버스가 도착하니까 버스정류장으로 마중을 나갔지요. 이제 오나 저제 오나 하며 들락날락하면서 기다리고 있으면 주머니에 과자를 잔뜩 넣고 와서는 주는 거예요. 그걸 먹는 재미로 버스정류장까지 마중을 나가면 머리를 쓰다듬어주기도 했어요. 그래서 그 아저씨들을 만나는 게 굉장히 설레고 그랬어요. 그런데 어느 날 헤어질 때가 되었어요. 그날 밤은 술을 잔뜩 마셨는데, 집에 있는 술도 다 떨어지고, 부엌 쪽에서는 '이제 죽을 생각인 거야, 술이라도 잔뜩 마시게 해줘야지. 그런데 술이 떨어졌으니 어쩌지, 빌리러 갈까?' 하는 이야기를 했어요. 그런 이야기를 듣고도 다섯 살짜리 아이라 잠들어버리지요. 그런데 이불 속에 들어가 잔 것 같기는 했는데, 자고 있으니 누가 제 볼을 비비고 꼭 껴안으면서 '이제 한 밤 자고 다음 날 열두 시가 되면 지에짱을 위해 비행기를 타고 작별 인사하러 올게'라고 말하는 거예요."

다카마쓰 씨는 한 점을 응시한 채 움직이지 않고 이야기합니다. 그 이야기에는 뭔가 사람의 주의를 모으는 힘이 있어 스기에도 메모하던 손을 멈추고 열심히 들었습니다.

"그런데 한 밤 자고 이튿날 열두 시 가까이 되어 '정말 비행기가 올까, 취해서 한 말이니 거짓말 아닐까? 이웃들한테 창피한데……' 하고 어머니가 말하는 거예요. '많은 사람들이 다 같이 전송하고 싶긴 하지만 지에한테 한 말은 거짓말 아닐까?' 하는 말도 했어요. 하지만 '올지도 모르니까' 하며 열심히 손수건을 찾고 있었는데, 물건이 귀한 시절이라 하얀 손수건에 얼룩이 있었어요. '이건 싫어' 하고는 보자기로 흔들려고 생각했어요. 그래서 옷장 서랍을 열고 저로서는 가장 좋은 비단 보자기를 골랐어요. 그랬더니 어머니가 '죽는 거니까 하얀색이어야 해'라고 말하는 거예요. 그럭저럭하는 사이에 정오를 알리는 소리가 들려 '하얀색이면 아무거나 괜찮겠지' 하고 손수건인가 타월을 들고 뛰쳐나갔을 거예요. 우리 집 건너편에 밭이 있었는데 거기서 이웃 아주머니들, 어머니, 여동생, 친구들하고 기다리고 있었더니 그곳으로 진짜 비행기가 날아오는 거예요. 두 번 반을 선회하더니 마지막에는 하얀 연기만 남기고 날아갔는데, 그 소리를 잊을 수가 없는 거예요."

여기까지 단숨에 이야기한 다카마쓰 씨는 가슴이 벅찼는지 잠시 말없이 있었습니다.

"대략 어떤 계절이었나요?" 처음으로 스기에가 말문을 열었습니다.

"뜰에 백일홍의 분홍색 꽃이 피어 있었고 꽤 더웠다고 기억해요. 초여름 정도였는데 종전이 얼마 안 남은 시기였을 거예요. 그러니까 8월 종전 때 어른들이 옥음방송을 듣고 있었는데 제가 '이제 된 거 아니에요, B-29도 안 오고, 방공호에 들어가지 않아도 되고'라고 했더니 '애들은 몰라' 하고 비난을 들었던 일을 기억하고 있어요. 그리고 '그 사람들은 왜 죽었을까?'라든가 '개죽음 아니야?'라고 했던 것도 기억하고 있어요."

"그분들 이름은요?"

"확실히 기억하지는 못하지만, 그중 한 사람이 요시다라는 이름이었을 거예요. 그래서 꽤 시간이 지나고 글씨를 쓸 수 있게 되었을 때, 그러니까 초등학교 3, 4학년 때였던 것 같은데, 그분 어머님께 편지를 보내드린 적이 있어요. 작별 인사하러 온 비행기가 날아갔을 때의 일을 썼어요. 그랬더니 그분 어머님한테서 아주 달필인 답장이 왔어요. '괴로워서 두 번 다시 떠올리고 싶지 않으니 앞으로 이런 편지는 보내지 마세요' 하는 편지였어요. 뭐랄까 어린 마음에 상처를 입고 그 편지를 바로 찢어버려서 그 후로는 주소도 확실히 몰라요. 그런 일이 있었다는 걸 기억하고 나만의 추억으로 하자는 마음으로 살아왔어요. 하지만 말 보시라는 말이 있는 것처럼 오늘 이렇게 이야기할 수 있어서, 보잘것없지만 보시라도 한 것 같아 정말 다행이라고 생각해요."

다카마쓰 씨는 이렇게 말하고 마지막에는 얼굴에 웃음을 지었습니다.

* * *

"사실은 고등학교를 졸업하고 싶었지만 중퇴를 했거든요. 그래서 도저히 시골에 그냥 있을 수가 없었어요."

"시골은 어디입니까?"

"규슈의 나가사키입니다. 보통이라면 나고야나 오사카로 가는 경우가 많지만 저는 큰맘 먹고 도쿄로 올라왔습니다. 그런데 학교도 안 나와서 취직하는 것도 힘들고……" 이렇게 말한 아마노 노부코 씨는 스기에에게 동의를 구하듯이 "그렇지 않아요?" 하고 살짝 아양 섞인 목소리를 냈습니다.

도쿄로 올라온 아마노 씨는 열일곱 살에 물장사 세계에 들어갔다고 합니다. 그녀가 고른 것은 스무 살 성인식 날의 추억이었습니다.

"사실은 식장에 나가고 싶었지만 마침 그때 일 때문에 센다이에 가게 되었어요. 거기서 옷을 빌려 입었는데, 그래도 기뻤어요. 나들이옷을 입을 수 있다는 것, 가장 화려한 기모노인 후리소데를 입을 수 있다는 것이 왠지 기뻤어요. 그때 사귀던 사람이 있었는데, 실은 그날 도쿄로 돌아오고 나서 같이 데이코쿠帝國 호텔에 갔어요. 둘만의 성인식을 하자고 해서요. 그 사람은 나보다 세 살 위였는데, 키가 굉장히 컸어요. 저는 늘 이상적인 사람이 키가 큰 사람이었는데, 발돋움을 해서 올려다볼 수 있는 사람을 좋아했거든요. 장녀였기 때문에 늘 '위니까, 위니까'라는 말만 들었어요. 사실은 어리광을 부리고 싶어도 그럴 수 없었어요. 그래서 이상적인 사람은 키가 크고 자상하고 아버지 같은 사람이었어요. 사실 가출한 이유는, 아버지가 무척 엄격해서였어요. 어렸을 때부터 아버지한테 안겼다든가 하는 그런 살가운 경험이 전혀 없었어요. 그래서 도쿄로 올라와 아버지 비슷한, 나이 차가 많이 나는 사람을 동경했어요. 파더컴플렉스였나 봐요."

이렇게 말한 아마노 씨는 검정 원피스의 가슴께에 손을 대면서 스스로 납득한 듯이 음음, 하며 고개를 끄덕였습니다.

"남자와 관련해서 실패도 많았고 슬픈 일도 정말 많았어요. 속기도 하고 배신당하기도 해서, 이제 정말 남자 따위 웃기지 마라, 평생 남자 같은 건 없어도 좋아! 하고 생각한 적도 여러 번 있었어요. 하지만 지금 말할 수 있는 것은 괴로운 일도, 슬픈 일도, 물론 즐거운 일도 경험해왔지만, 여러 가지로 그런 일이 있어서 다행이었다고 생각해요. 그래서 저는 당당하게 말할 수 있어요. 정말 여러 남자를 만났다고요. 하지만 그 사람들한테서 받은 것도 많다고 말이에요."

"성인식 날 있었던 일을 좀 더 물어봐도 되겠습니까?" 스기에가 이야기를 되돌렸습니다.

"네."

"그날 날씨는 어땠습니까?"

"눈이 왔어요."

"그럼 창밖에는 눈이……"

"네, 내리고 있었어요. 히비야 공원이 보였던 거 같은데, 눈이 내려서 길거리에는 사람들이 별로 없었던 것 같아요." 아마노 씨는 면접실 창밖으로 눈을 주면서 이렇게 말했습니다.

"그때의 소리, 예를 들면 음악이나……"

"아무것도 기억나지 않아요. 그 사람 숨소리뿐이었어요. 뭐라고 하나요, 자신의 욕망대로 여자를 안아보는 그런 일을 절대로 하지 않는 사람이었어요. 늘 여자의 기분을 생각해줬어요. 같이 있으면 제가 영화의 여주인공이 된 것 같았어요. 그래서 이 사람하고 쭉 같이 있을 수 있다면 얼마나 좋을까 하고 생각했는데, 나중에 들으니 부인이 있는 사람이었어요. 굉장히 고민했어요, 정말."

스기에는 마음속으로 '속은 게 아닐까' 하고 생각했지만 입 밖에 내지는 않았습니다.

"아마노 씨는 그때 어떤 옷을……"

"저는 노란 원피스였어요, 물방울무늬가 있는. 진주 목걸이하고 귀걸이를 했어요. 모조품이 아니라 진짜였어요." 그녀는 이렇게 말하고 약간 자랑하는 듯이 웃었습니다.

"그 사람하고 그때 무슨 이야기를 했습니까?"

"이야기요?" 아마노는 잠깐 팔짱을 끼고 생각한 다음 툭하고 "'사랑해'라는 말은 듣지 못했어요"라고 말했습니다.

이렇게 말하며 입술을 깨문 표정은 약간 쓸쓸해 보였습니다만, 그래도 후회는 하지 않는다는 강한 의지가 느껴졌습니다.

모치즈키의 면접실에 다타라 기미코 씨가 찾아왔습니다. 월요일에 찾아왔을 때는 긴장해서인지 표정이 굳어 있었는데 오늘은 상당히 편안해 보였습니다.

"유치원 무렵의 일이 가장 그리운 것 같아서 그때 일을……"

"특별히 어떤 게 가장 인상에 남아 있습니까?"

"유치원이라고 해도 지금 유치원하고는 많이 달라서 아주 시시하긴 하지만, 종이접기를 하기도 하고 유희를 하기도 했어요. 세토 유키 씨라는 당시 선생님이 그런 걸 좋아했던 모양인데, 아무튼 여기저기로 춤을 추러 가기도 했어요. 지금 있는지 없는지 모르겠지만 아오야마의 청년회관이라든가 히비야의 대음악당 같은 데서 춤을 췄어요. 그런데 히비야의 대음악당에서 춤을 춘 일이 가장 즐거웠던 것 같아요. 네."

"어떤 춤을 추셨습니까?"

"어린애였으니까, 동요 무용이라고 하나요, 그런 걸 췄어요. 남자아이는 남자아이대로, 여자아이는 여자아이대로 똑같은 옷을 지어 입고 머리에도 똑같은 리본을 달고서요."

"어떤 곡에 맞춰 춤을 췄습니까?"

"〈큰 코끼리를 갖고 싶어〉라든가 〈참새 춤〉이라든가 〈긴타로 씨〉, 그리고 〈빨간 구두〉 같은 노래였어요."

"어떤 옷을 입고 추었죠?"

"그 무렵 모토오리 나가요 씨라는 분이 있었는데, 그분에게 딸

세 명이 있었어요. 아래의 두 따님이 빨간 옷을 입었어요. 저희 오라버니는 그게 귀엽고 예쁘다며 온 도쿄를 다 뒤져서 사왔다고 했어요. 그걸 입고……"

오라버니 이야기가 나왔을 때 다타라 씨의 표정이 한층 더 빛나는 것 같았습니다.

"어떤 형태의 옷이었나요?"

"눈에 확 띄는 빨간색이 아니라 약간 진한 빨간색 원피스였어요. 옷깃 끝하고 소매 끝에 초록색 테두리 장식이 붙어 있었고요. 배 부분에는 주름 장식이 있었는데, 자수처럼 초록색 실로 감쳐져 있어서 주름을 넣은 느낌이었어요. 옷깃은 수티앵 칼라였고요. 긴 소매는 아니었고 7부 소매라고 하나요? 되접은 커프스가 달려 있고요. 초록색의 가는 리본이 가슴께에 달렸고, 정말 귀여웠을 거라고 생각해요."

다타라 씨는 오라버니가 사준 원피스가 상당히 마음에 들었던 모양인지 세세한 것까지 정확히 기억하고 있는 것 같았습니다.

"지금도 빨간 스웨터를 입고 계시네요?"

"이것도 누구한테 받은 건데, 입어봤더니 다들 잘 어울린다고 해서요. 그건 머리가 하얀 탓이 아닐까 생각하지만요. 칭찬해주니까 기분이 좋아서 입는 거예요."

"잘 어울립니다."

모치즈키가 이렇게 말하자 다타라 씨는 윗도리 소맷부리로 들여다보이는 빨간 스웨터를 살짝 집는 듯이 하고는 수줍어하며 “감사합니다” 하고 말했습니다.

여자의 옷을 칭찬하는 익숙지 않은 말을 했기 때문에 모치즈키 자신도 약간 멋쩍어서 눈앞의 서류로 시선을 떨어뜨렸습니다.

“그날 날씨는 좋았습니까?”

“그건 기억나지 않지만 야외 음악당이어서 무대에는 지붕이 있어도 관객석은 노천이었을 거예요. 그러니까 날씨가 좋았겠지요.”

“오라버니도 보러 오셨습니까?”

“아뇨. 가게를 하는 집이라 오라버니는 가게를 보고 있었을 거예요. 그런데 제가 그런 데서 돌아오면 반드시 그 모습을 사람들한테 보여주고 싶었나 봐요. ‘빨간 밥 사줄게’ 하는 거예요. 그게 치킨라이스였어요, 지금 생각하면요. 옛날에는 카페가 있었어요. 여급이 두세 명 정도 있고, 어둑했는데 그래도 얼굴이 안 보일 정도는 아니었어요. 그런 데로 데려가는 거예요. 그래서 ‘너, 아까 추고 온 거 여기서 한번 춰봐’ 하는 거예요, 거기서요. 그러면 치킨라이스가 먹고 싶어서 췄어요. 거기서요. 그러면 이번에는 오라버니 친구들이 ‘기미짱, 이리 와봐, 아이스크림 사줄게’ 하고요. 그래서 또 따라가기도 했어요. 그게 가장 큰 즐거움이 아니었나 싶어요. 그래서 그 차림 그대로 그런 데서 춤을 추었어요. 먹을 것에 낚여서요. 우습지요.” 이렇게 말한 다타라 씨는 수줍어하는 듯이 웃었습니다.

"원피스를 사준 오라버니하고는 사이가 좋았습니까?"

"그럼요, 마지막까지 사이가 좋았어요."

"오라버니는 이미……"

"네. 3년 전에요. 제가 임종을 지켰어요."

마지막으로 이런 한마디를 던졌을 때의 다타라 씨 표정은 그 때까지의 소녀처럼 웃는 얼굴과는 달리 아이를 잃은 어머니처럼 보였습니다.

와타나베 씨는 오후 내내 모니터 앞에 앉아 계속 비디오테이프를 봤습니다.

정신을 차리고 보니 여기에 오고 나서 사흘째의 해가 저물고 있었습니다. 대체 이곳의 하루라 불리는 시간이 사실 어느 정도의 길이인지, 지상에서 말하는 24시간보다 긴지 짧은지 도통 짐작할 수가 없었습니다. 우라시마 다로浦島太郎*의 용궁처럼 이미 지상에서는 수십 년의 세월이 지나버렸는지 모른다고도 생각했습니다. 하지만 만약 그 생각이 옳다고 해도 지금 자신의 상황이 어떻게 되는 것도 아니라는 사실은 알고 있었습니다.

상황은 시간이 흘러감에 따라 점점 나빠지는 것 같았습니다.

지금, 텔레비전 화면에는 곧 졸업을 앞둔 대학생인 자신이 비치고 있습니다. 어느 친구의 하숙방이겠지요. 비좁은 다다미 넉

장 반 정도 크기의 방에 여섯 명의 남자들이 빙 둘러앉아 술을 마시고 있습니다. 한여름의 무더운 밤인 듯 러닝셔츠만 입은 사람도 있습니다. 땀 냄새가 화면에서 풍겨 나올 것만 같습니다. 방 안에는 싸구려 담배 연기가 자욱하여 화면은 안개가 낀 것처럼 뿌옜습니다. 이미 술이 상당히 돈 듯 그들의 대화는 지리멸렬하고 혀도 잘 안 돌아갔습니다.

그런 가운데 와이셔츠 소매를 걷어붙이고 검은 테의 동그란 안경을 쓴 와타나베 씨가 뚝뚝 떨어지는 땀을 수건으로 닦으며 화면 안에서 유달리 열기를 띤 새된 목소리로 소리쳤습니다.

"그러니까 말이야, 오늘의 일본을 바꿔야 하는 거야, 우리가 말이지."

"그래." "타락했어." 고함이 주위에서도 일었습니다.

"뭔가 하나쯤 살았던 증거를 남기고 죽고 싶어."

와타나베 씨는 텔레비전 스피커에서 새어나온 이 말에 흠칫

---

* 일본의 전래동화. 옛날 옛적에 어느 해안 마을에 우라시마 다로라는 젊은이가 살았는데 어느 날 아이들이 괴롭히는 거북이를 구해 바다에 놓아주었다. 며칠 후 거북이는 구해줘서 고맙다며 다로를 용궁으로 데려간다. 본 적도 없는 아름다운 용궁 공주가 와서 거북이 모양을 하고 바깥세상을 보러 나갔는데 구해줘서 고맙다고 말했다. 다로는 자신의 고향도 어머니도 잊고 3년 동안 용궁에서 즐거운 시간을 보내다가 고향이 그리워져 돌아간다. 그때 용궁 공주가 다로에게 구슬 상자를 주며 곤란한 때 이외에는 절대 열어서는 안 된다고 한다. 고향에서는 그사이 3백 년이 지나 있어 어머니를 만나지 못한 다로는 슬픈 마음에 구슬 상자를 열고 만다. 다로는 그 순간 할아버지로 변해버렸다.

놀라 순간적으로 몸을 뒤로 젖혔습니다. 자신의 입에서 분명히 그 말이 나왔다는 사실을 알고 새삼 놀랐던 것입니다. 어제 자신이 뜻하지 않게 말한 '살았던 증거'라는 말은 사실 젊었을 때 자신의 마음속에 큰 위치를 차지하고 있었던 것일지도 모릅니다. 땅에서 화석이 발굴되듯이 지금 그게 모습을 드러낸 것이겠지요.

화면 속에서 지금까지 친구들의 열띤 이야기에 별로 참여하지 않고 드러누워 담배를 피우고 있던 남자가 일어나 지겹다는 듯이 말했습니다. "또 시작이야, 와타나베. 증거, 증거라고 말이지. 증거라는 게 뭔데?"

"회사에 취직해서 그대로 계속 있다가 그대로 죽어가는 건 싫어. 그런 인생은 견딜 수가 없다는 거지. 내가 확실히 살았던, 확실히 거기에 있었다는 손톱자국을 시대에 남기고 죽고 싶은 거야."

필사적으로 이렇게 말하는 화면 속 자신의 말은 전혀 발이 땅에 닿지 않았습니다. 뭔가 차가운 게 등줄기를 따라 목 있는 데까지 올라오는 것을 느꼈습니다.

'고를 수 없다, 골라야 하는 이유를 모르겠다고 말하기는 했지만 마음속 깊은 곳에서는 "만약 고른다면 학창 시절이겠지" 하고 생각하고 있었다. 나로서는 그 무렵이 가장 희망에 불타고 있었고 생기에 넘쳤던 것으로 생각했으니까. 만약 무슨 일이 있어도 고르라고 한다면 하는 수 없이 학창 시절을 고를 심산이었는데도 이렇게 새삼 당시의 나를 보니 거기에 있는 것은 그저 세상물정도 모르고 말만 많지 행동이 따르지 않는 풋내기에 지나지 않지 않은가. 이게 진짜 생기에 흘러넘쳤다고 생각하던 내 모습이었단 말인가? 그렇다면 그 뒤로도 쭉 이어질 평범한 인생은 대체 어떻게 비칠까?'

와타나베 씨는 비디오테이프를 보기 시작한 것을 후회하기 시작했습니다. 그와 동시에 당초 나름대로 행복했다고 생각한 70년의 인생이 급격히 퇴색되고 자신 안에서 다른 것으로 변해가는 것을 느꼈습니다.

와타나베 씨는 한숨조차 쉴 기분이 들지 않은 채 모니터 앞에 멍하니 있었습니다.

이날 늦은 시간에 모치즈키의 면접실로 찾아온 사람은 고지마 마사아키 씨라는 서른두 살의 남성이었습니다. 감색 양복에 흰 와이셔츠를 입고 넥타이를 맨 말쑥한 차림에서 그의 꼼꼼한 성격이 엿보였습니다. 항공 관련 출판사에 근무했다고 합니다.

"한때 파일럿을 목표로 훈련을 했는데, 그때 딱 한 번뿐이었지만 구름 사이를 날아갔을 때의 풍경이 가장 인상 깊은 것 중의 하나입니다." 고지마 씨는 감정의 고양을 억누르면서 한마디, 한마디 신중하게 말을 골라 이야기했습니다.

"비행기는 어떤 모양의……"

"일반적으로 세스나라고 하는 4인승 비행기였습니다."

"세스나에서 보이는 풍경은 어떤 것이었나요?"

"글쎄요, 비가 내린 후라서 특히 지상의 풍경이 깨끗하게 보였습니다. 그때는 우연히 제 오른쪽도 왼쪽도 아래도 위도 구름으로 둘러싸인 사이를 날아가는 느낌이었습니다. 보통은 그렇게 구름이 많으면 옆으로 비켜서 날거든요. 그런데 비키지 않아도 구름이 가고 싶은 방향에서부터 천천히 물러나서 그곳으로 똑바로 날아가는 그런 상황이었습니다."

"구름의 형태는 기억나십니까?"

"색깔은 거의 흰색이고 형태는 축제 때 파는 솜사탕을 살짝 떼어낸 것 같은 게 떠 있었습니다. 하지만 정말 너무 크지도, 너무 작지도 않은 무섭지 않은 크기였다고 할까요, 그런 부드러운 느낌의 구름이었다는 것은 기억하고 있습니다."

여기까지 이야기를 들은 모치즈키는 일단 자료실로 가서 지난달 촬영 때 썼던 소형 비행기 사진을 가져왔습니다. 촬영 때 다시 같은 걸 사용할지도 모른다고 생각해서입니다.

"고지마 씨가 탔던 세스나는 이런 느낌인가요?"

모치즈키가 책상 위에 늘어놓은 사진을 한눈에 본 고지마 씨는 바로 "이건 파이퍼네요, 기체가" 하고 강하게 부정했습니다. "세스나라고 하는 건 날개가 위에 있습니다. 일반적으로는 그런 비행기를 모두 세스나라고 하는데, 그건 만든 회사 이름이니까요. 우리가 세스나라고 할 때는 날개가 위쪽에 있는 단발기로, 세스나라는 회사에서 만드는 것만을 가리킵니다."

확실히 모치즈키가 가져온 사진에 찍힌 비행기는 동체 밑에 날개가 있었습니다. 이거라면 조종석에서 아래를 봐도 날개 때문에 지상의 풍경은 보이지 않을 것 같았습니다.

"세스나라면 날개가 위에 있으니까 날개에 동체가 붙어 있다고 해석하면 좋지 않을까 싶습니다. 날개가 위에 있거나 아래에 있으면 전혀 다른 비행기로 보이기 때문에 이걸 보고 떠올리라고 해도…… 형태가 좀 달라도 좋으니까 날개가 위에 달린 것으로 해주었으면 하는 마음이 듭니다."

이렇게 말한 고지마 씨는 불만스럽다는 듯이 다시 한번 사진에 시선을 떨어뜨렸습니다.

비디오기기에는 25번째 비디오테이프가 들어 있습니다.

세련된 커피숍에는 모차르트의 곡이 흐르고 한낮의 가게 안에는 창밖에서 하얀 빛이 쏟아져 들어옵니다. 와타나베 씨는 막 이발한 머리를 말끔하게 3대 7로 가르마를 타고 감색 양복에 넥타이를 맸습니다. 그는 눈앞에 놓인 커피 잔에는 손도 대지 않고 손수건으로 자꾸만 이마의 땀을 닦습니다.

그의 정면에는 파란 원피스를 입고 뒷머리를 위로 모아 올린 아름다운 아가씨가 앉아 있습니다. 아무래도 한창 맞선을 보고 있는 것 같습니다. 이렇게 옆에서 보면 우스꽝스러움이 더욱 눈에 띄는, 몹시 긴장한 자신의 모습을 바라보며 와타나베 씨는 화면 속의 자신과 마찬가지로 이마의 땀을 닦았습니다. 홍차 잔에 설탕을 넣고 스푼으로 젓고 있던 아가씨가 먼저 입을 열었습니다.

"취미는 뭔가요?"

땀을 닦던 손을 멈추고 청년이 대답합니다.

"영화 같은 거."

"바보!" 그 대답을 들은 와타나베 씨는 무심코 머리를 싸매며 중얼거렸습니다. '이봐, 이보라고, 대체 네가 언제부터 영화가 취미였다고 그래?'

아가씨가 그걸 듣고 살짝 들뜬 목소리로 말했습니다. "어머, 저도 영화 좋아해요. 잉그리드 버그먼이라든가 조앤 폰테인이라든가, 〈여수〉[*]는 보셨어요?"

"아." 화면 속의 남자는 봤다고도 안 봤다고도 할 수 없는 애매한 대답을 했습니다.

"〈레베카〉는요?"

"아, 예."

'그러니까 말했잖아.' 와타나베 씨는 허세를 부리는 자신이 정말이지 정나미가 떨어졌습니다.

---

* 〈September Affair〉. 빌헬름 디테를 감독, 조앤 폰테인 주연의 1950년 작품.

"와타나베 씨는 어떤?"

끊기기 일쑤인 대화를 어떻게든 이어보려고 아가씨가 거듭 물었습니다.

"어떤, 이라고 하면?

"미국 영화라든가 프랑스 영화라든가?"

"칼…… 칼싸움이라든가……" 청년은 난감한 듯이 이렇게 이야기하며 고개를 갸웃했습니다.

"반쓰마*요?" 아가씨가 구원의 손길을 내미는 것처럼 환하게 말했습니다.

"예, 예."

"저도 아버지가 좋아해서 어렸을 때 자주 따라다녔어요." 아가씨는 이렇게 말하고 다시 홍차를 한 모금 마셨습니다.

그 모습을 보고 안심했는지 청년도 비로소 웃음을 보이며 땀을 닦던 손수건을 테이블 위에 놓고 커피 잔에 입을 댔습니다.

와타나베 씨는 어쩐지 텔레비전 드라마의 한 장면을 보고 있는 것 같았습니다. 아니, 이것이 다른 사람이 연기하는 드라마였다면 얼마나 좋을까, 하고 생각했습니다.

---

* 반도 쓰마사부로(阪東妻三郎, 1901~1953)의 애칭. 단정한 얼굴과 높은 연기력을 겸비한 영화배우. 다이쇼 말기부터 쇼와 초기에 걸친 칼싸움 영화 붐을 낳은 배우이며 '칼싸움 왕'이라는 별명도 가졌다.

'이럴 리 없는데.'

기록으로 남겨진 자신의 모습은 모조리 기억을 배반했습니다. 자신이 그렇게 자존심이 강한 사람이라고 생각하지 않았고, 술을 마시고 회사의 부하 직원들에게 자신의 어린 시절을 자랑하는 천박한 짓을 한 기억도 없었습니다. 그렇기에 자신은 좀 더 성실하고 정직한 사람이라고 생각했던 것입니다.

그런데 화면에 비치는 자신은 소년 시절도 청년 시절도 똑같이 허세를 부리고 행동이 따르지 않는 경솔한 사람이었습니다.

'나는 고를 만한 추억을 단 하나도 찾을 수 없는 게 아닐까?'

와타나베 씨의 이런 초조함을 거역하듯이 일몰을 알리는 차임벨 소리가 관내에 울리기 시작했습니다.

같은 시각 면접실 A에서는 모치즈키와 시오리가 야마모토 슈지 씨와 마주 앉아 있었습니다. 야마모토 씨는 와타나베 씨와는 반대로 비디오테이프 보기를 거부했습니다. 차임벨 소리가 그치자 방에는 정말 긴 침묵이 찾아왔습니다.

"내가 만약, 예를 들어 여덟 살 때나 열 살 때의 추억을 고른다고 합시다. 그러면 나는 그때의 기분만 갖고 갈 수가 있는 겁니까?"

"예." 모치즈키가 조용히 고개를 끄덕였습니다.

야마모토 씨는 이곳 시스템을 믿을 수 없는지 몇 번이나 되풀이해서 모치즈키에게 확인했습니다.

“다른 건 다 잊을 수 있는 겁니까?”

“그렇습니다.”

이렇게 몇 번인가의 확인을 끝낸 야마모토 씨는 처음으로 얼굴을 들고 모치즈키를 보았습니다. “그럼 그거네요. 그리스 신화에 나오는 레테인가 하는 강 같은 거네요.”

“그렇습니다.” 모치즈키가 대답했습니다. “레테의 강물을 마셔 죄의 기억을 지우고 에우노에 강물을 마시고 좋은 기억을 되살려 천국으로 가는, 그것과 같다고 생각하시면 됩니다.”

야마모토 씨는 이 말을 듣더니 다시 눈을 감고 입을 다물어버렸습니다.

감은 눈꺼풀 안에서 눈동자가 흔들리고 있는 것이 시오리는 섬뜩하게 느껴졌습니다.

‘아, 징그러워.’

시오리는 마음속으로 내뱉듯이 이렇게 말했습니다.

시오리가 속으로 이렇게 말하자마자 야마모토 씨가 눈을 뜨더니 한순간 시오리를 응시했습니다. 그녀는 자신이 속으로 중얼거린 말이 들린 것 같은 기분이 들어 바로 눈을 돌렸습니다. 야마모토 씨는 천천히 시선을 모치즈키에게 옮겼습니다.

“그렇습니까? 잊을 수 있는 겁니까? 그럼 그곳은 정말 천국이로군요.”

야마모토 씨는 이렇게 말하고 입가에 희미하게 웃음을 머금었습니다. 그것은 지금까지 그가 보여준 빈정거리는 듯한 웃음과는 다른 것이었습니다. 시오리는 잊을 수 있다며 기뻐하는 얼굴을 보여준 야마모토 씨에게 약간 놀랐습니다. 두 사람이 말하는 레테라든가 에우노에라는 강에 대해 시오리는 전혀 알 수 없었지만 그 강물은 어떤 맛일까 하는 상상을 해보았습니다.

모치즈키는 아무것도 떠올리고 싶지 않다, 모든 걸 잊어버리고 싶다, 이렇게 주장하는 망자의 기분도 이해할 수 있다고 생각했습니다.

'사람은 얼굴이 제각각 다르듯 추억을 대하는 방식도 제각각이다. 그중에는 추억이라는 이름의 과거가 지닌 무게를 견디지 못하고 거기에서 눈을 돌려버리는 사람도 있다. 그건 살아 있는 사람이나 죽은 사람이나 마찬가지다. 우리는 그런 그들의 허약함과도 마주해야 한다. 우리의 역할은 그들의 그런 행위를 타박하는 것도 아니고 심판하는 것도 아니다. 그렇다고 해서 동정이나 연민이 필요한 것도 아니다. 그런 것을 한다고 해도 선택하는 데 도움이 되지 않는다. 그들은 이미 죽었기 때문에 짊어지고 온 무거운 짐에서 해방시켜주는 일이 중요한 것이다.'

야마모토 씨를 눈앞에 두고 모치즈키는 새삼 이렇게 생각했습니다.

직원실 칠판 앞에서 스태프가 테이블을 둘러싸고 회의를 하고 있습니다. 칠판에는 하얀 분필로 22명의 망자들 이름이 쓰여 있습니다. 이미 선택을 마친 사람은 이름에 동그라미가 그려져 있고 그 옆에 '노면전차'라든가 '다리 위'라는 식의 간단한 메모가 덧붙어 있습니다. 칠판 앞에 선 모치즈키가 지금 야마모토라는 이름에 동그라미를 치고 손가락에 묻은 분필 가루를 떨어내며 자리로 돌아왔습니다.

"결국 다섯 살 때 집 벽장 안으로 잡동사니를 들고 들어가 숨었던 때의 일을 골랐습니다. 그 어둠을 고르고 싶다면서요."

"어둠이라. 그럼 소리만으로 재현할 수 있겠네. 재미있어질 것 같은데."

조용했던 그 자리의 분위기를 일부러 훼방 놓으려는 것처럼 스기에가 묘하게 쾌활한 어조로 말했습니다.

"하지만 남한테 말할 수 없는 무거운 과거를 짊어지고 있나 보군."

가와시마가 툭 던진 이 말을 들은 스기에는 책상 위로 몸을 내밀어 가와시마에게 얼굴을 가까이 가져갔습니다. "자네 말이야, 일일이 상대한테 감정이입해서 어떻게 하려고? 이건 일이야, 일. 딱 잘라 안 하면 몸이 못 버텨. 그렇게 하니까 좀처럼 정하지 못하는 거야, 알겠어?"

가와시마가 다소 불만스럽다는 듯이 입을 빼물며 '예에, 예에,

잘 알겠습니다'라고 말하는 것처럼 고개를 주억거렸습니다.

"그리고 말이야, 모치즈키 씨가 담당하는 요시모토 씨. 디즈니랜드로 일단 정하지 않았었나?"

"예. 다만 오늘 하루만 다시 한번 천천히 생각해보고 싶다고 해서요."

"모치즈키 씨, 다정한 것도 좋지만 밀어붙이는 게 부족한 거 아냐? 고르는 게 늦어지면 난처한 사람은 여기서 일하는 모든 스태프니까 말이지."

"그렇지요. 하지만 그녀의 경우 앞으로 하루만 있으면 괜찮을 거라고 생각해서요." 늘 있는 일이라 모치즈키는 가볍게 받아넘겼습니다.

"괜찮을까? 다들 여기 일을 착각하고 있는 거 아냐? 그냥 잠자코 이야기만 듣고 있어서는 안 된다는 것 정도는 알고 있겠지? 경우에 따라서는 우리가 적극적으로 나서고 억지로 끌어내는 정도의 일은 해야지."

"억지로 끌어낸다고 하지만……" 가와시마가 에둘러 반박했습니다.

이 말을 듣고 스기에의 발언은 더욱 공격적이 되었습니다.

"다들 망자들로부터 좋은 사람으로 생각되고 싶어 하는 거 아냐? 여기서 우리가 하는 일에 감사를 받고 싶다고 생각한다면 그건 큰 착각이야."

"자아, 각자 자신한테 맞는 방법이 있을 거고, 거기에 모두의 개성이 반영되는 게 소장인 나로서는 기쁜 일입니다만……" 하며 나카무라가 말을 꺼내 스기에의 발언을 이어받았습니다. "다만 한 가지 분명히 말할 수 있는 것은, 이곳은 사람을 심판하는 곳이 아니라는 사실입니다. 용서해주는 곳입니다. 보내드리는 측인 우리가 그걸 확실히 인식하고 대하지 않으면 망자들도 당황할 겁니다. '정말 수고하셨습니다' 하며 보내드리는 것, 이것이 기본이니까요. 스기에 씨도 그런 점을 잊지 않도록 잘 부탁드립니다."

이렇게 말한 나카무라는 네 명을 둘러보며 싱긋 웃었습니다.

모치즈키는 자신도 그렇게 생각한다는 듯이 맞장구를 쳤습니다.

"그럼 오늘은 이것으로 우리도 '수고하셨습니다' 하면서 끝낼까요?"

"수고했습니다."

"수고하셨습니다."

다섯 명은 각자 이렇게 말하며 각자 직원실을 뒤로 했습니다. 모치즈키와 시오리는 와타나베 씨가 어떻게 되었는지 보러 가기 위해 나란히 계단을 내려갔습니다.

"어떨까요, 와타나베 씨?" 시오리는 위기에 봉착한 그의 상황을 재미있어하는 것 같았습니다.

"저는요, 이럴 거라고 생각해요." 시오리는 이렇게 말하며 심각하다는 듯이 두 손으로 머리를 감싸고 얼굴을 찡그려 보였습니다.

시청각실에서는 바로 지금 시오리가 해보였던 동작과 똑같이 와타나베 씨가 머리를 감싸고 모니터를 보고 있었습니다.

화면에는 낡은 일본 가옥 한 채가 비치고 있습니다. 출근하기 전인지 와이셔츠 차림의 와타나베 씨가 앉은뱅이 밥상 앞에 책상다리를 하고 앉아 있습니다. 젓가락으로 낫토를 휘저으며 두 눈은 조금 전부터 계속 다다미 바닥에 펼쳐진 신문을 좇고 있습니다. 다다미 여섯 장 크기의 한 칸에 부엌이 있는 구조인지 그다지 집세가 비싸지 않을 것 같은 단층집입니다. 화면 안쪽에는 부엌일을 하는 여성의 뒷모습이 보였다 안 보였다 합니다. 벽시계가 정확히 일곱 시를 치자 라디오에서는 아침 뉴스가 흘러나오기 시작합니다. 1950년대 초반, 전후의 빈곤에서 간신히 조금씩 해방되고 있던 당시의 일본 어디에나 있던 아침 풍경입니다.

화면 가운데에 있는 와타나베 씨는 이십대인대도 말씨나 눈빛에서 생기발랄함이 사라지고 묘하게 패기가 없는 듯이 보였습니다. 일에도 익숙해져 지금의 생활에 나름대로 만족하고 있는 모습이 엿보였습니다. 와타나베 씨에게는 그것이 반대로 화가 나서 견딜 수가 없었습니다. 바로 몇 년 전까지만 해도 그토록 이상을 소리 높이 외쳤던 자신이 여기서는 이미 그럭저럭 안정된 생활에 기분 좋은 듯이 푹 잠겨 있습니다. 자신이 말한 '살았던 증거'라는 말을 깡그리 잊어버린 듯한 화면 속의 자신을 용서할 수 없었습니다.

똑똑.

그때 문을 두드리는 소리가 들렸습니다.

"예, 들어오세요."

와타나베 씨가 힘없이 대답했습니다.

"방해가 되는 건 아닌가요?"

모치즈키가 문틈으로 얼굴을 들이밀며 말했습니다.

"아뇨, 자, 들어오세요."

와타나베 씨는 애써 환하게 말하고는 의자를 살짝 옆으로 당겨 모치즈키가 앉을 자리를 비웠습니다. 모치즈키는 벽에 기대어 있는 접의자를 가져와 와타나베 씨 옆에 앉았습니다.

"실례합니다." 시오리가 환한 목소리로 말하고 쟁반에 찻잔을 담아 방으로 들어왔습니다.

그녀는 찻잔을 와타나베 씨 눈앞에 놓으면서 그의 표정을 힐끗 살폈습니다. 그리고 쟁반으로 입가에 떠오른 미소를 감추려고 하면서 모치즈키의 귓가에 "제 말이 맞았죠?" 하고 속삭였습니다. 그러고 나서 자신의 뒤쪽 벽에 기대어 뒤에서 두 사람의 모습을 관찰하기 시작했습니다.

잠시 화면을 보고 있던 모치즈키가 와타나베 씨에게 밝은 목소리로 물었습니다.

"신혼입니까?"

"예, 뭐 그런 거죠." 와타나베 씨는 지긋지긋하다는 듯이 대답했습니다.

"저는 결혼을 한 적이 없어서, 부럽습니다." 위로하듯이 이렇게 말한 모치즈키는 옆자리의 와타나베 씨에게 웃어 보였습니다.

안쪽에서 된장국을 다 끓인 여성이 나타나 앉은뱅이밥상에 음식을 담은 그릇을 놓기 시작했습니다. 아침 밥상을 거들떠보지도 않고 신문을 보고 있는 남편에게 '어쩔 수 없다니까' 하는 듯이 가볍게 미소를 지은 그녀는 가볍게 양손을 모으고는 젓가락을 집어 아침을 먹기 시작했습니다. 맞선을 보던 그 여성이었습니다. 맞선을 보던 때와 마찬가지로 뒷머리를 모아 위로 올렸는데 옆얼굴의 아름다움이 두드러졌습니다. 그녀가 자리에 앉자 가난하고 살풍경했던 집 안이 그곳만 환해진 것 같았습니다.

그런 그녀의 아름다움을 전혀 깨닫지 못하는 것처럼 청년은 여전히 무표정하게 눈으로 신문을 좇고 있습니다. 화면 속 자신의 모습에서 두 사람의 시선을 돌리기라도 하듯이 와타나베 씨가 입을 열었습니다.

"아내입니다. 교코라고 합니다. 바로 전해에 맞선을 보고……"

그때 모치즈키는 눈 깜박이는 것도 잊고 교코라는 여성을 응시하고 있었습니다. 자신의 동요를 감추려고 모치즈키는 서둘러 말을 찾았습니다.

"행복한……?"

"예, 뭐."

"그렇습니까?"

"아니, 뭐, 아주 평범한……"

두 사람 사이에 시시한 대화가 한동안 이어졌습니다.

그런 대화를 나누는 두 사람을 뒤에서 바라보던 시오리는 그 때 모치즈키의 모습이 평소와 다르다는 것을 예리하게 간파했습니다. 어떻게 다른지 구체적으로 말로 표현할 수는 없습니다. 굳이 말하자면 교코라는 여성을 보는 모치즈키의 눈은 평소 시오리를 보는 눈과 전혀 달랐다고 할까요. 화면 속의 교코라는 여성과 그녀를 바라보는 모치즈키를 번갈아 보면서 시오리는 자신의 마음이 술렁술렁하고 있다는 걸 깨달았습니다.

세 사람의 그런 감정의 동요 따위와는 아무 관계도 없다는 듯이 화면 속의 여성은 된장국을 맛있게 한 입 먹었습니다.

"담당을 바꾸고 싶다고요?"

"예." 놀라 되물은 나카무라에게 모치즈키가 이렇게 대답하고 고개를 천천히 끄덕였습니다.

이날 일단 자신의 방으로 돌아온 모치즈키는 책상 앞에 앉아 잠시 생각한 끝에 나카무라의 방으로 찾아갔습니다. 이미 밤이 꽤 이슥한 시각이었습니다.

"희한한 일이네요, 당신답지도 않고요. 지금까지 이런 일은 한 번도 없지 않았습니까?" 나카무라는 자신의 책상 앞 의자에서 일어나 모치즈키가 앉아 있는 소파 앞자리에 앉았습니다.

그리고 모치즈키의 완강한 표정을 확인한 나카무라는 바로 소파에서 다시 일어나 책장 앞까지 천천히 걸어갔습니다. 책장에서 천문학 책을 손에 들고 훌훌 넘기면서 그는 잡담이라도 하는 듯이 이야기를 시작했습니다.

"작년 6월이니까 벌써 1년 반이 되었나요? 당신도 기억하고 있죠, 이곳 스태프였던 가토 씨?"

"예."

"비가 많이 오는 계절이어서 창밖에 빗소리가 시끄러웠어요. 밤늦게 가토 씨가 제 방으로 찾아왔습니다. '담당을 바꿔달라'고요. 가토 씨도 바로 지금 당신이 앉은 바로 그 자리에 앉았습니다. 가토 씨는 정의감이 강했어요. 뭐 그것 자체는 나쁜 일이 아니지만, 이곳으로 오는 사람들한테도 똑같이 엄격했어요."

"스기에 씨하고 꽤나 부딪쳤지요." 모치즈키도 얼굴을 들고 그때가 생각난다는 듯이 말했습니다.

"그랬지요. 그때 가토 씨가 담당한 사람이 이른바 다단계 사기 같은 걸 한 사람이었어요. 그런데 가토 씨가 담당할 수 없다고 했지요. 저는 인정하지 않았습니다. 좋은 기회라고 생각했거든요, 가토 씨한테요. 가토 씨는 여기에 오기 전에는 부동산 일을 했습니다. 가토 씨의 표현을 빌리자면 악랄한 장사로 상당한 돈을 벌었다고 합니다. 그런 일이 있었기 때문에 자신이 한 거짓말로 많은 사람들한테 상처를 준 일을 여기에 오고 나서 내내 후회했습니다. 용서할 수 없었겠지요, 그런 자신이. 결국 그때는 가토 씨가 의견을 굽히고 마지막까지 담당해서 무사히 보냈어요. 그들 사이에 어떤 대화가 오갔는지 저는 모릅니다. 하지만 그로부터 한 달도 지나지 않았을 때였어요, 가토 씨가 이곳을 떠난 것은요. 위기가 기회라는 말이 있잖아요, 안 그래요, 모치즈키 씨?"

이렇게 말한 나카무라는 여느 때와 같은 웃음을 띠었습니다.

'나카무라 씨는 나에 대해 어디까지 알고 있을까?'

어쩐지 나카무라 씨가 자신의 마음속을 꿰뚫어보고 있는 듯한 기분이 들어 모치즈키는 차마 그의 얼굴을 볼 수가 없어 눈을 감고 있었습니다. 다만 자신의 마음을 꿰뚫어본 그 눈빛은 부드럽고 따뜻했습니다.

나카무라의 방을 나온 모치즈키는 어두운 복도를 혼자 걸었습니다.

'나는 와타나베 씨와 마주하는 것을 두려워하고 있는지도 몰라. 그것 자체가 아니라 그 앞에 있는 뭔가를. 대체 그것의 무엇

을 가리켜 나카무라 씨는 기회라고 하는 것일까?'

모치즈키는 이런 생각을 하면서 자신의 방으로 돌아갔습니다. 마음속에서 오랫동안 닫혀 있던 무거운 철문은 녹이 슬었고 지금의 그는 그 안에 가둬둔 것이 뭐였는지조차 떠올릴 수 없었습니다. 그 문을 억지로 열고 자신의 손으로 봉인한 것과 대화를 재개하는 것은 전혀 생각해보지 않았습니다.

시오리는 목욕을 해도 어쩐지 불쾌한 기분이 가시지 않았고 침대에 누워도 금방 잠이 올 것 같지 않았습니다. 이 불쾌한 감정을 그녀는 스스로도 설명할 수가 없었습니다. 다만 그것이 요시모토 가나 씨에 대해 가진 감정과는 완전히 이질적인 것이라는 사실은 확실히 알 수 있었습니다.

물론 질투라는 말을 몰랐던 것은 아닙니다. 다만 그녀의 입장에서 보면 지금 자신의 둘 곳 없는 감정을 그 하나의 단어만으로 설명하는 것은 무리라고 생각했던 것입니다.

시오리는 일단 침대에서 일어나 벽에 걸린 거울을 들여다보았습니다. 그리고 조금 전 비디오 속의 아름다운 여성을 떠올리며 자신의 뒷머리를 두 손으로 묶어보았습니다. 머리가 너무 짧아 도저히 위로 틀어 올릴 수 없을 것 같았습니다. 그래도 그렇게 해보려고 고무 밴드를 준비한 그녀는 화난 듯한 얼굴로 거울 속의 자신을 노려보며 머리와 격투를 벌이기 시작했습니다.

와타나베 씨는 두 사람이 방을 나간 후에도 심야까지 모니터 앞에 앉아 있었습니다.

바로 지금 스물아홉 번째 비디오테이프의 재생이 끝나고 화면에는 모래폭풍 같은 빈 화면이 비쳤습니다.

모래폭풍을 보면서 와타나베 씨는 속으로 71-29=42라고 뺄셈을 해서 비로소 나머지 비디오 개수를 확인했습니다.

"앞으로 마흔두 갠가."

이렇게 소리 내서 말하자마자 스피커에서 들려오는 소리가 어찌된 일인지 그에게는 모래시계의 모래가 떨어지는 소리로 들리기 시작했습니다. 한번 그렇게 들리자 왠지 가슴이 두근거려 가만히 있을 수가 없었습니다. 하지만 이제 와서 떨어지는 모래를 멈추게 하는 것도 모래의 양을 늘리는 것도 자신은 할 수 없다고 새삼 생각했습니다. 비디오테이프는 여기에 있을 뿐인 것입니다.

'그래, 나는 죽었어. 이제 다시 할 수는 없는 거야.'

와타나베 씨는 나머지 마흔두 개의 테이프를 응시하며 이번에야말로 그 사실을 확실히 자각했습니다.

목요일

Relationship

관계

'또 왼발이 시리다. 파자마가 무릎까지 걷어 올려져 있을 것이다. 장딴지가 오싹오싹 차갑게 느껴진다.'

시오리는 이불 속에서 엎드린 채 베개에 얼굴을 박았습니다. 어젯밤 늦게까지 깨어 있었던 탓인지 잠이 부족한 머릿속은 흐릿하기만 하고 좀처럼 맑아지지 않았습니다.

'어렸을 때 오늘과 마찬가지로 이불 밖으로 드러나 차가워진 장딴지를 엄마가 두 손으로 싹싹 비벼 따뜻하게 해준 적이 있었는데. 몇 살 때쯤이었을까. 거의 졸고 있는 상태에서 왼발만 엄마에게 맡기고 이불 속에 있을 때는 기분이 무척 좋았는데.'

시오리는 그런 일을 떠올리며 침대에서 천천히 상반신을 일으켰습니다. 어젯밤에 분투한 결과 머리 모양이 기묘해져 있었습니다. 앞머리를 올려 핀으로 고정시키고 훤한 이마를 다 드러내자 평소의 그녀보다 영리해 보였습니다. 하지만 틀어 올려지지 못한 뒷머리는 고무 밴드로 묶여 어쩐지 동물의 꼬리 같았습니다.

파자마 차림으로 세수를 하고 거울을 들여다본 시오리는 그 꼬리를 손가락으로 쳐 올리듯이 아래에서 위로 튀겨보았습니다. 교코 씨와는 상당히 달랐지만 나름대로 개성적이라고 생각했습니다. 하지만 그렇게 거울에 비친 자신을 보고 있으니 어젯밤의 일이 되살아나 시오리는 기분이 푹 가라앉는 것을 알 수 있었습니다.

그 시간, 모치즈키는 시청각실의 문 앞에 선 채 한동안 안의 동정을 살피고 있었습니다. 스피커에서 흘러나오는 소리가 희미하게 복도까지 들려왔습니다. 와타나베 씨는 벌써 비디오를 보기 시작한 것 같았습니다.

모치즈키는 굳게 결심하고 이곳으로 찾아온 것은 아니었습니다. 와타나베 씨로부터 떨어지려는 것도 아니고, 깊이 관여하려고 굳게 각오한 것도 아니고, 그냥 태도를 유보한 채 일단 여기로 오고 만 것입니다. 그러므로 막상 문을 열려고 하자 주저하는 마음이 다시 고개를 쳐들었습니다. 그래도 '이것이 내가 선택한 일이니까' 하고 애써 납득하고 한 발 앞으로 내디뎠습니다.

똑똑. 그렇게 생각해서인지 노크 소리도 미덥지가 못합니다.

"예, 들어오세요." 방 안에서 와타나베 씨의 지친 목소리가 들려왔습니다. "잘 주무셨어요?" 모치즈키는 과감하게 문을 열고 들어가면서 이렇게 환한 목소리로 인사했습니다.

두 사람은 어젯밤과 마찬가지로 나란히 비디오테이프를 보기 시작했습니다.

낯선 타인에게 자신의 한심한 모습을 보이는 것에 관해 물론 와타나베 씨에게 저항이 없었던 것은 아닙니다. 다만 어제부터 자신의 비디오를 마흔 개 이상이나 계속 봤기 때문에 답답함이 한계에 달한 것이겠지요. 자기 이외의 사람이 이 공간에 있어 주는 것이 침체된 상황을 벗어나는 데 조금은 도움이 될 것 같았습니다.

하지만 정작 중요한 영상은 테이프를 갈아 넣을 때마다 점차 기복을 잃고 단조로움만 심해질 뿐이었습니다. 화면에 비치는 것은 월요일부터 토요일까지 집과 회사만 왕복하고 어쩌다 일요일에는 하루 종일 집에서 빈둥빈둥 비디오를 보는 샐러리맨의 전형적인 생활 자체였습니다. 테이프 다섯 개, 열 개를 바꿔 넣어도 비치는 것은 기본적으로 같은 영상이었습니다. 일은 일로 딱 자르고 가족 서비스를 한다거나 취미 생활에서 자신다움을 발휘하는 일 없이 고지식하게 오로지 일만 하며 살았던 것이 오히려 해가 된 것 같았습니다.

그렇다고 일로 뭔가 큰 성공을 거뒀다거나 출세를 했느냐 하면 그런 것도 아니고 또 그런 욕심도 없었습니다. 담담하게 나아가는 시간의 흐름 속에서 변해가는 것이라면 회사에서의 지위가 계장에서 부장이 되고 책상이 조금씩 커졌다는 것과 머리숱이 점차 적어졌다는 것뿐이었습니다.

'이 무렵 나는 대체 뭘 생각하고 느끼며 살았을까? 기쁜 일은 뭐였을까?'

인생의 좌절을 좌절로서 인식하고 분수에 맞는 평범한 삶을 선택했다면 그건 그것대로 납득할 수 있었을 겁니다. 하지만 화면 속의 자신은, 지금 자신의 생활이 그런 결과라는 것조차 전혀 자각하지 못한 둔감한 남자였습니다.

와타나베 씨는 화면에 비치는 나날의 생활을 보면서 쓸데없이 보낸 70년이라는 세월에 복수를 당하고 있는 느낌이 들었습니다.

'이토록 끔찍한 처사가 있을까?'

이대로 보고 있는 게 견딜 수 없어서 와타나베 씨는 비디오기기의 '빨리 돌리기' 버튼을 눌렀습니다. 화면 속의 자신이 옛날 코미디 영화처럼 우스꽝스러운 움직임을 시작했습니다. 하지만 그것은 되풀이되는 일상의 단조로움을 더욱 두드러지게 하여 그를 더욱 애처롭게 할 뿐이었습니다. 이런 거북한 상황을 누그러뜨리려고 와타나베 씨는 애써 환하게, 냉정함을 가장하여 옆자리의 모치즈키에게 말을 걸었습니다.

"당신한테 이런 걸 물어도 소용없는 일인 줄 모르겠지만 대체 제 인생에 무슨 의미가 있었을까요? 첫날에도 조금 얘기했습니다만, 여기에 올 때까지 저는 제 인생에 대해 자신감 같은 것도 있었습니다. 뭐, 나름대로 행복했던 게 아닐까 하고 말이지요. 하지만 이렇게 돌이켜보니 정말 어딘지 불만스럽습니다. 결코 파란만장한 인생 같은 걸 바란 것은 아니었지만, 아무리 그래도 좀 더 의의랄까 목적이랄까 그런 게 있을 거라고 생각했습니다. 어쩐지 쓸데없이 시간만 보내고 만 것 같아서, 이렇게 보고 있으니 견딜 수가 없네요."

"저도 지금까지 많은 사람들하고 이렇게 이야기를 나누었습니다만 '파란만장한 인생'이라고 하는 분도 90퍼센트 이상의 시간은 보통 사람과 다르지 않은 평온한 생활을 했습니다. 비디오는 그것을 알게 하기 위한 것이기도 합니다. 평온한 시간은 결코 쓸데없는 게 아니라고 생각합니다." 모치즈키는 방으로 들어왔을 때의 위화감에서 해방되어 완전히 직업인의 얼굴로 돌아와 격려하듯이 말했습니다.

"아니, 그건 쓸데없지 않은 10퍼센트가 있으니까 그렇게 말할 수 있겠지요. 제 경우는 다릅니다. 아무것도 없으니까요. 자기가 '살았다는 증거'라는 말을 입에 담았으면서 저런 꼴이라니 정말 부끄럽기 짝이 없습니다. 아니, 특별히 역사에 이름을 남긴다거나 하는 어린애 같은 걸 생각한 것은 물론 아닙니다. 그렇지는 않지만……"

"하지만 이렇게 일도 정년까지 완수하셨잖아요?"

"그거야 퇴직금을 기대해서지요. 집을 지었으니까요. 30년 할부로요. 그만두고 싶어도 그만둘 수 없었을 뿐입니다. 완수하다니, 그렇게 대단한 일이 아닙니다." 와타나베 씨는 자신을 비하하듯이 말했습니다.

"고만고만한 학력, 고만고만한 직장, 고만고만한 결혼, 그리고 앞으로 비치는 것도 고만고만한 노후입니다."

"하지만 어제는 좋은 결혼이었다고 하지 않으셨나요?"

"예, 그랬지요. 물론 행복한 편이었다고 생각해요. 아이는 없었지만 결혼은 성공이었다고 생각합니다. 저 같은 사람에게는 아까울 정도로요. 하지만 제가 이런 말을 하면 아내한테 미안한 일일지도 모르겠지만, 뜨거운 마음으로 결혼한 것은 아니었습니다. 맞선이었으니까요. 적당히 나이도 먹었고, 비웃지는 마십시오. 십대 때는 연애를 동경하기도 했습니다. 뭐랄까, 부끄럽지만 불타는 듯한, 온몸을 태우는 듯한 연애를 해보고 싶다고 생각했습니다. 하지만 당연한 것처럼 그런 일은 이루어지지 않았습니다."

"그거야 와타나베 씨만 그런 게 아닙니다. 오히려 그런 분들이 더 많지 않았을까요, 우리 세대한테는요."

잠시 두 사람 사이에 침묵이 이어지고 나서 와타나베 씨가 의아해하는 얼굴로 모치즈키를 쳐다보았습니다.

"지금 우리라고 했습니까?"

모치즈키는 내심 '난처하게 되었군' 하고 생각했습니다만 큰맘 먹고 말하기로 했습니다.

"사실 전 1923년생입니다. 스물두 살 때 죽어서 이런 모습입니다만, 지금 살아 있다면 일흔다섯 살입니다."

와타나베 씨는 천천히 모치즈키의 얼굴을 보았습니다. 처음에는 그가 한 말을 전혀 이해할 수 없었지만, 가까스로 그도 망자라는 사실을 깨달았습니다. 그리고 그가 자신과 같은 세대 사람이라는 사실에 새삼 놀랐습니다.

'전사한 동창생을 꿈속에서 만난 것 같은 일인가.'

시간을 들여 이렇게 납득한 와타나베 씨는 다시 한번 모치즈키의 얼굴을 찬찬히 쳐다보았습니다.

"그렇습니까?"

"예."

"그건, 그, 전쟁에서?"

"예. 필리핀 앞의 해전에서 부상을 당했고 마지막은 도쿄의 병원에서."

"몇 년에요?"

"1945년 5월 28일이었습니다."

이야기하면서 모치즈키는 당황했습니다.

'내 경력에 관해서는 지난 수십 년 동안 나 자신도 떠올린 적이 없었는데. 아무리 이야기하는 과정에서 자연스럽게 나온 거라고 해도 이렇게 자신이 담당한 망자에게 이런 이야기를 하다니, 대체 나는 어떻게 된 것일까. 이러려고 이 방에 온 것이 아닌데. 내 이야기를 듣고 그도 곤혹스럽겠지. 역시 어제 일로 놀라서 아직도 어찌할 바를 모르고 있는 게 아닐까.'

모치즈키는 더 이상 자기 이야기를 하지 않겠다고 자신을 잡도리했습니다.

방에는 이상한 침묵이 흘렀습니다. 침묵은 아버지와 아들 이상으로 나이 차가 나 보이는 동세대의 두 사람을 함께 뒤덮었습니다. 그러나 이때 두 사람은 각자 다른 생각을 하며 침묵을 다른 의미로 이해하고 있었습니다.

바로 그 시각, 가와시마는 면접실에서 이세야 씨와 한창 이야기를 나누고 있었습니다. 이세야 씨는 어제와 딴판으로 진지한 얼굴로 가와시마 앞에 앉아 있습니다.

"장래의 꿈에 대해섭니다만, 고르면 안 되는 이유라는 게……"

"장래는 안 돼요."

"하지만 그……"

"지금까지 있었던 일 중에서 고르지 않으면 안 된다니까요."

"하지만 그건 그냥 과거잖습니까? 단순한 기억에 지나지 않잖습니까? 기억이라는 건 결국 사람의 이미지로 바뀌어가는 거라고 생각해요. 물론 실제로 있었던 일이니까 그 나름의 현실감은 있겠지만요. 예를 들면 제가 장래의 꿈을, 영화를 찍는 것처럼 여러 가지 상황을 설정하여 영상으로 만들면, 완성된 영상은 기억 같은 것보다 현실감이 있는, 리얼리티가 있는 것이 될 거라고 생각해요. 그러면 과거를 재현하는 것보다 훨씬 의미 있는 일이라고 생각하는데요."

가와시마는 말없이 듣고만 있었습니다.

"이미 죽었으니까 어쩔 수 없다고 하면 그만이지만, 과거의 어떤 같은 순간만을 살아간다는 것은 굉장히 힘든 일일 텐데요, 저한테는."

"그런가요?" 가와시마는 이세야 씨가 말하려는 것을 제대로 이해하지 못하는 것 같았습니다.

"안 됩니까?"

"그럼요, 다시 생각해야겠지요."

"아니, 이곳 체제를 다시 생각해봐야 한다고 생각하는데요." 이렇게 말한 이세야 씨는 가와시마의 눈을 똑바로 쳐다보았습니다.

"난감하군요. 어떡한다."

이세야 씨는 자기 나름대로 이곳의 작업에 대해 진지하게 생각하고 자신이 납득할 수 있는 형태를 모색하려 했다고 생각합니다. 그것은 가와시마도 충분히 알 수 있었습니다.

* * *

"봄이 되면 여기도 꽃이 예쁘지요?"

오늘만 해도 몇 번째일까, 니시무라 씨가 면접실 창으로 중정을 내려다보면서 다시 같은 질문을 했습니다.

"예쁘지요, 봄이 되면." 가와시마는 책상 위의 서류를 정리하면서 싫은 표정 하나 짓지 않고 몇 번이고 똑같이 웃어 보였습니다.

"벚꽃도 피나요?" 니시무라 씨가 툭 한마디 던졌습니다.

"피죠. 아, 할머니, 벚꽃을 좋아하시는구나."

가와시마가 이렇게 말하자 니시무라 씨는 중정을 바라본 채 살짝 고개를 끄덕였습니다.

"저도 벚꽃을 아주 좋아해서요……"

여기까지 말한 가와시마는 서류에 써넣고 있던 손을 멈추고 윗도리 안쪽 호주머니에서 소중한 듯이 뭔가를 꺼냈습니다.

사진 한 장이었습니다. 사진에는 가와시마와 세 살쯤 되는 조그만 여자아이가 나란히 찍혀 있었습니다. 웃고 있는 가와시마 옆에서 여자아이는 빨간 스커트에 하얀 타이츠를 신고 눈을 치뜨고 카메라 렌즈를 노려보고 있습니다. 늘 몸에 지니고 있기 때문이겠지요, 그다지 오래된 사진이 아닌데도 네 귀퉁이가 살짝 둥그스름해졌습니다.

잠시 사진을 보고 있던 가와시마는 의자에서 일어나 수줍은 듯이 머리를 긁적이며 니시무라 씨 옆으로 걸어갔습니다.

"저기, 이거 제 딸이에요. 사쿠라코라고 해요, 사월에 태어나서요. 세 살 때인데, 이게 마지막으로 함께 찍은 사진이에요. 보세요, 귀 모양이 저랑 똑같죠?"

니시무라 씨 옆자리에 나란히 앉은 가와시마는 사진 속 여자아이 얼굴을 엄지로 가볍게 쓰다듬었습니다.

"제가 여기 온 지도 3년이 되었으니까 벌써 여섯 살이겠네요. 지금은 할머니가 보살펴주고 있는데 어찌나 걱정이 되는지, 여기 규칙으로 추석 때밖에 얼굴을 보러 갈 수 없게 되어 있으니까요. 스무 살 성인식 때까지는, 하고 생각하고 있어요. 그때까지는 부모로서 책임감을 갖고 지켜볼까 해서 여기 있는 거거든요. 세 살 때였으니까요, 헤어진 게. 저를 기억하고 있을지 어떨지……"

여기까지 단숨에 이야기한 가와시마는 사진에서 눈을 떼고 창밖을 보았습니다.

가와시마의 이런 이야기를 듣고 있는지 어떤지 니시무라 씨는 조금 전과 다름없이 여전히 온화한 웃음을 지으며 가와시마 옆에서 중정을 계속 쳐다보고 있었습니다.

같은 시각, 스기에는 도서실에서 재현을 위한 자료를 모으고 있었습니다. 제2차 세계대전 중의 군복에 관련된 책이나 미국 담뱃갑을 모아놓은 잡지 같은 것을 옆구리에 끼고 지금은 아마노 씨의 추억을 재현하는 데 쓰기 위해 데이코쿠 호텔 사진을 찾고 있습니다.

책이나 잡지는 일반 도서관과 마찬가지로 '정치' '경제' '문화' 등 장르별로 늘어서 있고, 그중에서 '문화'라면 '문학' '회화' '연극' 등의 세세한 장르로 나뉘어 있습니다. 스기에는 '건축' 코너에서 『데이코쿠 호텔 백년사』라는 책을 발견하고 집어 들었습니다.

책장 앞에서 페이지를 훌훌 넘기며 보고 있던 스기에는 무슨 말인가를 중얼거리며 두세 번 고개를 끄덕인 다음 거기에 쪽지를 붙여두고 다른 자료와 같이 안고 도서실을 나왔습니다.

관내 방송으로 스기에의 호출을 받은 아마노 씨는 면접실이 아니라 그의 방으로 안내되었습니다. 스기에가 홍차를 끓이는 동안 그녀는 테이블 앞에 앉아 조금 전의 『데이코쿠 호텔 백년사』를 집어 들고 읽으면서 기다리고 있습니다.

끓은 물을 포트에 붓고 모래시계를 뒤집었습니다. 하얀 모래가 조용히 떨어지기 시작합니다. 1분쯤 있으면 홍차가 다 끓여집니다. 스기에는 포트와 잔을 쟁반에 담아 아마노 씨가 앉아 있는 테이블로 가져왔습니다.

"아, 정말 반갑네요. 이거예요, 이거. 로이드라는 유명한 미국 사람이 디자인했다는 등받이가 육각형인 묘한 의자 같은 게 방에 놓여 있고, 게다가 정면 현관을 나가면 바로 연꽃 연못이 있었는데 정말 예뻤어요."

아마노 씨가 스기에의 얼굴을 보면서 그때가 생각난다는 듯이 이렇게 말했습니다.

"틀림없습니까?"

스기에는 테이블 위에 잔을 놓으면서 아마노 씨를 힐끗 보며 말했습니다.

"네." 아마노 씨는 다시 책의 페이지를 넘기기 시작합니다.

"그런데 좀 이상하더군요." 스기에가 그때까지와는 다른 어조로 말했습니다.

"네?"

"아마노 씨, 성인식 날 밤에 묵었다고 하셨지요?"

"네, 그래요."

"아마노 씨, 지금 마흔일곱, 맞죠?"

"네."

"실은 이 호텔 말이에요, 1967년 12월 1일부터 철거 공사를 시작했거든요." 이렇게 말한 스기에는 아마노 씨가 들고 있던 책으로 손을 뻗어 쪽지가 붙은 페이지를 펼쳐보였습니다.

거기에는 재건축을 위해 철거된 후의 데이코쿠 호텔 사진이 실려 있고 1967년 12월 20일이라는 날짜가 적혀 있습니다.

"계산이 안 맞거든요. 적어도 네 살쯤."

책을 들고 있는 아마노 씨의 표정이 굳어졌습니다.

모래시계의 흰 모래가 다 떨어졌습니다. 스기에는 그걸 확인하고 포트에서 아마노 씨의 잔에 호박색 홍차를 따랐습니다. 방 안 가득 차분한 향기가 퍼져나갔습니다.

"자, 드세요." 스기에가 아마노 씨에게 권하고는 자기 잔에도 홍차를 따랐습니다.

"실은…… 저, 지금의 남편하고 만났을 때 서른이 조금 넘었었거든요. 그래서 나이를 약간 속였어요."

스기에가 우습다는 듯이 히죽 웃었습니다. "아, 역시 그런 거였군요."

"네, 뭐, 그러니까 역시 젊게 보이고 싶다고 할까, 여자들은 다 그렇잖아요." 이렇게 말한 아마노 씨는 날름 혀를 내밀었습니다.

"남편은, 지금도?"

"네. 그런 걸 들킬 정도로 서툰 거짓말은 안 해요." 그녀는 이렇게 말하고 가슴을 폈습니다.

말해버려서 안심한 건지 표정을 푼 아마노 씨는 각설탕 세 개를 홍차에 넣고 스푼으로 저었습니다. 은 스푼이 잔에 닿아 짤랑하는 맑은 소리를 내며 웃었습니다.

"실은 저도 다섯 살쯤 속이고 있습니다." 스기에가 돌연 진지한 얼굴로 말했습니다.

"네엣?" 아마노 씨가 놀라 고개를 들었고 그 바람에 잔과 접시가 부딪쳐 짧은 비명을 질렀습니다.

"아니, 나이만이 아니에요. 저는 여기서 스기에라는 이름을 쓰고 있습니다만 본명이 아닙니다. 버블 때 회사가 도산해서 사채를 썼는데, 뭐 그다음에는 야반도주의 연속이었지요. 무라카미, 가시와기, 야마모토…… 그리고 왕王이라는 중국 이름도 쓴 적이 있습니다. 마지막으로 쓴 이름이 스기에여서 여기서도 일단 그렇게 쓰고 있는 거죠. 제가 죽어서 여기에 있다는 건 아마 가족도 모를 겁니다."

스기에는 테이블 위에 놓인 모래시계를 무표정하게 가만히 응시하고 있었습니다.

"정말이지 참……" 안됐다는 듯이 아마노 씨가 중얼거렸습니다.

스기에는 그 한마디를 확인하고는 눈가에 작은 웃음을 지으며 아마노 씨의 얼굴을 쳐다보았습니다.

"거짓말입니다." 스기에는 이렇게 말하고 입을 크게 벌리고 껄껄 웃었습니다.

아마노 씨는 멍하니 스기에를 쳐다보았습니다.

"이걸로 비긴 겁니다."

"아아, 난, 또, 깜짝 놀랐잖아요."

속았다는 것을 알고 아마노 씨도 큰 소리로 웃었습니다. 창가에 놓인 주전자에서는 이별이 아쉽다는 듯이 하얀 김 한 줄기가 천천히 피어오르고 있었습니다. 아마노 씨는 입가에 웃음기가 가시지 않은 채 그 김이 사라지는 것을 눈으로 좇았습니다.

잠시 그러고 있던 아마노 씨는 홍차를 한 모금 머금었다가 목 안쪽으로 흘려보냈습니다. 그리고 손에 든 잔을 테이블에 놓고 크게 숨을 들이켜나 싶더니 "훗훗" 하고 우습다고도 슬프다고도 할 수 없는 웃음을 흘렸습니다.

"사실은 말이에요, 사실은 그 사람 안 왔어요. 전 계속 기다렸지만요."

이렇게 말한 그녀는 양 어깨의 힘을 툭 빼고는 작은 한숨 같은 웃음을 다시 한번 토해냈습니다. 방 안이 정적에 휩싸였습니다. 조금 전까지 주전자 밑바닥에서 찌링찌링 하는 소리를 냈던 뜨거운 물도 어느새 조용해졌습니다.

스기에는 아마노 씨를 평소와 다름없는 부드러운 표정으로 바라보았습니다. 그녀의 향수 냄새가 홍차 향에 섞여 스기에의 코를 희미하게 간질였습니다.

"그건 우리 둘만 아는 걸로 해두죠."

비밀 이야기라도 하는 듯 조그만 목소리로 스기에가 속삭였습니다.

아마노 씨가 놀라며 스기에의 얼굴을 쳐다봤습니다. "그래도 괜찮아요? 재현하는 거잖아요?"

"상관없습니다. 당신이 그렇게 하는 게 좋다면요. 다들 많든 적든 하는 일입니다. 본인이 그걸 알고 있느냐 아니냐의 차이가 있을 뿐이거든요."

"그런 건가요?"

"그런 겁니다." 이렇게 말한 스기에는 살짝 웃었습니다.

"아, 난 또. 안심했어요."

"전 거짓말이 싫지 않습니다. 당신이 그 거짓말을 사랑하기만 한다면요. 그것 또한 당신의 일부니까요." 스기에는 일어나 창가로 가더니 개수대 밑에서 위스키 한 병을 꺼냈습니다. 그리고 절반쯤 남아 있는 병과 유리컵 두 개를 들고 돌아오면서 "어떻습니까? 딱 한 잔만, 하실 수 있죠?" 하고 아마노 씨를 보며 말했습니다.

"어머, 괜찮을까요?" 아마노 씨가 기쁜 표정을 보였습니다.

스기에가 위스키를 유리컵에 따르면서 "이것도 우리 둘만의 비밀입니다" 하며 아마노 씨를 힐끗 보았습니다.

"좋아요." 유리컵을 받아든 아마노 씨는 얼굴 앞으로 컵을 들면서 말했습니다.

유리컵을 부딪치는 마른 소리가 방에 울렸습니다. 이런 연극 같은 행위가 오히려 이 장면의 결말에는 어울릴지 모른다고 스기에는 생각했습니다.

"홍차는 떠올리기 위해서. 술은 잊기 위해서." 이렇게 말한 스기에는 단숨에 컵을 비웠습니다.

두 사람 사이에 이런 대화가 오간 것은 아무도 몰랐습니다. 침대 옆에 오도카니 예의 바르게 앉아 있는 셰퍼드도 온순한 얼굴을 창 쪽으로 향하고 시치미를 떼고 있었습니다.

시청각실에 있던 모치즈키는 관내 방송으로 면접실로 호출되었습니다. 아무래도 요시모토 가나 씨가 추억 선택을 끝낸 모양이었습니다. 면접실로 가는 계단을 오르면서 모치즈키는 솔직히 안도하고 있었습니다. 자신이 시청각실로 찾아가기는 했지만 거기서 와타나베 씨와 둘이서 보낸 시간은 그를 유독 긴장하게 했습니다. 그러므로 요시모토 씨 일은 그 긴장에서 해방되는 좋은 구실이었습니다.

"세 살쯤이었던 것 같은데, 여름이었고, 뜰에 해바라기 꽃하고 하얀 빨래가 흔들리고 있었어요. 저는 엄마 무릎을 베고 누워 귀 청소를 받고 있었어요. '자, 돌아누워' 하는 말을 듣고 몸의 방향을 바꿔 배 쪽으로 얼굴을 향했을 때의 엄마 냄새라든가 제 뺨이 엄마 허벅지에 닿는 느낌을 기억해요. 보드랍고 따뜻하고, 그때 행복하다는 생각을 했던 건 아니지만 어쩐지 굉장히 그립다는 느낌이 들어요." 이렇게 말한 요시모토 씨는 약간 수줍은 듯한 표정을 보였습니다.

모치즈키도 안심한 듯이 그녀의 이야기에 고개를 끄덕였습니다. 이런 두 사람과는 반대로 시오리는 표정을 잃은 채 모치즈키 옆에 앉아 있었습니다.

탁탁탁탁.

신발 밑바닥을 세차게 구르듯이 시오리가 계단을 올라갑니다. 뒤로 묶은 머리가 그때마다 위아래로 흔들렸습니다.

'어쩐지 굉장히 불쾌해.'

시오리는 이렇게 생각했습니다.

'애초에 그 애가 언제를 택하든 나한테는 아무 상관도 없는 일이었어. 처음부터 아무래도 좋다고 생각했으니까. 그래서 디즈니랜드를 선택한 거라면 그건 그것으로 좋다고 생각했는데.'

시오리는 어쩐지 자신이 비밀로 하고 있던 추억을 누가 엿본 것 같은, 그리고 그걸 가로치기당한 것 같은 씁쓸한 기분에 휩싸여 있었습니다. 조금 전 면접실에서 일어난 사건을 한시바삐 과거로 돌려버리기 위해 시오리는 도망치듯이 계단을 올라갔습니다. 그때 자신을 종종걸음으로 쫓아오는 또 하나의 조그만 발소리가 있다는 것을 알아챘습니다. '불길한 예감이 드는데.' 이런 생각을 한 순간 뒤에서 누가 그녀를 불렀습니다.

"저기……"

층계참에 멈춰 돌아보니 생각했던 대로 거기에는 요시모토 씨가 있었습니다.

"왜?" 시오리는 아무 일도 없었다는 듯이 조금 전과 같은 무표정을 가장했습니다. "여러 가지로 정말 고마웠어요." 요시모토 씨는 꾸벅 절을 하고는 시오리에게 웃어 보였습니다.

"뭐 디즈니랜드보다는 낫지 않아?"

"네."

자신의 악의를 그녀가 악의로 받아들이지 않았다는 사실이 시오리를 더욱 당황하게 했습니다.

"세 살 때 일을 기억하는구나?" 시오리는 무심코 이렇게 물었습니다.

"네, 흐릿하지만요."

"으음."

"기억 안 나요?" 요시모토 씨는 태평한 표정으로 이렇게 되물었습니다. 시오리는 어쩐지 입장이 역전된 듯한 기분이 들어 어리둥절했습니다.

"기억나. 나를 업어준 아빠 등이라든가, 크고 단단했어. 그리고 땀 냄새가 났고, 머리에 바른 포마드 냄새가 지독했고 그래." 이렇게 말하고 시오리는 층계참 창에 등을 기대면서 그리운 어린 시절을 떠올리는 듯한 표정을 지어 보였습니다. 그녀의 등 바로 옆에 한 장만 새것인 유리창이 있었습니다.

다시 혼자가 된 시오리는 자기혐오로 견딜 수 없는 심정이었습니다. 일단 방으로 돌아갔지만 곧 문을 열고 옥상으로 올라갔습니다.

옥상은 여느 때와 마찬가지로 휑하니 인기척이 없어 지금 그녀의 기분에는 딱 어울렸습니다. 시오리는 늘 안 좋은 일이 있으면 옥상으로 올라갔습니다. 좀처럼 사람이 올라오지 않았기 때문에 옥상은 혼자 있고 싶을 때 안성맞춤의 장소였습니다. 수업을 빼먹고 교실을 빠져나갔을 때처럼 시오리는 어슬렁어슬렁 옥상을 걷고 나서 난간에 기댔습니다. 난간 위에서 교차한 팔 사이에 얼굴을 반쯤 파묻고 중정을 내려다보았습니다. 멀리서 불어온 바람이 그녀의 볼을 차갑게 어루만지고 등 뒤로 빠져나갔습니다.

중정에서 몇 명의 망자들이 산책을 하거나 이야기를 나누는 모습이 보였습니다. 벤치 주위에 모인 세 명이 웃는 것은 알 수 있었지만 무슨 이야기를 나누는지는 멀어서 알아들을 수 없었습니다. 시오리는 어쩐지 그들이 자기 이야기를 하며 웃는 게 아닐까 하는 기분이 들었습니다.

옥상을 뒤로 한 시오리는 계단을 내려가 조금 전까지 모치즈키와 자신이 있던 면접실 문을 열었습니다. 빈 의자와 책상이 썰렁하게 자리를 지키고 있을 뿐이었습니다.

그녀는 계단을 뛰어 내려가 모치즈키의 방으로 갔습니다. 방 앞에서 숨을 가다듬고 늘 그렇듯이 왼손으로 간유리를 두 번 두드렸습니다. 유리가 드르르 떨었습니다. 하지만 유리창 너머에서는 사람이 움직이는 소리가 들리지 않았습니다.

손을 놓아버린 틈에 어머니를 잃어버린 아이처럼 시오리는 어쩐지 혼자만 남겨진 듯한 기분이 들어 모치즈키를 찾아 시설 여기저기를 걸어 다녔습니다. 특별히 그를 찾아서 무슨 말을 하려 한다거나 뭔가를 하려는 확실한 목적이 있었던 것은 아닙니다. 그저 그가 없는 것이 불안해서 견딜 수 없었을 뿐입니다.

문득 뭔가 생각난 시오리는 시청각실로 향했습니다. 걸어가는 도중에 그것은 하나의 확신이 되었습니다. 노크도 하지 않고 문을 열자 생각했던 대로 와타나베 씨와 나란히 앉아 모니터를 보고 있는 모치즈키가 있었습니다.

텔레비전 모니터에는 노부부의 모습이 비치고 있었습니다. 화면 속에서 와타나베 씨는 거실 소파에 앉아 무릎 위에 담요를 걸친 채 졸고 있습니다. 그 앞의 테이블에 앉은 여성은 노안경을 쓰고 책을 읽고 있습니다. 옆얼굴은 나이를 먹긴 했지만 어제 모치즈키가 응시하던 교코라는 여성이라는 것은 한눈에 알아볼 수 있었습니다. 그녀에게는 교코의 모습이 독서를 하는 모치즈키의 모습과 기억 속에서 겹쳐 보였습니다. 시오리는 여기서도 다시 비밀로 하고 있던 소중한 추억을 가로치기당한 것 같은 기분이 들었습니다.

와타나베 씨와 모치즈키는 문이 열리는 큰 소리에 놀라 시오리 쪽을 쳐다봤습니다. "실례했습니다." 마음 둘 곳이 없어 난처한 시오리는 마음껏 불쾌감을 담아 이렇게 말하고는 조금 전보다 큰 소리를 내며 문을 닫았습니다.

"어디 가는 거야?" 걷기 시작한 그녀의 등에 대고 모치즈키가 문 너머에서 물었습니다.

"로케이션 헌팅이요!" 시오리는 뒤를 돌아보지 않고 성큼성큼 걸으면서 외쳤습니다.

그 목소리는 계단 위쪽으로까지 울려 퍼졌습니다.

방으로 돌아온 시오리는 가방에 카메라와 지도를 난폭하게 집어넣고 윗도리를 든 채 방을 뛰쳐나갔습니다.

난폭한 침입자가 사라진 후에도 두 사람은 나란히 앉아 여전히 비디오 영상을 보고 있었습니다. 테이프는 이미 예순두 개째였습니다. 화면 속에서는 책을 읽고 있는 교코 씨 옆에서 와타나베 씨가 코를 크게 골기 시작했습니다. 그런 자신의 모습에서 눈을 돌린 와타나베 씨는 진절머리가 난다는 듯 크게 한숨을 쉬었습니다.

"저래서는 살아 있는 건지 죽은 건지 알 수가 없네요. 매일 밥 먹고 신문 보고 텔레비전 보다가 자는 일의 되풀이, 그것뿐입니다. 바뀌는 거라면 조금씩 나이를 먹어가는 것뿐이라서 더 이상 보지 않아도 똑같습니다." 와타나베 씨는 나머지 여덟 개의 테이프를 가리키며 이렇게 말했습니다.

"그런 시간의 축적을 행복으로 느끼는 사람도 있습니다. 와타나베 씨한테는 지루하다고밖에 느껴지지 않는 생활도 저 같은 사람의 입장에서 보면 무척 부럽습니다." 이것이 모치즈키의 본

심이었을 겁니다. 하지만 그렇게 위로해주는 말을 들은 와타나베 씨는 처음으로 짜증을 내는 모습을 보였습니다.

"부럽다고요? 당신 말이요, 당신이 나에 대해 뭘 안다고 그래요? 행복, 행복 하는데 그 말 좀 적당히 해주시오. 당신 같은 사람이 이렇다 할 것도 없이 70년을 살아온 사람의 마음을 알 턱이 없지 않소? 그런 식으로 겉으로만 위로를 하거나 다정하게 대해주지 마시오. 내가 더욱 비참해질 뿐이니까."

이렇게 거친 말을 쏟아낸 와타나베 씨에게 모치즈키는 더 이상 대꾸할 말이 없었습니다.

두 사람 사이에 다시 침묵이 흘렀고, 그 침묵을 두드러지게 하듯이 화면 속의 코고는 소리가 더욱 크게 들렸습니다. 모치즈키는 와타나베 씨에게 사과를 하고 일단 시청각실을 나가기로 했습니다.

혼자 시청각실에 남은 와타나베 씨는 팔짱을 낀 채 눈을 감았습니다. 고함을 질러 미안했다는 마음과 혼자가 되어 한숨 놓았다는 기분이 반반이었습니다. 솔직히 더 이상 모치즈키라는 청년과 함께 만년의 생활을 보는 게 견디기 어려웠습니다.

이대로 남아 나머지 테이프를 볼 마음도 들지 않아 자신도 일단 시청각실을 나가기로 했습니다.

식당으로 가서 차라도 마실까 하고 복도를 걷기 시작하자 지금 자신이 나온 시청각실 옆방의 창에 불빛이 깜박이는 것이 눈에 들어왔습니다. 간유리 너머라서 확실히 보이지는 않았지만 비디오 영상인 듯했습니다. 귀를 기울여봤지만 실내에서 소리도 새어나오지 않았습니다. 다만 안에서 사람이 움직이는 기척은 분명히 있었습니다.

'추억을 고를 수 없어서 비디오를 보는 사람이 나 말고도 있구나.'

와타나베 씨는 이렇게 생각했습니다. 동지를 발견한 기쁨에 무심코 입가가 풀어졌습니다.

'혼자만이 아니었구나.'

고를 수 없는 사람이 한 사람 늘었다고 해서 어떻게 되는 게 아니라는 사실은 알고 있었지만 와타나베 씨는 지푸라기라도 잡는 심정으로 문을 노크했습니다.

"네." 여성의 목소리가 들리고 간유리 너머로 그림자가 이쪽으로 다가왔습니다.

와타나베 씨는 두근두근하는 마음으로 기다렸습니다.

문을 열고 나타난 사람은 뜻밖에도 노마 씨였습니다.

와타나베 씨는 의외의 상황에 말을 잃고 그 자리에 못 박혔습니다.

그런 와타나베 씨에게 노마 씨가 온화하게 미소를 지었습니다. "자, 들어오세요. 그렇잖아도 지금 당신을 찾으러 갈 생각을 하던 참이었어요." 그녀는 어리둥절하고 있는 와타나베 씨를 방 안으로 들어오라고 재촉하면서 다시 한번 웃었습니다. "자, 들어오세요."

방은 와타나베 씨가 방금까지 있던 시청각실과 완전히 같은 구조였습니다. 다만 이 방의 테이블 위에는 빈 비디오테이프 케이스가 하나밖에 없었습니다.

"비디오를 보고 계셨습니까?" 문 앞에 우뚝 선 채 와타나베 씨가 물었습니다.

"네."

"졸업식?"

"아뇨." 고개를 가로저은 노마 씨는 살짝 장난기 어린 표정을 지었습니다.

와타나베 씨는 뭐가 뭔지 알 수가 없었습니다.

"일단 정했는데요, 졸업식으로요. 그런데 아무래도 마음에 걸리는 게 있어서요. 담당인 스기에 씨한테 물었더니 비디오테이프가 있다고 하지 않겠어요. 약속한 날은 지났지만 부탁을 했더니 친절하게 준비를 해줘서요."

이렇게 말한 노마 씨는 일시정지를 한 비디오기기의 버튼을 눌러 테이프를 재생시켰습니다.

일본식의 낡은 단층집입니다. 툇마루에 면한 방에 이불이 깔려 있고 노마 씨가 누워 있는 것 같습니다. 계절은 겨울일까요, 그다지 넓지 않은 뜰에 감나무와 단풍나무 몇 그루가 보입니다. 청소가 되지 않은 뜰에는 낙엽이 많이 쌓여 있습니다.

"보세요, 이 뜰하고 이곳 시설 중정의 황폐한 느낌이 아주 비슷하잖아요. 그래서 생각났거든요." 화면을 가리키며 노마 씨가 말했습니다.

잠옷에 갈색 카디건을 걸친 그녀가 이불 속에서 상반신을 일으켰습니다.

"죽기 1년쯤 전일 거예요."

화면 속의 노마 씨는 장지문 안쪽을 향해 뭔가 걱정스럽게 말을 걸었습니다. 잠시 후 장지문이 쓰윽 열리더니 안에서 초로의 남자가 나타났습니다. 저번에 이야기한 남편이겠지요. 미간에 깊이 팬 주름이 무척 까다로운 성격임을 말해주고 있습니다.

그 표정과는 전혀 어울리지 않게 그의 양손에는 쟁반이 들려 있고 거기에 올려진 방금 쑨 죽에서는 모락모락 김이 피어오르고 있습니다. 실컷 폐를 끼쳐온 아내가 병으로 앓아눕자 익숙지 않은 부엌일을 했음에 틀림없습니다. 그는 표정 하나 바꾸지 않고 죽을 나르고 있습니다. 그리고 조금만 가면 그녀의 머리맡에 이르는 데서 어찌 된 일인지 몸의 균형을 잃고 큰 소리를 내며 쟁반째 죽을 이불 위에 쏟고 말았습니다.

어안이 벙벙한 채 보고 있는 노마 씨 앞에서 당황한 남자는 이불 위의 죽을 맨손으로 냄비에 주워 담으려다가 너무 뜨거워 놀란 나머지 큰 소리를 질렀습니다. 이불을 뛰쳐나온 노마 씨는 부엌에서 걸레를 가져와 바로 남편의 손을 닦기 시작했습니다. 남자는 얼굴을 일그러뜨린 채 두 손을 아내 앞으로 내밀었습니다. 조금 전까지의 조용한 겨울날 오후의 풍경이 한순간에 우당탕하는 희극으로 변해버렸습니다.

"하하하하하." 그 모습을 보고 있던 노마 씨가 정말 우습다는 듯이 웃으며 일시정지 버튼을 눌렀습니다. "졸업식은 그만두기로 했어요."

"그렇습니까?" 와타나베 씨는 어쩐지 좀 숙연한 마음이 되어 이렇게 말했습니다.

"혼자 남겨두고 와서 지금쯤 고생하고 있을 테니까 서비스 좀 해주었어요." 이렇게 말한 노마 씨는 좀 부끄러운 듯한 표정으로 어깨를 으쓱했습니다.

그런 그녀의 모습과 일시정지 된 화면을 번갈아 보면서 와타나베 씨는 굳게 움츠러들었던 자신의 기분이 조금은 풀어지는 것 같았습니다.

시설을 뛰쳐나온 시오리는 지상에 내려서자 우선 게이트볼장을 찾아갔습니다. 대규모 주택단지에 인접하여 만들어진 게이트볼장에서는 노인 수십 명이 같은 유니폼을 입고 게임에 열중하고 있었습니다. 시오리가 생각하던 것과 달리 그들은 게임하는 내내 큰 소리를 지르며 상당히 격렬하게 뛰어다녔습니다. 그들의 사진을 찍고 지도에 표시를 했습니다. 이렇게 다음 날의 촬영을 위한 준비를 하는 것이 그녀의 일이었습니다. 그들이 쥐는 스틱이 볼을 때리는 날카로운 소리가 시오리의 가슴에도 기분 좋게 울렸습니다.

다음으로 찾아간 대숲은 신사 경내 뒤편에 있었습니다. 해가 비스듬히 비쳐들어 따사로웠습니다. 근처에서 마른 잎을 모아 모닥불이라도 피우는지 하얀 연기가 대나무 사이를 빠져나가는 듯이 흘러나왔습니다.

시오리는 대나무 밑동에 피어 있는 이름 모를 노란 꽃이 예뻐서 몇 장이고 사진을 찍었습니다. 그때 바람이 불어 대숲 전체가 하나의 생물처럼 크게 흔들렸습니다.

엔도 씨의 고등학교는 시오리가 다녔던 학교 근처에 있어서 금방 찾을 수 있었습니다. 그는 면접 때 "교복은 블레이저였습니다"라고 했는데 실제로 와서 보니 검은색 목닫이 학생복이었습니다. 시오리는 엔도 씨의 얼굴을 떠올리며 '촬영 때 목닫이 학생복을 입는 게 싫어서였을 거야' 하고 생각했습니다. 그녀는 그런 기분을 충분히 이해할 수 있었기 때문에 다른 사람들에게는 입을 다물려고 생각했습니다. 하지만 이걸 전했을 때 본인의 반응을 확인하고 싶은 마음도 약간 들었습니다.

신발장 사진을 찍은 후 현관을 나온 시오리는 다음 촬영 장소로 향하려고 지도를 펼쳤습니다. 그때 바람을 타고 학교 건물 건너편에서 클럽활동을 하는 학생들 소리가 들려왔습니다. 귀를 기울이자 테니스 라켓이 볼을 치는 소리나 지도하는 선생님이 부는 호루라기 소리, 금속 배트가 볼을 때리는 소리도 들리는 것 같았습니다. 아마도 음악실에서 브라스밴드의 멤버가 연습하기 전에 음을 조율하는지 아직 튜닝이 끝나지 않은 악기들의 박자가 맞지 않는 소리도 들려왔습니다. 시오리는 사진으로 찍어 이 소리까지 가지고 돌아갈 수 없다는 게 다소 아쉽다는 생각을 하며 손에 든 카메라를 바라보았습니다.

시오리는 학교생활이 즐겁다고 생각한 적이 한 번도 없었습니다. 하지만 장난감 상자를 뒤엎을 때와 같은 제각각인 소리를 들으니 어쩐지 정겹게 느껴졌습니다. 그녀는 지도를 접어 가방에 넣었습니다. 로케이션 헌팅을 중단하고 자신이 다녔던 고등학교에 가보기로 했습니다.

시부야에 있는 고등학교에 도착했을 때는 이미 저물 무렵이었습니다. 학생들은 모두 돌아간 듯 학교 건물에는 아무도 없었습니다.

시오리는 인기척이 없는 건물 안을 돌아다녔습니다. 고작 1년밖에 지나지 않았는데도 학교 건물이 상당히 낯설게 느껴졌습니다. 하긴 마지막 1년은 거의 등교하지 않았기 때문에 어쩔 수 없는 일인지도 모릅니다. 옥상의 학교 깃발이 어스레한 하늘에 펄럭이고 있는 것이 창문 너머로 보였습니다. 시오리는 어쩐지 그 깃발을 처음 본 것 같았습니다.

카메라로 그것을 찍으려고 자세를 취해보았지만 결국 그만두었습니다. 그녀는 학교를 뒤로 하고 통학 도중에 자주 걸었던 시부야의 상점가인 센터가로 가보았습니다. 자신이 매일 다녔던 때와는 또 다른 스티커 사진 부스가 가게 앞에 늘어서 있었습니다. 자신이 모르는, 자신과 같은 교복을 입은 여자애들이 그 앞에서 즐거워하며 포즈를 취하고 있습니다. 시오리는 스페인자카에서 공원 거리를 빠져나가 자주 들렀던 햄버거 가게를 들여다보았습니다. 거기서 우연히 1년 전까지 함께 놀았던 친구의 얼굴을 봤습니다. 친구 두 명은 거리에 면한 카운터에 나란히 앉아 주스를 마시면서 이야기를 하고 있었습니다.

시오리는 순간적으로 그녀들 옆으로 다가가려고 하다가 걸음을 멈췄습니다. 왜냐하면 두 사람이 너무 즐거워 보였기 때문입니다. 자신이 예전에 그곳에 있었다는 것, 그리고 이미 거기에 없다는 것을 그녀들은 완전히 잊어버린 것 같았습니다. 시오리 따위는 처음부터 거기에 없었던 것처럼 말입니다.

시오리는 입술을 깨물었습니다. 자신이 존재하지 않게 된 후에도 사람들의 생활은 전과 다름없이 되풀이되고 있었습니다. 죽은 지 1년밖에 되지 않았는데도 이미 자신이 살았던 흔적은 어디에도 남아 있지 않았습니다. 그 당연한 것이 마음의 거스러미를 건드렸습니다.

길거리는 사람들로 흘러넘쳤지만 시오리는 시설 옥상에 혼자 있을 때보다 몇 배나 더 고독했습니다.

시부야의 거리가 완전히 저물어 크리스마스 전의 조명 장식이 화려하게 반짝이기 시작한 길을 걸어 시오리는 시설로 돌아왔습니다.

직원실에는 여느 때의 스태프 다섯 명이 모여 앞으로 열릴 기술 스태프와의 회의를 위한 협의를 하고 있습니다. 시오리는 숙제를 안 해와 교무실로 불려온 학생처럼 가와시마 앞에 부루퉁한 얼굴로 앉아 있습니다.

"적당히 좀 해, 시오리. 대숲을 찍으러 가서 이런 사진만 찍어 와서 어떡하겠다는 거야?" 가와시마가 로케이션 헌팅 사진을 한 장 한 장 책상 위로 던지면서 말했습니다.

"예뻐서요."

이렇게 말한 시오리는 책상 위에 내던져진 꽃 사진을 사랑스럽다는 듯이 집어 들었습니다. 사진에는 노란색 꽃이 몇 장이나 찍혀 있었지만 대숲은 거의 찍히지 않았습니다.

"예쁘다니, 이런 건 재현하는 데 도움이 안 되잖아. 좀 더 진지하게 하라고. 벌써 내일이야, 촬영. 어떤 대숲이었어?"

"어떻다니요? 평범한……"

"그러니까 평범하다는 게 구체적으로 어떤 식이냐 그 말이야."

가와시마가 짜증을 내며 이렇게 말했습니다.

스기에와 모치즈키는 자기 자리에 앉아 서류에 뭔가를 적어 넣으면서 가끔 얼굴을 들어 두 사람의 대화에 신경을 쓰고 있습니다. 나카무라도 서류를 검토하는 척하면서 두 사람 뒤를 왔다 갔다 합니다.

"그러니까 대나무가 이렇게 아래에서 위로 여러 그루가……"

"그거야 당연하지. 그럼 대나무가 위에서 아래로 자랄 리 없잖아, 뿌리도 아닌데. 아, 정말." 이렇게 말하며 가와시마는 머리를 긁적였습니다.

"그러니까 평범하다고 했잖아요." 시오리는 고개를 옆으로 홱 돌리고는 일부러 들리도록 이렇게 중얼거렸습니다.

"어쩔 수가 없는 녀석이라니까, 정말. 좀 더 고분고분할 수는 없어, 응? 죄송합니다, 다음부터는 열심히 하겠습니다, 이런 말은 못 해, 어?"

시오리의 얼굴을 들여다본 가와시마도 마지막에는 두 손 들었다는 듯이 들고 있던 나머지 사진을 책상 위로 휙 내던졌습니다.

"대체 어떻게 키운 거야?"

"가와시마 씨의 사쿠라코짱하고 같아요. 아버지를 기억하지 못하면 이렇게 되는 거예요." 마치 어린애처럼 악의를 담아 이렇게 말한 시오리는 더 이상 참을 수 없다는 듯이 일부러 큰 소리를 내며 의자에서 일어나 문으로 향했습니다.

"너하고 같이 취급하지 마." 가와시마도 시오리의 등에 대고 고함을 질렀습니다만 그녀가 방에서 나가자 '실수했구나' 하는 듯이 다시 머리를 긁적였습니다.

가와시마의 뒤를 지나던 나카무라가 '기운을 잃지 마'라는 듯이 어깨를 톡톡 두 번 두드렸습니다. 가와시마는 나카무라를 올려다보며 "힘이 빠지네요. 어떻게 대해야 할지를 모르겠어요, 요즘 애들은" 하고 맥이 빠진 말을 했습니다.

"가와시마, 신경 쓰지 마. 열여덟 살짜리 여자애가 다 저렇지는 않으니까." 서류에서 눈을 떼지 않은 채 스기에가 이렇게 말했습니다.

"그렇지 않아도 여기 일이 적성에 안 맞아 어쩔 수 없이 하고 있는데 말이지. 그런데 가끔 생각하는 건데요, 우리 일은 누구를 위한 걸까요? 죽은 사람의 추억을 재현하는 게 뭐 때문에 필요한 걸까요?"

가와시마는 한숨인지 중얼거림인지 알 수 없는 말을 남기고 자신도 서류 정리를 시작했습니다.

모치즈키는 일을 계속하면서 방금 가와시마가 던진 질문에 대해 생각했습니다. 그것은 모치즈키의 마음에 작은 가시처럼 박힌 채 한동안 사라지지 않았습니다.

지금까지 50년 이상 이 일을 해왔습니다만 새삼 그런 질문을 듣고 보니 자신도 확실한 대답을 갖고 있지 않다는 사실을 깨달았습니다. '이 일을 막 시작했을 무렵에는 아마 나도 가와시마 씨와 마찬가지 고민을 했을 것이다. 하지만 매일 분주한 일과와 50년이라는 시간이 그런 본질적인 물음에서 자신을 멀리 떼어놓았을지도 모른다.' 모치즈키는 직원실에서 자료를 훑어보며 이곳 일의 의미에 대해 새삼 생각해보았습니다.

내일 있을 촬영을 위한 회의가 시작되었습니다. 시오리를 제외한 네 명의 스태프에 카메라맨, 조명 담당, 미술부 두 명을 더해 총 여덟 명이 테이블을 둘러싸고 앉아 있습니다. 테이블 위에는 산더미 같은 서류와 참고자료, 게다가 전투기 제로센의 플라모델이나 노면전차 미니어처 등이 놓여 있습니다.

획획획획획획.

카세트라디오 스피커에서 프로펠러기 소리가 한동안 흘러나왔습니다.

"7번 다카마쓰 지에 씨 케이스입니다." 스기에가 정지 버튼을 누르고 설명을 시작합니다. 스태프도 각각 자기 앞에 배포된 서류에 눈을 떨어뜨렸습니다.

"1945년 여름. 특공대 청년을 흰 천을 흔들어 전송했을 때의 추억입니다. 요점은 소리하고 백일홍의 분홍색 꽃, 그리고 전송했을 때 그녀가 흔들었던 흰 천이 아닐까요?"

"스티로폼으로 되지 않을까 싶은데요, 날개 모양으로 잘라 전송하는 그들 위에 그림자가 지나가게 하는 건 어떨까요?" 카메라맨인 스키타 씨가 이런 아이디어를 냈습니다.

"한 가지 부탁이 있는데, 되도록 지면을 하얗게 하는 게 그림자가 두드러질 겁니다." 조명 담당인 나카무라 씨가 제안했습니다.

"그럼 연소기를 가져와 지면을 전체적으로 말리지요." 미술부 군지 씨가 대답했습니다.

"불은 철저히 조심해주세요." 소장인 나카무라가 당부를 했습니다.

"흰 천이라는 건 뭔가요?" 미술부 이소미가 스기에에게 물었습니다.

"수건이나 타월이라고 하는데, 그건 아직 모호합니다. 그리고 이 촬영은 아이 역의 엑스트라와 함께 본인이 직접 수건을 흔든다고 합니다."

"1955년경의 노면전차 객차 내부입니다만, 여름방학 전날 운전수 옆자리에 서서 온몸으로 바람을 맞으며 느낀 해방감이라는 건데요."

"노면전차는 얼마 전에 썼던 이타바시 공원에 있는 낡은 것으로 하고, 바람은 역시 소형 선풍기를 차내로 가지고 들어가 할 수

밖에 없겠네요, 좀 좁긴 해도요."

"여름 햇빛의 느낌을 내는 게 이런 시기에는 꽤 어려운데, 가능하면 흑백 필름을 써서 창밖을 하얗게 했으면 하는데요."

"그러고 보니 색은 특별히 선명하지 않고 흑백에 가까웠다고 했습니다."

"그리고 더위도 영상으로는 표현하기 힘든데, 스프레이로 목언저리에 물방울을 뿌려서……"

"그 사람이 본 풍경은 카메라 앞에서 불을 피워 아지랑이를 만들어볼까요?"

"이동 촬영이면 어렵겠지만 까짓것 한번 해봅시다."

"구름이 축제 때 파는 솜사탕을 뜯어낸 것처럼 부드럽게 부푼 것 같은 것인데요."

"비행기의 정면에서 연기를 내고 그걸 선풍기로 앞 유리를 향해 날려보려고 합니다."

"선풍기의 대활약이네요, 이번 주는."

"창밖 풍경은 무대 장치로 해도 상관없겠지요?"

"예. 비가 그쳐서 눈 아래로 수확하기 전의 논이 보였다고 합니다."

"세스나는?"

"엄밀하게 말하면 C-172형이라는 4인승 기종입니다. '화이트

앤드 레드'라고 하는, 흰 기체에 빨간 선이 들어간 것이라고 합니다." 모치즈키의 조사는 꼼꼼하고 세밀하여 가와시마는 감탄한 듯이 물었습니다.

"지금 준비할 수 있는 것은 이런 타입인데요." 미술부 군지 씨가 예의 소형 비행기 사진을 테이블 위에 늘어놓았습니다.

"이거라면 날개 위치가 다르지 않나요?"

"예, 그렇습니다. 하지만 이 날개는 뗄 수 있으니까 별도의 날개를 기체 위쪽에 매달면……"

"아아, 그러면 이 모양의 비행기로도 괜찮겠네요."

"저도 그럴 거라고 생각합니다."

"히비야의 음악당에서 동요 무용을 했다는 케이스인데요, 이야기를 잘 들어보고 본인과도 의논한 결과 무척 좋아했던 오라버니를 위해 카페에서 〈빨간 구두〉 춤을 췄던 추억으로 변경하기로 했습니다."

"뭐 그렇게 하는 편이 오라버니와의 관계도 명쾌해지겠네요."

"엑스트라가 적어도 되고 미술부도 편하고요."

"고맙습니다."

이렇게 말하며 미술부의 두 사람이 고개를 숙이자 스태프 사이에서도 웃음이 터져 나왔습니다.

"카페는 실내를 약간 상징적으로, 빨간색 이외의 색을 없애고 흑백으로 통일해보면 어떨까 싶은데요."

"재미있을지도 모르겠네요."

"빨간색으로는 빨간 원피스와 빨간 구두가 중요합니다."

"그리고 치킨라이스도 중요하죠. 그것으로 오라버니와의 관계도 깊어지니까요."

"전부 빨간색과 관계되는군요." 스태프 중 한 사람이 감탄한 듯이 이렇게 중얼거렸습니다.

모치즈키가 서류를 보면서 설명을 이어갑니다. "여담입니다만 그녀의 이야기에 나온 모토오리 나가요라는 인물이 실은 〈빨간 구두〉라는 노래를 작곡한 사람입니다."

"〈일곱 살 아이〉도 그렇죠." 나카무라가 정겹다는 듯이 말했습니다.

"그렇습니다. 그 외에도 〈푸른 눈의 인형〉이라든가, 아무튼 유명한 곡이 많습니다."

멜로디를 떠올린 듯 스태프 중 몇 명이 그 노래의 1절을 흥얼거렸습니다.

"세 명의 딸이 미도리, 기미코, 와카바라고 하는데, 나가요 씨는 자신이 작곡한 동요에 춤 동작을 붙여 딸들한테 무대에서 춤을 추게 했습니다. 그게 동요 무용의 시작인 모양인데, 엄청난 호평을 받아서 나가요 씨는 동요의 보급을 위해 전국에서 무대 활동을 전개하고 레코드도 냈습니다. 그러니까 다타라 씨의 오라버니도 어딘가에서 그 공연을 봤을 거라고 생각합니다."

다들 흥미로운 듯 모치즈키의 설명에 귀를 기울였습니다.

신기한 회의였습니다.

망자의 추억을 재현하기 위해 생각해낸 아이디어는 이렇게 귀로 듣기만 하면 어린애 속임수처럼 뻔히 들여다보이는 트릭 같습니다. 하지만 그 이야기를 하는 스태프의 표정은 바로 진지함 그 자체였습니다. 테이블 위에서 몇 개의 진짜와 거짓말이 뒤섞입니다. 어른들의 이런 회의는 밤이 이슥할 때까지 계속되었습니다.

회의를 끝낸 모치즈키는 직원실을 나가 자신의 방으로 향했습니다. 와타나베 씨가 있는 시청각실로 다시 한번 찾아가볼까 하는 생각도 했지만 낮에 있었던 일을 떠올리고 오늘은 그만두기로 했습니다. 모치즈키는 어두운 복도를 걸으면서 생각했습니다.

'나는 이곳에서의 일을 싫어하지 않는다. 이러저러한 인생을 보낸 사람들의 이야기를 듣는 것은 무척 흥미롭고 망자들의 만족스러운 얼굴을 보는 것도 기쁘다. 그럼 이 일의 목적은 그런 것일까? 와타나베 씨는 자기 삶의 의미나 목적을 찾을 수 없어 괴로워했다. 하지만 지금의 나도 그와 다름없는 게 아닐까? 나도 이곳 일의 의미를 알고 있는 건 아니다. 이런 사람이 과연 그들을

도울 자격이 있을까?'

그때 모치즈키가 내민 오른발 발끝이 갑자기 불빛에 휩싸였습니다. 그는 멈춰 서서 천장을 올려다보았습니다. 그곳에는 정사각형의 천창이 뚫려 있고 그 너머로 창백한 반달이 그를 내려다보고 있었습니다. 모치즈키는 달을 올려다본 채 눈을 감았습니다. 눈을 감아도 달이 자신을 비추고 있다는 사실은 분명히 알 수 있었습니다. 빛이 옷을 통과해 몸속으로 스며드는 것을 알 수 있었습니다. 그 빛은 메말라 있던 모치즈키의 마음을 조금씩 촉촉이 적셔주는 것 같았습니다.

"뭘 하고 있어요?" 뒤에서 누가 갑자기 불러 돌아보니 시오리가 서 있었습니다.

"아니, 달이 굉장히 예쁘다 싶어서." 솔직하게 이렇게 말한 모치즈키는 다시 달을 올려다보았습니다.

"달이 예쁘다니, 그런 로맨틱한 말을 다 하고……"

놀리는 듯이 말하면서 걸어온 시오리는 마지막 한 걸음을 폴짝 뛰어 모치즈키 옆으로 다가와서는 나란히 달을 올려다보았습니다.

"늘 하나도 안 변하잖아요." 시오리는 짧게 이렇게 말했습니다.

모치즈키는 잠자코 달을 계속 쳐다보았습니다.

조용했습니다.

두 사람의 숨결조차 천창을 통해 달에 빨려든 것이 아닐까 싶을 정도였습니다.

시오리는 그렇게 달을 올려다보면서 자신들은 소리도 중력도 없는 우주 공간에 있으며 이제 돌아갈 일이 없는 지구를 둘이서 올려다보고 있는 듯한 착각에 빠져들었습니다. 행복한 착각이었습니다. 다만 시오리는 그런 착각 속에 있는 기분 좋은 상태를 자신이 끝내버리고 말았습니다.

"저기요." 달을 올려다보는 자세 그대로 그녀는 모치즈키에게 말을 걸었습니다. "교코 씨는 누구예요?"

모치즈키는 깜짝 놀라 옆의 시오리를 봤습니다. "누구라니?"

"숨겨도 소용없어요."

"특별히 숨기지 않았는데." 모치즈키는 다음 질문에서 도망치려고 다시 어두운 복도를 걷기 시작했습니다. 시오리도 서둘러 뒤를 따라왔습니다.

"옛날에 알던 사람?"

모치즈키는 잠자코 있었습니다.

"애인!"

"그런 거 아니야."

"뭐 상관없어요, 말하고 싶지 않으면 하지 않아도. 어차피 저랑은 관계도 없는 일이니까요."

자신의 물음을 모치즈키가 얼버무리자 어린애 취급을 받은 것 같은 느낌이 든 시오리는 화가 났습니다.

"안녕히 주무세요." 마지막으로 이 한마디만 하고 시오리는 잰 걸음으로 모치즈키를 앞질렀습니다.

"시오리." 떠나가는 시오리의 등을 보면서 모치즈키는 부드럽게 불렀습니다. "내일 가와시마 씨한테 사과해."

시오리는 걸음을 멈추고 돌아서더니 어둠 속에서도 확실히 알 수 있도록 아래 눈꺼풀을 뒤집어 보이고는 기세 좋게 계단을 올라갔습니다. 발소리가 점점 멀어지자 모치즈키도 천천히 자기 방을 향해 걷기 시작했습니다.

그런 두 사람의 대화를 조금 전부터 잠자코 듣고 있는 사람이 있었습니다. 소장인 나카무라였습니다. 세면기를 든 채 나카무라는 추운 듯 복도 구석에 내내 서 있었습니다. 목욕탕에서 돌아가는 길에 두 사람의 대화를 듣고 말아 자신의 방으로 돌아가려야 갈 수가 없게 된 것이었습니다. 나카무라는 파자마 위에 걸친 코트 깃을 세우고 근심스러운 듯 천장을 한 번 올려다보았습니다.

방으로 돌아온 시오리는 머리를 묶은 고무 밴드를 거칠게 풀었습니다. 뒷머리를 원래대로 돌리고 핀으로 고정한 앞머리를 이마 위로 내렸습니다. 오늘 하루의 악의에 찬 언동을 모두 머리 모양 탓으로 돌리는 것 같았습니다. 그런 엉뚱한 화풀이가 일단락되자 그녀는 로케이션 헌팅에서 찍은 사진을 노트 사이에서 꺼냈습니다.

그리고 금색 매직으로 날짜를 적어 넣고 스카치테이프로 벽에 붙였습니다. 평소라면 즐거울 터인 이 작업이 오늘은 어쩐지 좀 슬픈 것 같았습니다.

자신의 행동을 지배한 분노인지 증오인지 알 수 없는 이상한 감정이 아직 자신의 가슴속에서 날뛰고 있다는 사실을 알 수 있었습니다. 그것은 자기 안에 눌러 살게 된 뭔가 다른 시커먼 생물 같았습니다. 그 어둠은 돌연 그녀 안에서 점점 커져 시오리를 안쪽에서부터 갉아먹었습니다. 그때마다 그녀는 몸 안에서 피가 흐르는 것을 알 수 있었습니다. 시오리는 그것을 어떻게 해볼 도리가 없었습니다. 거기서 눈을 돌리고 조용해지기를 기다릴 수밖에 없었습니다. 밤이 찾아오고 중정과 건물을 어둠이 다 뒤덮을 무렵이 되자 시오리는 자기 안의 어둠도 주위의 어둠에 뒤섞여 다시 의식의 밑바닥으로 가라앉는 것처럼 느껴졌습니다.

그때 똑똑 하고 문을 노크하는 소리가 들렸습니다.

시오리는 조금 전에 막 헤어진 모치즈키가 찾아온 걸까 싶어서둘러 거울을 들여다보며 앞머리를 손으로 매만지고는 "네" 하고 짧은 대답을 하고 주뼛주뼛 문을 열었습니다.

밖에는 나카무라가 서 있었습니다.

"난 또, 나카무라 씨구나." 시오리는 무릎을 탁 꺾고 실망한 표정을 과장해 보였습니다.

"잠깐 괜찮아요?" 나카무라는 조심스럽게 물었습니다.

"괜찮지만 곧 돌아가셔야 해요. 이제 자야 하니까요."

이렇게 말하며 나카무라를 방 안으로 들이고 자신은 개수대 있는 곳으로 가서 수도꼭지를 틀어 주전자에 물을 받고는 차 끓일 준비를 했습니다.

나카무라는 방 안을 둘러보고는 어디에도 닿지 않도록 조심하면서 창가까지 걸어갔습니다. 그 모습이 다 큰 딸의 방에 들어간 아버지 같았습니다.

"오늘 밤은 달이 참 예쁘네요." 나카무라는 커튼 틈으로 밤하늘을 올려다보며 지금 비로소 알았다는 듯이 말했습니다.

시오리는 듣고 있는지 아닌지 그 말에는 아무런 대꾸도 하지 않고 차를 끓이고 있었습니다. 나카무라는 그녀의 모습을 힐끗 보고는 다시 시선을 창밖으로 돌렸습니다.

"달은 참 재미있어요. 원래 모양은 항상 같은데도 빛이 닿는 각도에 따라 모양이 여러 가지로 바뀌어 보이니까요."

시오리는 역시 아무런 반응도 보이지 않았습니다.

"게다가, 알고 있었어요? 달은 태어나고 나서 계속, 지금도 조금씩 지구에서 멀어지고 있는 모양이에요. 매년 3센티미터쯤인 듯하지만요. 그래서 앞으로 수천 년이나 수만 년 지나면 지구에서 보이는 달은 주위에 있는 작은 별들하고 구별할 수 없게 될지도 모른다고 하네요. 아니, 이 이야기 진짜예요."

찻잔 두 개를 든 시오리가 나카무라 옆으로 왔습니다. "달 이야기 하러 오셨어요, 제 방에?"

나카무라는 겸연쩍은 듯 창밖으로 시선을 돌리고는 그저 가만히 달만 보고 있었습니다.

차 한 잔만 마시고 시오리 방을 나온 나카무라는 계단을 내려가면서 추운 듯 코트 깃을 올렸습니다. '너무 어려웠나?'

무척 추운 밤이었습니다. 그런 탓에 오늘 달이 한층 아름답게 보였을 것입니다. 방으로 돌아가는 나카무라의 등을 창백한 달빛이 부드럽게 비추었습니다.

금요일

Responsibility

책임

와타나베 씨는 비디오테이프가 쌓여 있는 테이블에서 눈을 떴습니다. 의자에 앉은 채 생각에 잠겨 있다가 그만 잠이 들고 만 모양이었습니다. 이곳에 온 후 계속 봐온 비디오테이프의 영상이 흐릿해진 머릿속을 왔다 갔다 했습니다. '사람은 죽기 전에 자신의 인생을 주마등처럼 돌아본다는 말을 들었지만 이건 악몽이로군.' 눈앞에 난잡하게 흐트러져 있는 산더미 같은 테이프를 보면서 와타나베 씨는 이런 생각을 했습니다.

무거운 마음을 질질 끌다시피 세면대로 가서 수도꼭지를 틀고 차가운 물로 세수를 했습니다. 거울 속에 비친 얼굴은, 그렇게 생각해서인지 이곳에 온 후 더 늙은 것처럼 보였습니다. 엎드려서

잔 탓인지 머리가 흐트러져 있었습니다.

특별히 누가 본다고 창피할 것은 없었지만 그대로 두는 것도 이상할 것 같아 머리를 물로 적시고 세면대에 놓인 드라이어를 들었습니다.

윙 하는 소리가 나고 숱이 적은 머리가 태풍 때처럼 미친 듯이 날뜁니다. 조금만 있으면 머리가 다 마르겠다 싶을 때 느닷없이 두꺼비집이 내려가고 방 안의 불이 꺼졌습니다. 와타나베 씨는 안 돌아가는 드라이어를 손에 든 채 어두워진 방에서 잠시 서 있었습니다. 그러자 스피커에서 여느 때의 그 여성의 목소리가 들려왔습니다.

"전기 사용량이 허용 범위를 넘었습니다. 드라이어 등 전기제품의 사용은 잠시 삼가주시기 바랍니다. 거듭 말씀드리겠습니다. 드라이어의 사용은 잠시 삼가주시기 바랍니다."

'그래, 오늘부터 촬영이 시작되는구나.'

와타나베 씨는 손에 든 드라이어를 보면서 이렇게 생각하고 쓴웃음을 지었습니다.

아침, 직원실에 모인 스기에, 가와시마, 모치즈키, 시오리, 이렇게 네 명은 각자 담당한 망자들의 서류와 빈 골판지 상자를 안고 창고로 향했습니다. 촬영 때 쓰는 크고 작은 도구를 조달하는 것입니다.

창고는 체육관 두 개를 이어놓은 것만큼이나 넓었습니다. 문을 열고 안으로 들어가자 8층 건물의 백화점에서 휴일에 물품을 헤집어놓고 점원들이 총출동하여 정리하고 있는 듯한 어수선한 모습이었습니다. 기모노나 웨딩드레스 등의 의류에서부터 자전거나 오토바이 등의 탈것에다 세탁기, 냉장고, 전기밥솥 등의 가정용품에 이르기까지 장소가 비좁다고 할 정도로 잔뜩 늘어서 있습니다. 모자만 해도 대형 모자 가게 세 곳을 합친 것쯤 되었기 때문에 시오리는 한 달을 여기에 있어도 다 써볼 수 없을 거라고 생각했을 정도입니다.

시오리는 여기에 오면 늘 자신들이 작아져서 누군가의 머릿속이나 마음속에 들어간 듯한 신기한 감각에 휩싸였습니다.

잊혔던 경대가 먼지가 털리고 촬영에 사용됨으로써 다시 사람의 모습을 비추는 역할을 되찾습니다. 멈췄던 벽시계도 태엽이 감기자 다시 고동치기 시작합니다. 그들은 누군가가 자신들에게 말을 걸고 다시 카메라 앞에서 불빛을 받을 날을 10년이고 20년이고 창고 구석진 곳에서 조용히 기다렸습니다.

그것은 정말이지 마음 한구석으로 밀려나 잊혔던 오래된 추억의 어느 순간이 우연히 정식 무대로 끌려나와 선명하게 되살아나는 것과 비슷했습니다.

"다카마쓰 씨의 몸뻬, 있네요."

"어린이용도 몇 개 부탁합니다."

"라디오는 이런 모델이면 되나요?"

"응, 괜찮아, 고마워."

네 명은 서로 의논하며 창고 안을 돌아다니면서 솜씨 있게 물품을 모았습니다.

"컨버스 농구화, 무슨 색이었지?"

"흰색입니다."

"군복, 육군이었지?"

"예. 미군 헬멧도요."

"이 튤립 예쁘네요."

"안 돼, 안 돼. 툇마루에 심어진 건 해바라기야, 해바라기."

예전에 누군가를 위해 쓰였던 추억의 물품들이 이번에는 또 다른 망자들의 추억을 되살리는 것입니다. 준비한 골판지 상자는 순식간에 가득 찼습니다.

세트장은 중정 건너편에 있는 건물 안에 있습니다. 어제까지 쥐 죽은 듯이 숨을 죽이고 있던 그 건물이 아침부터 불이 켜져 갑자기 활기를 띠었습니다. 쇠망치 소리와 톱질하는 소리가 중정을 지나 이 건물에까지 들려옵니다.

어두운 복도를 빠져나가 묵직한 철문을 열고 세트장 안으로 들어가자 그곳은 별세계였습니다. 천장에 달린 무수한 조명이 눈부시게 세트장 전체를 비추고 있습니다. 조명 아래서 몇몇 그룹으로 나뉜 스태프가 활기차게 일하고 있습니다.

짓다 만 일본 가옥의 툇마루에 해바라기 조화를 심고 있는 사람들.

호텔 창밖에서 스티로폼으로 만든 눈을 뿌리고 있는 사람들.

날개를 뗀 비행기에 연기를 세차게 내뿜어 구름을 만들고 있는 사람들.

그리고 몸뻬를 입은 엑스트라 어린이들을 모아 수건을 흔드는 연습을 하는 스태프도 있습니다.

세트장을 한 바퀴 돌면 색을 잃은 바깥의 겨울 경치와는 딴판으로 춘하추동의 네 계절을 모두 체험할 수 있습니다. 그곳은 망자들을 위해 준비된 장소였는데도 생명의 눈부심으로 흘러넘치고 에너지로 가득 차 있었습니다. 그래서 더욱 눈부시게 느껴졌는지도 모릅니다.

일하고 있는 사람들 중에는 젊은 사람도 있고 일흔이 넘은 사람도 있습니다. 한시도 멈추지 않고 부산하게 돌아다니는 사람도 있습니다. 망원경 렌즈를 뺐다 넣었다 하면서 들여다보는 사람도 있습니다. 세트장 구석에서 사각의 사과 상자에 앉아 하루 종일 담배를 피우고 있는 사람도 있습니다. 천장에 매달린 공중그네 같은 받침대에 앉아 새파랗게 칠해진 벽에 새하얀 구름을 그리고 있는 사람도 있습니다. 흰색 페인트가 떨어진 것인지 그 사람은 그리다 만 구름을 반쯤 남긴 채 그네에 앉아 멍하니 있습니다.

여기저기서 고함 소리가 어지럽게 날았지만 잘 들어보면 아무래도 화가 나서 그러는 것 같지는 않았습니다.

와타나베 씨는 혼자 중정 벤치에 앉아 그런 사람들의 시끄러운 소리를 멀리서 듣고 있었습니다. '생각을 정리하는 것이 목적이야' 하고 자신을 타이르고는 있었지만 다섯 개밖에 안 남은 테이프를 마지막까지 다 보게 될까 두려워 시청각실에서 빠져나왔다는 것이 본심인 것 같았습니다.

다만 이곳으로 와보니 세트장 안에서 준비를 하는 소리가 그를 더욱 초조하게 했습니다. 와타나베 씨는 이곳에 있어도 마음이 가라앉지 않았고, 그렇다고 방으로 돌아갈 수도 없어서 어떻게 된 걸까, 하고 생각에 잠겼습니다.

그때 한 청년이 시설 건물 쪽에서 어슬렁어슬렁 나타났습니다. 이세야 씨였습니다. 이세야 씨는 손에 든 나뭇가지로 시든 풀을 후려치면서 와타나베 씨 쪽으로 똑바로 다가왔습니다. 그는 입속에서 딱딱 하는 소리를 내며 와타나베 씨를 관찰하듯이 벤치 주위를 멀찌감치 한 바퀴 돌고는 그대로 세트장 쪽으로 지나가려고 했습니다.

와타나베 씨는 내심 안도했습니다. 지금 저 묘한 젊은이와 무슨 대화를 나눌 마음의 여유가 없었기 때문입니다. 하지만 이세야 씨는 발길을 획 돌리더니 동물이 미련 없이 상대에 대한 경계를 풀듯이 불쑥 말을 걸어왔습니다.

"할아버지, 언제를 골랐어요?"

"아직."

와타나베 씨는 그와 눈을 마주치지 않으려고 하면서 이렇게 대답했습니다.

그 어조는 더 이상 이야기하고 싶지 않다는, 상대를 거부하는 것이었습니다. 하지만 그는 와타나베 씨의 그런 기분 따윈 전혀 개의치 않는 것 같았습니다.

"아아, 그럼 할아버지가 와타나베 씨인가요? 전 이세야라고 하는데요, 이번에 선택하지 않은 사람은 저하고 할아버지뿐인 것 같아요. 왜 고르지 않았어요?"

이세야 씨는 벤치 주위를 어슬렁어슬렁 돌면서 멋대로 떠들었습니다.

"그런 자네는 왜 고를 수 없었나?" 여유 있는 척하면서 와타나베 씨가 되물었습니다.

"아니, 전 고를 수 없었던 게 아니라 고르지 않은 거죠. 고르지 않았어요. 제 인생에 대해 그런 식으로 책임을 지자고 결심했죠."

이렇게 말한 이세야 씨는 어깨를 좌우로 흔들며 우습다는 듯이 웃었습니다.

"오늘 촬영이라는 말을 듣더니 다들 열심히 숱이 적은 머리를 조금이라도 많은 것처럼 보이려고 한다거나 평소보다 화장을 진하게 한다거나 해서 결국 퓨즈가 나가버렸어요. 어쩐지 귀엽긴 하지만요. 그런 식으로 열심히 자신을 꾸며 보이려 한다고 할까요. 뭐, 사람의 본능이긴 하지만요. 하지만 자신이 나이 들어 비주얼이 떨어진다며 늙어가는 것에 자신감을 가질 수 없으니까 그렇게 지나치게 꾸미려고 한다고 생각해요. 그런 게 아마 저희 같은 젊은 사람들한테 무시당하는 이유가 아닐까요?"

이렇게 말한 이세야 씨는 딱히 대답이 듣고 싶었던 건 아니라고 말하는 것처럼 어디로랄 것도 없이 걸어가 버렸습니다.

와타나베 씨는 다시 혼자가 되었습니다.

혼자가 되어 방금 그 청년이 했던 말을 생각하기 시작했습니다.

'나는 대체 자신을 어떤 사람이었다고 생각하고 싶은 것일까? 이곳에 와서까지 자신을 꾸미고 허세를 부리고 있지 않은가. 자기 자신에 대해. 그리고 모치즈키라는 청년에 대해서도. 나의 한심함이나 추함에 책임이 있다고 한다면 그건 나 이외의 누구도 아닐 것이다. 그건 내가 받아들여야 한다. 그것 또한 나의 일부니까. 지금 내게 요구되는 것은 그런 태도일 것이다.'

얼마나 시간이 지났을까, 와타나베 씨는 거기까지 자문자답을 하고는 벤치에서 일어나 시청각실로 돌아갔습니다.

모니터 화면에 겨울 공원이 비치고 있습니다. 와타나베 씨와 교코 씨가 낙엽이 쌓인 길을 걷고 있습니다. 크리스마스가 가까이 다가왔는지 어딘가 상점가에서 흘러나오는 크리스마스 캐럴 소리가 자동차 달리는 소리에 섞여 들려옵니다.

교코 씨는 손에 영화 팸플릿을 들고 있습니다. 재상영이겠지요, 그건 조앤 폰테인 주연의 〈레베카〉 팸플릿인 것 같습니다. 두 사람은 양지바른 벤치에 나란히 앉았습니다.

"그런가, 내가 그런 말을 했단 말이지?" 와타나베 씨는 이렇게 말하며 고개를 갸우뚱했습니다.

"했어요. 이렇게 손수건으로 땀을 닦으면서 '영화를 좋아합니다'라고요." 교코 씨가 땀을 닦는 흉내를 내보였습니다.

아무래도 두 사람은 맞선을 보던 때의 이야기를 하고 있는 것 같습니다.

"안 했어!"

"했어요."

"말했어." 화면을 보고 있던 와타나베 씨가 이렇게 대화에 끼어들었습니다.

"말했던가?" 화면 속의 와타나베 씨는 이렇게 말하고 이번에는 고개를 반대쪽으로 기울였습니다.

교코 씨는 이제 거기에 대답하지 않고 기분 좋은 겨울 공기를 온몸으로 빨아들이면서 공원을 둘러보았습니다.

"좋아, 그럼 앞으로는 매달 둘이서 영화를 보러 가지." 감점을 만회하려는 것처럼 와타나베 씨가 힘차게 말했습니다.

“네, 네.” 교코 씨는 반쯤 어이가 없다는 듯이 웃었습니다.

“거 뭐야, 대답이?”

“그야……” 교코 씨는 이렇게 말하고는 다음 말을 삼켰습니다.

“거 참 무례하군, 사람이 모처럼……”

이렇게 말하며 토라진 체하는 와타나베 씨를 향해 교코 씨가 어린아이에게 말하듯이 말했습니다.

“네. 그럼 그렇게 해요.”

두 사람은 지난 수십 년간 되풀이해온 자신들의 대화가 우스워서 어느 쪽이 먼저랄 것도 없이 웃기 시작했습니다.

와타나베 씨는 교코 씨가 들고 있던 팸플릿을 집어 들고 무릎 위에서 팔랑팔랑 페이지를 넘겼습니다.

“뭐, 시간은 넉넉히 있으니까.”

겨울 오후의 햇살이 두 사람을 부드럽게 감쌌습니다. 낙엽 냄새가 나는 것 같았습니다. 화면에는 비치지 않았지만 아마 그 공원에는 똑같은 노부부가 여러 쌍 있었겠지요. 화면에 번지는 오렌지색의 따스한 빛이 낙엽 자체의 색인지 겨울날의 이른 석양인지 화면을 보고 있는 와타나베 씨로서는 알 수가 없었습니다. 다만 어느 쪽이든 아름답다고 생각했습니다.

크리스마스 캐럴이 뚝 그치고 화면 속의 두 사람이 정지 모션이 되었습니다. 테이프는 예순여섯 번째였습니다. 움직이지 않게 된 두 사람을 와타나베 씨는 가만히 바라보았습니다. 그의 머릿속에서는 아직 조용하게, 그리고 뭔가를 축복하듯이 크리스마스 캐럴이 연주되고 있었습니다. 잠시 후 와타나베 씨는 모치즈키의 방문을 노크했습니다.

“시시한 휴일 공원입니다.”

의자에 앉아 이야기하는 와타나베 씨의 표정은 어딘가 후련해 보였습니다.

모치즈키도 안심한 듯이 그의 이야기에 귀를 기울였습니다.

“긴자의 영화관 옆에 있는 중앙공원이라는 곳입니다. 오랜만이라기보다 결혼하고 40년 이상 함께 영화를 보러 간 적이 없었으니까요. 결국 그게 마지막이 되었습니다. 같이 영화를 보러 간 것은요.” 이렇게 말한 와타나베 씨는 약간 미안하다는 듯이 고개를 숙였습니다.

모치즈키의 표정에 희미하게 당황한 기색이 떠오른 것 같았습니다.

“‘살았던 증거’라는 거창한 말을 해놓고 결국 고른 것이 아내와의 데이트라고 비웃을지 모르겠습니다. 하지만 제 분수에 맞는 선택을 한 것 같습니다. 사흘간이라는 약속을 지키지도 못하고 정말 폐가 많았습니다. 당신한테 심하게 대한 것도 미안합니다.”

“아니요, 그렇게 미안해할 것 없습니다.” 모치즈키는 반대로 미안하다는 듯이 말했습니다. “실은 저희 두 사람만의 이야기입니다만, 여기서 일하고 있는 사람들은 모두 마지막까지 추억을 고를 수 없었던 이들입니다."

와타나베 씨가 깜짝 놀라 모치즈키의 얼굴을 쳐다보았습니다. 모치즈키도 똑바로 와타나베 씨의 얼굴을 보았습니다.

와타나베 씨의 솔직한 말이 직원으로서가 아니라 한 인간으로서 모치즈키의 냉정함을 뒤흔들었겠지요. 모치즈키는 자신의 의지로, 자신의 말로, 지금의 자기 존재에 대해 설명했습니다.

"그래서 그런 말을 들으면 오히려 제가 더 부끄러워집니다." 모치즈키는 이렇게 말하고 눈을 감았습니다.

"당신도요?" 와타나베 씨는 믿을 수 없다는 듯이 되물었습니다.

"예, 저도."

"그렇습니까?"

"그러니 와타나베 씨를 이러니저러니 말할 처지가 전혀 아닌 거죠."

"아아, 그런 거였습니까? 돌아가시고 나서 계속 여기서?"

"여기로는 3년 전에 옮겨왔습니다. 그때까지 다른 지구의 시설에서 같은 일을……"

"그런 거였습니까?" 와타나베 씨는 납득이 간다는 듯이 크게 한 번 고개를 끄덕였습니다. 하지만 바로 또 뭔가를 물어보고 싶은 듯 모치즈키의 얼굴을 쳐다보았습니다. "실례지만 그건 그런 건가요? 그러니까 고를 수 없었던 건가요, 아니면 일부러 고르지 않은 건가요?"

이 물음에 모치즈키는 말문이 막혔습니다.

"아니, 왜 그런 걸 묻느냐 하면, 고르지 않는 방식으로 책임을 지는 일도 있지 않을까 하는 생각이 들어서요."

"책임, 말인가요?"

모치즈키는 그 말을 되풀이했습니다.

와타나베 씨는 그 이상 많은 말을 하려고는 하지 않았습니다.

서른 명쯤 되는 스태프와 망자들이 세트장 안에 모였고 카메라 주위는 독특한 긴장감에 휩싸여 있습니다.

"준비, 큐."

스태프 중 한 사람이 큰 목소리를 냈고 슬레이트 소리가 세트장 안에 울려 퍼집니다.

필름이 돌아가고 카메라 주위의 누군가가 정식 촬영임을 알리기 위해 천장을 향해 검지를 빙빙 돌려 원을 그립니다. 드디어 촬영이 시작된 것입니다.

니시무라 기요 씨와 가와시마가 의자에 나란히 앉아 있습니다. 할머니와 아들처럼도 보였고, 천진난만하게 다리를 흔들흔들 대롱거리고 있는 니시무라 씨는 어린 여자애처럼 보이기도 했습니다.

그런 두 사람 위로 벚꽃이 흩날립니다. 니시무라 씨는 기쁜 듯이 하늘을 올려다보며 망가져버리는 것이 안타깝다는 듯이 떨어지는 꽃잎을 두 손으로 받으려고 합니다. 쭈글쭈글하고 작은 손바닥 위로 꽃잎 하나가 내려앉았습니다. 꽃잎 모양으로 잘린 분홍색 색종이였습니다. 모치즈키와 시오리가 사다리 위로 올라가 운동회의 박터뜨리기 때 쓰는 대바구니를 장대 끝에 달아 흔들고 있습니다. 꽃잎은 바구니 틈으로 천천히 바닥으로 떨어졌습니다. 니시무라 씨 옆에서 가와시마도 흩날리는 벚꽃 꽃잎을 그리운 듯이 올려다보았습니다.

꿈같기도 하고 현실 같기도 하고 진지하게 일하고 있는 것 같기도 하고 어른이 다 같이 놀고 있는 것 같기도 했습니다.

일단 세트장 밖으로 옮겨놓았던 소형 비행기가 다시 세트장 안으로 옮겨졌습니다. 동체만으로도 기체는 상당히 무거운 듯 여덟 명의 직원이 영차, 영차 하고 서로 큰 소리를 냈습니다. 스태프가 걱정스러운 듯이 지켜보는 가운데 기체는 파란 하늘과 하얀 구름이 그려진 무대장치 하늘 앞에 조용히 놓였습니다.

고지마 씨가 잠시 구름을 살펴보더니 '뭐 괜찮겠지' 하는 듯이 고개를 끄덕이고는 흰색 가죽 장갑을 끼고 비행기에 올라탔습니다.

여러 대가 준비된 발연통發煙筒이 쉭쉭 소리를 내며 구름인지 안개인지 알 수 없는 하얀 기체를 뿜어냈습니다. 그것을 선풍기를 틀어 비행기 조종석으로 날립니다. 비행기 옆에서도 조명이 비춰져 구름 사이로 내비치는 햇빛을 연출합니다.

모치즈키가 발연통 담당자들에게 일단 멈추게 하고 비행기로 달려가 조종석 문을 열었습니다.

"구름의 느낌은 어떻습니까?"

고지마 씨는 모치즈키가 오는 걸 기다렸다가 말했습니다.

"구름의 느낌은, 이 상태라면 '인 클라우드'네요. 그러니까 완전히 구름 속으로 들어간 상태입니다. 정면에서 구름 속으로 들어가면 바로 이런 식으로 보이는 거죠. 그런데 제가 말한 것은, 시야가 환하게 뻥 뚫린 가운데를 날아가고 구름은 옆에 떠 있는 상태입니다."

"그럼 정면에서 오는 구름이 아니라 좌우로 흘러가는 구름인 거네요?"

"예, 그렇습니다. 그러니까 구름 자체도 이렇게 안개 같은 상태가 아니라 좀 더 윤곽이 뚜렷한 거죠."

발연통으로 만든 구름은 고지마 씨의 이미지와는 상당히 다른 것 같았습니다. 결국 로케이션 촬영을 나간 사이에 구름의 모양을 바꿔 밤에 다시 한번 도전하기로 했습니다.

어린이공원에 노란색 노면전차 한 량이 놓여 있습니다. 평소에는 어린이들의 놀이터였겠지만 오늘은 가네코 씨를 비롯한 많은 어른들이 타고 있습니다. 가네코 씨 역을 맡은 소년이 까까머리에 학생모를 쓰고 교복 차림으로 운전수 옆에 서 있습니다.

"이런 느낌인가요, 차내는?" 가와시마가 가네코 씨에게 걱정스럽게 묻습니다.

"글쎄요, 괜찮지 않을까요? 제 생각에만 골똘한 채 바깥만 보고 있어서 차내에 대해서는 확실히 기억하고 있지 않거든요."

가네코 씨는 뒷좌석에 앉아 준비하는 상황을 즐겁게 지켜보고 있었습니다.

* * *

"아, 그러고 보니 판자가 깔린 바닥에 칠해진 왁스 냄새인지 기름 냄새 같은 게 났어요, 노면전차에 타면요. 막 칠했을 때는 냄새가 심해서 싫었지만 지금 생각하니 그립기도 하네요."

가네코 씨는 자신의 발밑으로 시선을 떨어뜨리면서 '이제야 생각났다' 하는 듯이 옆자리의 가와시마에게 이렇게 중얼거렸습니다.

노면전차가 달릴 때 나는 칙칙 소리가 카세트라디오에서 흘러나오고 차량 주위를 둘러싼 스태프가 차체를 좌우로 흔듭니다.

뒷좌석에 앉아 그런 모습을 지켜보고 있던 가네코 씨가 일어나 소년 옆으로 갔습니다.

"서 있던 곳은 왼쪽이 아니라 운전수 오른쪽이었어. 왼쪽이면

문이 가까워서 타고 내리는 승객들한테 방해가 된다고 차장이 화를 냈거든."

"아, 그렇군요. 그럼 오른쪽에 서서 운전수 너머로 바깥 풍경을 봤다는 건가요?" 가와시마가 이렇게 확인했습니다.

"예, 맞아요. 운전수 너머 왼쪽 차창 바깥으로 시노바즈노이케 연못을 봤거든요." 가네코 씨는 납득하고 자리로 돌아갔습니다.

교복을 입은 소년이 선 위치를 변경하여 촬영이 시작되었습니다.

가네코 씨가 다시 불안한 듯 고개를 갸우뚱했습니다. 그때 그는 자신이 직접 이 촬영의 감독 역할을 맡고 있었습니다.

"모자는 쓰지 않는 게 좋지 않을까요? 창문이 열려 있으면 바람이 불어 모자가 날아가버릴 테니까요. 그때, 어떻게 했더라. 손에 들고 있었나, 쓰고 있었나?"

가네코 씨는 잠시 자문자답을 되풀이하다가 결국 촬영 도중에 소년이 땀을 닦기 위해 모자를 벗어 손에 드는 것으로 결정했습니다. 필름이 돌기 시작했습니다. 스태프가 흔드는 전차에 앉으면서 가네코 씨는 선풍기가 일으키는 바람을 기분 좋게 맞았습니다. 그의 웃는 얼굴은 정말 소년 같았습니다.

시오리가 로케이션 헌팅을 하러 갔던 대숲에서 촬영 준비가 진행되고 있습니다. 대나무와 대나무 사이에 줄이 묶여져 간단한 그네 몇 개가 만들어졌습니다.

"그렇게 높은 데 묶는 게 아니에요. 어린애들이 매다는 거니까 이 정도지." 이렇게 말한 오쿠마 씨는 자신의 눈 정도 되는 높이를 가리켰습니다.

무명옷에 허리띠를 매고 게다를 신은 엑스트라 역을 하는 아이들이 즉시 그네를 타고 놀기 시작했습니다.

스태프 대여섯 명이 대숲에 깔린 멍석 위에서 주먹밥을 만들고 있습니다.

오쿠마 씨도 조리를 벗고 멍석에 앉아 직접 주먹밥을 만들기 시작했습니다.

"너무 큰 거 아냐?"

"아니, 이 정도겠지."

이런 말을 주고받는 스태프들 사이에서 오쿠마 씨가 "더 컸어요, 옛날에는" 하고 즐거운 듯이 지시를 했습니다. 대숲에 깔린 멍석 위에서 다들 주먹밥을 만들다보니 어쩐지 즐거워서 스태프들 사이에서도 웃음이 흘러나왔습니다.

"요즘 아이들은 하이킹 같은 걸 하지만 우리들 시대에는 그런 게 없었잖아요. 그래서 대숲에서 부모님하고 주먹밥을 먹는 게 굉장히 즐거웠어요."

"무섭진 않으셨나요, 지진이?" 즐거웠다는 말에 놀라 모치즈키가 물었습니다.

"무섭지 않았어요. 즐거웠어요."

"대밭 모기 같은 게 많지 않았어요?" 다른 스태프로부터도 질문이 나왔습니다.

"이미 9월이었으니까, 별로 없지 않았을까요?"

이렇게 말한 오쿠마 씨는 갑자기 뭔가 생각난 듯이 "하지만 하룻밤 거기서 묵었을 때는 모기장을 쳤어요, 네" 하며 고개를 끄덕였습니다.

"모기장을요?"

"네, 지진이 난 그날 밤, 1일 밤*에요. 조선인 소동으로 정말 난리가 아니었어요. 우물에 독을 넣는다든가 해서 아주 난리였거든요. 지진보다 그게 더 무서웠어요. 그네에 쓴 줄은 말이에요, 어두운 밤이 되고 나서 할아버지가 멍석 주위에 줄을 똑바로 펴놓고 '내가 선두에 있으니까 자, 하고 소리치면 다들 이 줄을 잡고 뒤편의 고구마 밭에 숨는 거야'라고 했는데, 그때를 위해 준비해 놓은 줄이었어요."

다들 한순간에 조용해졌습니다.

주먹밥을 만들던 손을 멈추고 복잡한 표정으로 이야기를 듣고 있던 스태프를 둘러보며 오쿠마 씨가 여전히 건조한 어조로 말했습니다.

* 간토대지진은 1923년 9월 1일 오전 11시 58분에 일어났다.

"하지만 그런 일은 전혀 없었어요. 그러니까 조선 사람들이 단체로 도망쳐왔는데 그걸 보고 공격해온다고 생각한 거였으니까요. 지금 생각하면 정말 유언비어였는데 말이에요."

오쿠마 씨가 얘기해주는 추억은 즐거움과 무서움 사이를 반복적으로 오갔습니다.

저녁 늦게 로케이션 촬영을 마친 스태프는 시설로 돌아왔습니다.

세트장 바닥의 흙은 연소기로 수분을 날려 허옇게 되었습니다. 철제 파이프로 만든 발판에 오른 스태프가 비행기 날개 모양으로 자른 스티로폼 날개를 조명 앞에서 움직여 그림자를 만들고 있습니다.

몸뻬를 입은 다카마쓰 씨와 가족 역할을 하는 아이들이 각자 흰 수건이나 타월을 들고 비행기를 향해 흔드는 연습을 하고 있습니다.

백일홍 나무에 종이로 만든 분홍색 꽃을 달고 있습니다. 그 옆에 서 있던 다카마쓰 씨가 스기에를 불러들였습니다.

"어른들은 들일을 하고 있어서 머리에 쓰고 있던 수건을 흔들었던 것 같은데, 제가 이렇게 흔들었던 흰 천은 통 모양이었다는 것이 지금 생각났어요."

"통입니까……?" 스기에가 이렇게 말하고 생각에 잠겼습니다.

"네. 그러니까 아마 바깥으로 뛰어나갔을 때 마당에 빨래가 널려 있었고, 거기서 하얀 것을 집어 들었는데 그게 베갯잇 같은 게 아니었을까 싶어요."

"아아, 베갯잇이요?" 스기에도 납득이 되었는지 고개를 끄덕였습니다.

"마지막으로 흔든 것이 손수건이나 스카프가 아니라 베갯잇이라는 게 지금 제가 생각해도 바보 같아 보이지만요."

이렇게 말한 다카마쓰 씨는 우습다는 듯이 깔깔 웃었습니다.

솜으로 만든 흰 구름이 비행기 위를 왔다 갔다 합니다. 발연통으로 구름 만드는 것은 포기하고, 진짜 솜을 조종석 앞 유리 위에 피아노선으로 매달아 낚싯줄로 끌어당기기로 했습니다.

카메라 옆에 선 고지마 씨가 엄격한 눈으로 지켜보는 가운데 스태프가 총출동하여 솜으로 만든 구름을 날립니다. 앞 유리에 비친 무대장치인 파란 하늘 속을 장난감 같은 구름이 미끄러져 갔습니다. 인형극이나 학예회 같았고, 조금 전의 발연통으로 만든 구름보다 더욱 현실미가 떨어진 것 같았습니다. 하지만 그것을 다 지켜본 고지마 씨의 표정에 비로소 만족스러운 웃음이 흘러나왔습니다.

"보이는 구름의 느낌으로는 굉장히 비슷합니다. 앞쪽에 떠 있던 구름이 뒤쪽으로 흘러갈 때 좌우로 쫙 퍼지는 것이요. 여기서 보면 그 거리감이 상당히 잘 표현된 게 아닌가 싶습니다."

고지마 씨는 납득이 된다는 듯 고개를 끄덕였습니다. 그의 표정을 보고 스태프들 사이에서도 드디어 안도의 한숨 소리가 흘러나왔습니다.

크리스마스 캐럴이 울려 퍼지고 있습니다.

오늘 마지막 순서인 와타나베 씨 촬영입니다.

이미 심야에 가까운 시각이었지만, 끝나는 지점이 보였기 때문인지 이제 스태프 중에서도 가끔 여유 있게 웃는 얼굴이 보였습니다.

세트장에 낙엽이 깔리고 벤치가 놓입니다.

와타나베 씨 옆에 교코 씨 역을 하는 여성이 앉습니다.

오렌지색 필터를 끼운 조명이 두 사람의 등을 비추었습니다.

모치즈키는 카메라 옆에서 그 모습을 가만히 주시하고 있었습니다.

'추억을 촬영하기 위해 준비된 도구는 움직이지 못하는 전차, 결코 하늘을 날 수 없는 비행기, 종이로 만든 꽃잎이다. 그래도 망자들은 그 안에 몸을 둠으로써 면접실에 앉아 이야기를 한 것만으로는 떠오르지 않았던 세세한 기억이나 생생한 감정을 떠올려주었다. 우리 일의 의미도 그런 데에 있지 않을까. 적어도 그들이 또 하나의 깊은 기억을 떠올리는 데 꼭 필요한 역할을 하는

게 아닐까.'

모치즈키는 오늘 하루의 촬영을 통해 그런 생각에 도달했습니다. 그것이 '뭘 위해'라는 가와시마의 물음에 대한 대답이 되었는지의 여부는 알 수 없습니다. 하지만 자신의 일이 전혀 의미 없지는 않을 거라는 사실은 지금 눈앞에 있는 와타나베 씨라는 노인의 표정에서도 쉽게 상상할 수 있었습니다. 와타나베 씨의 표정은 여기에 처음 왔을 때와는 비교가 안 될 정도로 흡족한 것이었습니다.

'그걸로 충분한 게 아닐까.'

모치즈키는 스태프에게 지시를 내리면서 다시 한번 자신에게 이렇게 타일렀습니다.

중정은 깜깜한 어둠에 휩싸였습니다.

그 가운데에 가로등 불빛을 받은 벤치가 오도카니 드러났습니다.

세트장 건물에서 크리스마스 캐럴이 희미하게 들려왔습니다.

길었던 하루의 촬영은 그럭저럭 무사히 끝났습니다.

가와시마의 방 테라스에서 스기에, 가와시마, 모치즈키가 테이블을 둘러싸고 앉아 있습니다. 촬영이 무사히 끝나고 이제 상영회를 기다리기만 하면 되기 때문에 한발 앞서 스태프끼리 수고

했다는 모임을 가졌던 것입니다. 다들 돌아가고 이제 세 명만 남았습니다.

"의미 같은 건 없어도 돼. 뭔가를 할 때마다 의미를 찾으려는 데서 불행이 시작되는 거라고." 스기에는 상당히 취기가 올라 평소보다 더욱 가와시마를 물고 늘어졌습니다.

"난 말이에요, 아무래도 딸이 있으니까요. 부모로서의 책임이랄까, 여기에 있는 것도 그 때문이거든요. 그래서 일에 야무지지 못한 걸지도 모르지만요."

가와시마도 자기 나름대로 자신에게 타이르듯이 이런 중얼거림을 되풀이했습니다.

"책임 같은 건 말이지, 살아 있는 놈이 지면 되는 거야. 어차피 여기에 온 뒤라면 뭘 생각해도 늦은 거니까. 적어도 죽고 나서는 좀 더 자유롭고 무책임해도 좋은 거 아냐? 죽은 사람들도 그렇게 생각할 거라고. 이제 좀 적당히 해도 되지 않아요, 하고 말이지. 그러니까 나한테 만약 존재 이유가 있다면, 이곳이 가토 같은 사람으로 가득 차서 답답해지지 않도록 앞으로도 계속해서 무책임하고 적당히 있는 것이라고 생각해. 안 그래, 모치즈키 씨?"

조금 전부터 입을 다물고 있던 모치즈키에게 스기에가 공격의 방향을 돌렸습니다.

"저도 오늘 계속 그런 걸 생각했습니다만, 그들과 접하면서 조금이라도 납득한 상태에서 좋은 추억을 고르게 하는 것이 책임이랄까, 하다못해……"

"속죄?" 스기에가 날카롭게 이렇게 말했습니다. 그 말에는 전혀 취하지 않은 것 같은 명쾌함이 있었습니다. "흐음…… 모치즈키 씨는 속죄하려고 여기에 있군그래." 스기에가 심술궂게 이런 말을 덧붙였습니다.

"아뇨, 그것만은 아니지만……" 모치즈키는 말문이 막혔습니다.

"아, 싫어, 그렇게 혼자만 좋은 사람인 척하고 말이야. 난 그렇게 진지한 반응이 질색이거든. 나 같은 사람은 살아 있을 때부터 나쁜 짓만 했으니까. 그래도 말이지, 가족하고 돈을 위해서만 살아 왔고 죽었어. 그것에 긍지를 갖고 있고 말이야. 나는 모치즈키 씨처럼 큰일을 위해 살거나 죽거나 죽이거나 하지 않았으니까."

"그만두죠, 스기에 씨, 네?" 쾌활하게 이렇게 말한 가와시마는 이 자리를 수습하려고 스기에의 잔에 술을 따랐습니다.

"모치즈키 씨는 여기에 올 때까지 꽤 큰일을 생각한 거잖아. 대단해." 스기에는 모치즈키에 대한 공격을 멈추지 않았습니다. "그래도 나는 모치즈키 씨의 그런 태도가 오히려 비겁하다고 생각하지만 말이야."

모치즈키는 스기에의 얼굴을 똑똑히 쳐다봤습니다. 신기하게도 화는 나지 않았습니다. 오히려 이렇게 되받아보는 스기에의 눈동자가 평소의 빈정거리는 기색이 아니라 자신을 똑바로 응시하고 있다는 것을 느끼고 순순히 받아들이는 마음이 되었습니다.

“모치즈키 씨가 담당한 야마모토 씨라고 있지? 가능하다면 다 잊고 싶다고 한 사람. 모치즈키 씨, 입 밖에 내지는 않았지만 그를 경멸하지 않았나? 모자란 작자라고 생각했지? 하지만 말이야, 내가 보기에 지금의 모치즈키 씨는 그 사람하고 같다고 생각하거든.”

스기에는 모치즈키만을 보며 이야기를 계속했습니다.

“모치즈키 씨, 50년 전에 시설로 왔을 때 ‘잊고 싶지 않다’고 말했지? ‘자신이 했던 일을 잊고 싶지 않다’고 말이지. 그거 본심으로 말한 건가? 정말 그렇게 생각하고 적극적으로 여기서 일하려고 생각한 거야?”

모치즈키는 대답할 수 없었습니다. 그는 자신이 그 말을 했다는 사실을 스기에의 말을 듣고 오랜만에 떠올렸습니다.

“난 말이야, 모치즈키 씨가 말한 것은 ‘전부 잊고 싶다’고 말하는 야마모토 씨하고 같다고 생각하거든. 난 그건 그것대로 좋다고 생각해. 그걸 자각하기만 한다면 말이지. 어차피 우리는 고를 수 없었던 사람들이니까.”

스기에는 가와시마가 따라준 술을 단숨에 들이켰습니다.

“아아, 왠지 술이 설교 같아져버렸네, 나답지 않게.”

스기에는 빈 잔 밑바닥을 겸연쩍은 듯이 들여다보고 마지막으로 이런 한마디를 내뱉었습니다.

가와시마와 스기에가 나란히 앉아 있는 곳 뒤로 늘 화분에 심은 초목이 늘어서 있던 테이블이 보였습니다. 꽃은 이미 방 안으로 다 들여놓아 테이블 위는 텅 비어 있었습니다. 테이블 위에서 알전구 하나가 바람에 흔들리고 있었습니다.

알전구를 보면서 모치즈키는 낮에 와타나베 씨가 했던 한마디를 떠올리고 있었습니다.

'나는 그때 고르지 않았을까, 아니면 고를 수 없었을까?'

똑똑.

시오리의 방문을 노크하는 소리가 납니다.

"네." 막 자려고 한 시오리는 귀찮다는 듯이 이렇게 대답하고는 침대에서 일어나 문을 열었습니다.

요시모토 씨가 서 있었습니다. 요시모토 씨는 말없이 고개를 숙이고 있어 시오리에게는 그녀의 표정이 보이지 않았습니다.

"왜? 무슨 일이야?" 시오리는 이유를 몰라 퉁명스럽게 물었습니다.

"저, 살아 있었다면 오늘이 생일이었어요."

기어들어갈 것 같은 목소리로 이렇게 중얼거린 요시모토 씨는 비틀거리며 두세 걸음 앞으로 와서 시오리에게 기댔습니다. 시오리는 어깨로 요시모토 씨의 몸을 받쳐주는 자세가 되었습니다. 그녀는 울고 있는 듯했습니다.

이런 때 어떻게 하면 좋을지, 무슨 말을 해줘야 상대에게 위로

가 될지 시오리는 알 수 없었습니다. 어쩔 수 없이 그녀의 몸을 떠받친 채 머뭇머뭇하면서 등을 토닥토닥 두 번쯤 두드리듯이 어루만졌습니다.

시오리는 얼굴에 귀찮다는 듯한 표정을 짓고 있었지만 이렇게 타인의 체중을 떠받치고 있는 무게감이 그리 싫지는 않았습니다. 잠시 그렇게 울던 요시모토 씨는 말끔한 얼굴로 그녀의 방으로 돌아갔습니다.

시오리는 침대에 들어간 후에도 그녀의 머리 무게가 자신의 왼쪽 가슴께에 남아 있는 것을 느끼고 좀처럼 잠들지 못했습니다.

그 시각 와타나베 씨는 시청각실 의자에 앉아 있었습니다.

촬영도 무사히 끝났고 이제 내일 있을 상영회를 기다리기만 하면 될 터였습니다. 그러나 그는 잠자리에 들지도 않고 산더미 같은 비디오테이프를 앞에 두고 잠자코 앉아 있었습니다. 그의 눈에서는 어제 화면 속 자신의 모습을 보고 있던 때와는 또 다른 결의가 느껴졌습니다.

닷새째의 밤은 조용히 깊어갔습니다.

바람도 없고 평소보다 따뜻한 밤이었습니다.

토요일

Requiem

장송

작은북, 멜로디언 등의 악기를 안고 모치즈키가 복도를 걸어갑니다. 지금부터 식당에서 망자를 보내는 의식이 거행됩니다.

어젯밤 스기에에게 들었던 말은 그의 마음속에서 욱신거리고 있었지만, 그것에 얽매여 있을 수 있는 시간이 없었습니다. 그는 애써 열린 묵직한 문 안쪽을 보지 않으려고 하면서 일주일의 총결산이라고 해도 좋을 오늘 일을 어떻게 해서든 완수하려고 생각했습니다.

직원실 모퉁이를 돌아 식당으로 향하는 복도 도중에서 모치즈키는 문득 걸음을 멈추고 천창을 올려다보았습니다. 네모나게 뚫린 회색 하늘에서 작디작은 눈송이가 모치즈키의 뺨에 내려앉았습니다. 눈송이는 천천히 녹아 곧 눈물처럼 볼을 타고 흘러내렸습니다.

눈과 함께 천창으로 들이쳤겠지요. 모치즈키가 들고 있던 심벌즈가 바람에 흔들려 희미하게 소리를 냈습니다.

눈은 점차 세차게 내려 중정을 새하얗게 뒤덮었습니다. 겨울 동안 가까스로 남아 있던 나무들이나 낙엽의 색조차 풍경에서 빼앗았습니다. 그리고 색뿐만이 아니라 여러 가지 소리, 미움이나 기쁨이라는 사람들의 감정조차 눈 밑에 봉해버리는 것 같았습니다.

어쩐지 그곳에 몸을 두고 있으면 점점 시간을 거슬러 올라가 태어나기 이전으로 돌아갈 것 같은 그런 기분조차 들었습니다.

그런 가운데 식당에서 의식이 시작되었습니다.

갓 세탁한 새하얀 천이 테이블에 깔리고 망자들이 각자 자리에 앉아 있습니다.

모치즈키를 비롯한 직원들도 오늘은 정장에 하얀 와이셔츠를 입었습니다. 시오리도 새하얀 원피스를 입었습니다. 그것은 마치 창밖의 설경을 그곳에 모사해놓은 것처럼 의식의 엄숙함을 한층 더해주었습니다.

그들은 망자들 사이에 한사람씩 서서 단상을 지켜보고 있습니다.

정면에 놓인 낡은 오르간이 여름방학 때 모두가 연습했던 음악을 연주합니다. 지금까지 어디에 있었는지, 아이들 몇 명이 단상에 나타나 각자 들고 있던 바이올린과 멜로디언을 오르간에 맞춰 연주하기 시작합니다. 동요 같기도 하고 교회음악 같기도 한 곡이었습니다. 꼭 능숙하다고 할 수 없는 불안한 연주였지만 눈 탓도 있어선지 음색이 무척 맑아 상쾌했으며 사람들 마음을 훈훈하게 해주는 것 같았습니다. 모두가 나란히 앉아 연주에 귀를 기울이는 모습은 어딘가 학교 졸업식을 연상시켰습니다.

음악에 맞춰 박수를 치고 있던 가와시마는 누가 자신의 윗도리 옷자락을 톡톡 당겨 뒤를 돌아보았습니다. 니시무라 씨가 가와시마를 올려다보며 미소 짓고 있었습니다.

'무슨 일 있으세요?' 하고 물어보려고 가와시마가 살짝 허리를 굽히자 그녀는 늘 들고 다니던 하얀 비닐봉지를 그의 얼굴 앞으로 내밀었습니다.

가와시마가 받아들고 들여다보니 안에는 어제 촬영할 때 쓴 벚꽃 꽃잎이 들어 있었습니다. 촬영이 끝난 후 혼자 주워 모았는지 꽃잎은 흙이 묻어 있기도 하고 구겨지기도 했습니다.

니시무라 씨는 '가지세요' 하는 듯이 다시 한번 미소를 짓고는 곧 정면으로 고개를 돌려 음악에 맞춰 몸을 흔들기 시작했습니다.

가와시마는 손에 든 비닐봉지를 보고 나서 니시무라 씨에게 정중히 고개를 숙여 인사를 하고는 봉지를 소중한 듯이 두 손으로 감쌌습니다. 꽃잎의 감촉이 비닐 위로 손바닥에 전해졌습니다. 가와시마는 지난 일주일 동안 자신이 했던 일에 대해 보답을 받은 기분이었습니다.

오르간 소리가 마지막으로 길게 식당에 울려 퍼지며 연주는 끝났습니다. 모두에게 그 여운이 채 가시기도 전에 나카무라가 단상으로 올라가 망자들에게 꾸벅 절을 했습니다.

"일주일 동안 수고하셨습니다. 여러분과 함께 지내는 것도 오늘이 마지막입니다. 이곳에서 보낸 일주일이 어떠셨습니까, 기분 좋게 지내셨습니까? 여러분이 고르신 추억은 정말 제각각입니다. 즐거웠던 일, 괴로웠던 일, 어린 시절의 일, 나이를 먹고 나서의 일 등 여러 가지겠지요. 그런 추억 하나를 고르는 일을 통해 새삼 아아, 태어나길 잘했다, 하고 생각하셨다면 다행이겠습니다. 그러면 지금부터 시사실 쪽으로 이동하셔서 저희가 재현한 추억을 보시게 됩니다. 그리고 그 추억이 여러분 안에서 선명하게 되살아난 바로 그 순간 여러분은 저세상으로 가시게 됩니다. 거기서는 그 추억과 함께 보내는 영원한 시간이 약속되어 있습니다."

이렇게 말한 나카무라는 망자들에게도, 그리고 직원들에게도 노고를 치하하는 마음을 담아 동그란 얼굴 가득히 미소를 지었습니다.

음악을 연주하는 직원들이 앞장을 서고 망자들의 열이 중정을 가로질러 갑니다. 그것은 결코 장례 행렬 같은 어두운 것이 아니라 오히려 시원하고 산뜻한 것으로 보였습니다. 내리는 눈 속을 걷고 있던 망자들은 새하얀 종이 위에 먹으로 커다란 원을 그리듯 중정을 한 바퀴 돌고는 건너편 건물로 빨려 들어갔습니다. 사람들이 없어진 뒤에도 중정에는 모두가 걸었던 발자국이 동그란 원 모양이 되어 한동안 남았습니다.

시사실은 무척 낡았습니다. 좌석 시트는 색이 바래고 닳아 옛날에는 예쁜 와인색이었다는 것을 간신히 알아볼 수 있는 정도였습니다. 그것은 지금까지 이 시설이 얼마나 많은 망자들을 보내왔는지를 말해주기도 했습니다. 모두 50석쯤 될까요, 하나하나에 새하얀 레이스로 짠 아름다운 등받이 커버가 걸쳐져 있습니다. 오늘이 모두에게 특별한 날이라는 것은 그것만 봐도 분명히 알 수 있었습니다.

물론 정면에는 하얀 스크린이 조용히 관객들을 기다리고 있었습니다.

찾아온 망자들은 각자 자신이 좋아하는 자리에 앉았습니다. 마지막으로 들어온 직원들은 가장 뒷자리에 일렬로 나란히 앉았습니다.

모두가 자리에 앉은 것을 확인한 나카무라는 다시 한번 자리에서 일어나 영사실을 향해 신호를 보냈습니다.

치리리리링 하고 벨소리가 울리자 장내가 어두워지고 영사기가 돌기 시작했습니다. 이제 상영이 시작됩니다.

중정에는 계속 눈이 내렸습니다. 조금 전 모두가 걸었던 발자국 위에도 이미 눈이 쌓여 거기에 사람이 있었던 흔적은 점차 사라져갔습니다.

상영이 무사히 끝나고 모치즈키는 시청각실에서 71개나 되는 와타나베 씨의 비디오테이프를 정리했습니다. 하얀 눈이 햇살을 실내로 반사하여 방 안은 평소보다 환하게 느껴졌습니다.

창가에 깔끔하게 개켜진 이불을 보니 과연 지난 일주일 동안의 사건이 모치즈키의 가슴에도 새삼 감개무량하게 다가왔습니다. 책상 위에 산더미처럼 쌓인 비디오테이프를 번호 순으로 정리하여 골판지 상자에 넣습니다. 창고로 보내 보관할 것입니다.

그때 와타나베 씨가 고른 R-66번 테이프 케이스에 봉투 하나가 들어 있는 것이 눈에 들어왔습니다.

수신인은 '모치즈키 다카시 씨께'라고 되어 있었습니다. 테이프 정리를 중단한 모치즈키는 거기에 선 채 편지를 읽기 시작했습니다.

전략

당신이 이 편지를 읽을 무렵이면 저는 이미 당신에 대한 기억을 잃어버렸겠지요. 시간도 별로 없으니 지금 제 기분을 간략하게 쓰겠습니다.

당신은 제 아내 교코의 약혼자였던 분이더군요. 당시의 이름과 5월 28일이라는 기일을 들었을 때 알았습니다.

아내에게 약혼자가 있었고 그분이 전사했다는 사실은 맞선을 볼 때 본인에게 들어 알고 있었습니다. 그녀가 성실한 사람이라는 것을 그런 태도에서 알 수 있었고, 당시로서는 드문 일도 아니었습니다. 아내는 결혼 후에도 매년 당신의 기일에는 혼자 성묘를 갔습니다.

당신이 저에게 교코에 대해 아무 말도 하지 않았던 것은 저에 대한 위로이자 친절한 마음에서 나온 거라 생각하여 감사하고 있습니다. 솔직히 말씀드리면 아내의 기억 속에 있는 당신에 대해 질투라는 감정이 없었다고 한다면 거짓말일 것입니다. 하지만 우리 부부는 그 감정을 극복할 만큼의 세월을 보냈다고 생각합니다.

아니, 여기에 와서 비로소 그렇게 생각되었기에 저는 아내와의 추억을 고를 수 있었을 겁니다. 그것이 제 인생에 대해 책임을 지는 저 나름의 방법이었습니다.

저는 제 70년 인생을 긍정할 수 있었습니다. 어떻게든 그 사실을 당신에게 전하고 싶었습니다. 그것이 아내가 기억하는 그대로의 젊은 모습인 당신을 대면해버린 노인이 부리는 최대한의 허세라고 생각해주십시오.

당신을 만날 수 있었던 것은 정말 행운이었습니다.

이만 총총.

와타나베 이치로

편지를 다 읽고 나서도 모치즈키는 한동안 그 자리에서 꼼짝할 수 없었습니다.

얼마나 지났을까요, 문득 정신을 차리고 보니 조금 전부터 방 입구에 시오리가 서서 이쪽을 보고 있었습니다.

두 사람은 아무도 없는 직원실에 있었습니다.

모치즈키는 자기 자리에 앉아 혼이 나간 사람처럼 멍하니 있었습니다. 시오리는 모치즈키로부터 건네받은 편지를 손에 든 채 방 안을 천천히, 아주 천천히 걷고 있습니다.

"내가 그 사람한테 사실을 말하지 않았던 건 특별히 친절한 마음에서가 아니야. 그 사람한테 상처를 주고 싶었기 때문도 아니고. 그렇게 해서 내가 상처 받는 게 싫었을 뿐이야. 나는 그저 도망쳤을 뿐이지. 그 사람으로부터도, 나 자신으로부터도. 교코가 그 사람한테 마음을 털어놓았듯이, 그 사람이 그런 교코를 받아들였듯이, 나는 사람과 깊이 관계를 맺으려고 한 적이 없었어."
모치즈키는 목 안쪽에서 목소리를 쥐어짜내듯이 이렇게 말했습니다.

모치즈키의 이야기를 들으면서 시오리는 마음속에 거품이 이는 것을 느꼈습니다. 자기 앞에 있는 모치즈키가 손바닥에 떨어진 눈처럼 당장이라도 사라져버릴 것 같은 기분이 들었습니다.

시오리는 모치즈키의 눈앞에 멈춰 서서 위로하듯이 말했습니다. "왜 그런 식으로 단정을 해버리는지 모르겠어요. 모치즈키 씨가 모르는 데서 말이에요, 모치즈키 씨가 교코 씨하고 깊이 관련을 맺고 있었을지도 모르잖아요."

모치즈키는 눈을 감고 있었습니다.

"그럼 조사해봐요, 지금부터. 교코 씨가 언제를 선택했는지 알아보자고요." 이는 전혀 근거 없는 발언이었습니다. 모 아니면 도인 도박 같은 것이었습니다. 하지만 그녀는 지금의 모치즈키의 마음을 북돋을 수 있는 방법이 달리 생각나지 않았습니다. 시오리는 직원실을 나가 필름 창고의 열쇠를 가지러 갔습니다. 그리고 모치즈키의 손을 잡아끌듯이 어두운 창고로 들어가 불을 켰습니다.

오렌지색 전구가 켜지자 무수하게 늘어선 은색 필름통이 둔하게 빛났습니다. 그곳은 하늘의 신이 계절에 맞춰 밤하늘에 걸 달을 보관해두는 서랍처럼 보이기도 했습니다. 필름통은 크고 작은 몇몇 사이즈가 있었습니다. 수십 년이 지났는지 그중에는 녹이 슬고 완전히 빛을 잃어버린 것도 있었습니다.

시오리는 교코 씨의 필름을 찾으면서 나카무라 씨가 말했던 달 이야기를 떠올렸습니다.

"있다!" 시오리는 이렇게 외치고 필름통 하나를 들고 일어났습니다.

건너편 선반에서 찾고 있던 모치즈키가 옆으로 와서 시오리가 손에 든 것을 들여다보았습니다.

필름통에는 날짜가 적힌 라벨이 붙어 있었습니다. 누르스름해져 읽기 힘들었지만 거기에는 '1993년 8월 제3주, No.4 와타나베 교코'라고 적혀 있었습니다. 시오리는 글자를 손가락으로 더듬었습니다. 오른쪽 구석에 '나카무라'라는 이름이 보였습니다.

"뭐야, 담당이 나카무라 씨였잖아."

뽀드득.

뽀드득.

소리가 날 때마다 눈 위에 발자국이 생깁니다.

두 사람은 눈이 많이 쌓인 중정을 걸어 시사실로 갔습니다. 모치즈키의 오른손에는 조금 전의 필름통이 꼭 쥐어져 있습니다.

시오리는 전에도 이렇게 모치즈키와 나란히 눈밭을 걸어간 적이 있는 듯한 신기한 감각에 사로잡혔습니다. 언젠가 들었던 그

발소리를 들으면서 자신은 이 순간을 아마 잊을 수 없을 거라고 생각했습니다.

매앰매앰매앰.

시사실에 매미 소리가 울립니다.

모치즈키와 시오리는 좌석에 나란히 앉아 매미 소리를 온몸으로 받고 있었습니다. 스크린에는 공원 벤치에 앉은 남녀 한 쌍의 뒷모습이 비치고 있습니다. 한 사람은 교코 씨입니다. 한여름의 녹음이 눈부시게 빛나 교코 씨가 입고 있는 원피스의 하얀색을 더욱 두드러지게 했습니다.

그리고 그녀 옆에는 얼굴이 분명하지는 않지만 흰색 군복을 입은 청년이 앉아 있습니다.

"와타나베 씨와 같은 긴자의 중앙공원인데 날짜는 1943년 8월 3일이네요. '휴가를 받고 나온 연인과의 마지막 데이트'래요." 시오리가 서류에 눈을 떨어뜨리며 중얼거렸습니다.

그 설명을 들으면서 모치즈키는 가만히 스크린을 주시했습니다.

'와타나베 교코'라는 이름이 쓰인 테이프가 비디오기기에 넣어집니다.

두 사람은 직원실로 돌아와 교코 씨의 비디오테이프 하나만 전화로 주문했습니다. 그리고 한 시간쯤 지나 도착한 테이프를 들고 다시 시청각실로 돌아갔습니다. 빨리 돌리기로 돌아가고 있던 그림이 녹색 빛에 휩싸였습니다.

"아, 여기다!" 시오리가 짧게 외칩니다.

모치즈키가 재생 버튼을 누르자 시청각실 가득히 매미 소리가 울려 퍼졌습니다. 모니터에 비친 것은 공원 벤치에 나란히 앉아 있는 교코 씨와 모치즈키였습니다. 두 사람은 특별히 무슨 이야기를 나누지도 않고 그냥 나란히 앉아 있을 뿐이었는데, 그것만으로도 두 사람의 관계는 충분히 전해졌습니다.

시오리는 화면을 잠자코 계속 볼 수가 없어서 옆에 있는 모치즈키에게 말을 걸었습니다.

"이거네요. 이때를 골랐어요."

모치즈키는 화면에서 눈을 떼지 않고 살짝 고개를 끄덕였습니다.

화면 속에서 매미는 필사적으로 계속 울고 있습니다. 마치 자신들이 앞으로 일주일밖에 살 수 없다는 사실을 알고 있는 것 같았습니다. 시오리는 이렇게 슬픈 매미 소리를 듣는 건 처음이라고 생각했습니다.

시청각실을 나온 두 사람은 정처 없이 걷기 시작했습니다. 그리고 누가 먼저랄 것도 없이 중정으로 나가 벤치에 나란히 앉았습니다. 신기하게도 춥지는 않았습니다.

망자들이 없어진 시설은 갑자기 조용하고 쓸쓸하게 느껴졌습니다. 망자들이 찾아오기 전의 일요일보다 훨씬 조용한 것 같았습니다.

두 사람은 나란히 앉은 채 한마디도 하지 않았습니다.

시오리는 자신의 머릿속에서 아직도 매미의 울음소리가 슬프게 들리고 있는 것 같았습니다.

그리고 자기 옆에 앉아 있는 모치즈키가 곧 사라지게 될 거라는 사실을 그녀는 이때 확실히 느꼈습니다.

시오리와 헤어져 혼자가 된 모치즈키는 방으로 돌아가지 않고 세트장 건물로 향했습니다. 문을 열고 깜깜한 세트장 안을 걸어갔습니다. 바닥의 울퉁불퉁한 흙의 감촉이 신발 밑창을 통해 발바닥에 전해졌습니다. 콘크리트와 달리 부드럽고 온기가 있는 감촉이었습니다. 모치즈키는 그 감촉이 좋았습니다.

온기를 확인하듯이 전원이 있는 곳까지 걸어간 모치즈키는 손으로 더듬어 조명 스위치를 올렸습니다. 찰카닥 하는 큰 소리가 나면서 어둠 속에 어제의 세트장이 나타났습니다. 세트장의 가장 안쪽 구석에는 아직 정리되지 않은 공원 벤치가 그대로 남아 있었습니다. 발밑에서는 낙엽을 밟는 부드러운 소리가 났습니다. 모치즈키는 천천히 벤치에 앉아 크게 한숨을 내쉬었습니다.

'지금까지 내 추억은 자기 안에만 있는 거라고 생각했어.'

모치즈키는 자기 안에서 추억이라는 개념이 크게 변했다는 사실을 깨달았습니다. 그리고 새삼스럽게, 살아 있던 22년과 그 후 몇몇 시설에서 보낸 50여 년의 시간을 돌이켜봤습니다. 그러자 그동안 만났던 수많은 직원과 망자들에 더해 촬영을 위해 썼던 무수한 물건들까지 완전히 그 빛을 바꿔 자신 앞에 나타났습니다. 이런 체험은 처음이었습니다.

'추억은 화석처럼 모양을 바꾸지 않은 채 잠들어 있는 과거가 아니야. 추억은 풍화해가기만 하는 것이 아니라 성장해가는 일도 있는 거야.'

말로 하지는 않았지만 모치즈키는 큰 소리로 외치고 싶을 만큼 흥분했습니다.

모치즈키는 벤치에서 일어나 아무도 없는 세트장을 천천히, 천천히 걷기 시작했습니다. 스티로폼으로 만들어진 눈, 벚꽃 꽃잎을 날리는 바구니, 세스나의 모형 날개, 그리고 솜으로 만든 구름…… 모치즈키는 그 하나하나를 사랑스럽다는 듯이 손바닥으로 더듬으며 나아갔습니다.

시오리는 모치즈키와 헤어지고 나서 계단을 뛰어올라 옥상으로 갔습니다. 아직 아무도 밟지 않아 새하얀 눈이 융단처럼 깔려 있었습니다. 한동안 멀리서 바라보고 있던 시오리는 입술을 깨물고는 서슴지 않고 걸어가 새하얀 눈을 오른발로 힘껏 차올렸습니다.

까맣게 젖은 옥상의 콘크리트가 그곳만 드러났습니다. 어렸을 때 아스팔트에서 넘어져 살이 까지고 피가 밴 무릎처럼 애처롭게 보였습니다.

'제기랄, 제기랄.' 시오리는 마음속으로 이렇게 외치면서 옥상의 눈을 계속해서 찼습니다.

발이 걸려 넘어져도, 굴러도 발길질을 멈추지 않았습니다.

해가 서쪽으로 기울고 아주 조금밖에 남지 않은 옥상의 하얀 눈이 오렌지색으로 물들기 시작해도 시오리는 눈과의 격투를 그만두지 않았습니다.

'드디어 발가락 감각이 돌아왔다.'

시오리는 욕조에 몸을 담그고 언 발가락을 펴보기도 하고 오므려보기도 했습니다. 뼛속까지 얼어붙은 몸도 점차 녹는 것 같았습니다.

목욕탕은 평소와 마찬가지로 조용했습니다. 그러나 그 조용함과는 반대로 그녀의 마음은 조금 전 옥상에서 날뛰던 때보다 더욱 심하게 술렁거렸습니다. 욕조의 뜨거운 물에 어깨까지 담근 그녀는 똑바로 한 점을 응시하고 입을 일자로 꾹 다문 채 그 동요를 견디고 있었습니다.

이제 시오리는 욕조에 잠수하지 않았습니다.

동틀 녘에 가까운 시각이 되어 시오리는 방을 나와 모치즈키의 방으로 갔습니다. 평소와 달리 계단 하나하나를 천천히 내려갔습니다.

방의 불은 꺼져 있었습니다.

문손잡이가 금색으로 둔하게 빛나고 있었습니다. 손을 대자 금속의 차가움이 전해져 순간적으로 시오리는 용기가 꺾이는 것 같았습니다. 그래도 그녀는 손잡이에서 손을 떼지 않았습니다. 크게 한 번 숨을 들이쉬고 손잡이를 돌렸습니다. 자물쇠는 잠기지 않았습니다. 조용히 문을 열고 안으로 들어갔습니다. 문틈으로 복도의 불빛이 새어 들어와 일순 어둠 속에 방 안이 어렴풋이 드러났습니다.

모치즈키는 침대에서 자고 있는 것 같았습니다.

시오리는 늘 창밖에서 봤던 창가의 책상까지 똑바로 걸어갔습니다. 책상 위를 집게손가락으로 대보았습니다. 나무의 부드러운 감촉이 손가락으로 전해졌습니다. 눈이 어둠에 익숙해지자 책 한 권이 놓여 있는 게 보였습니다. 표지의 파란 색이 반쯤 어둠에 녹아 보였습니다. 표지를 넘겨보았습니다. 글자는 읽을 수 없었습니다. 한동안 방 안에는 페이지를 넘기는 소리만 들렸습니다.

그때 찰칵 하는 소리가 나더니 방의 불이 켜졌습니다.

돌아보자 침대에 누워 있던 모치즈키가 상반신을 일으켜 스탠드 불을 켠 참이었습니다.

시오리는 책을 탁 덮었습니다. 모치즈키는 잠자코 일어나 침대에 앉았고, 그녀와 마주 보는 형태가 되었습니다.

"없어지는 거죠?" 모치즈키의 눈을 보지 않고 시오리가 이렇게 말했습니다.

모치즈키도 잠자코 그녀를 보았습니다.

"고르려는 거죠? 전 알아요. 그 사람하고의 추억을 고를 거죠?"

모치즈키의 얼굴은 그림자가 져서 어떤 표정인지 알 수 없었습니다.

"왜 그런 일을 도왔을까요? 바보같이."

두 사람 사이에 긴 침묵이 흘렀습니다. 그 침묵을 먼저 깬 것은 모치즈키였습니다.

"난 그때 자기 안에서 행복한 순간을 필사적으로 찾았어. 그리고 50년이 지나 어제야 비로소 나도 다른 사람의 행복에 참가했다는 사실을 안 거야. 그건 무척 멋진 발견이었어."

모치즈키는 조용히, 그러나 확실한 어조로 이야기했습니다. 시오리에게라기보다는 자기 자신에게 하는 것 같았습니다.

"너도, 너도 아마 언젠가는 그럴 때가 올 거야."

시오리는 처음으로 모치즈키를 똑바로 쳐다보았습니다. "저는 고르지 않아요. 고르면 여기서의 일을 잊어야 하니까요. 그래서 전 고르지 않을 거예요."

이 말은 분노나 슬픔의 감정이 아니라 뭔가 강한 의지로 가득 차 있는 것 같았습니다.

"시오리." 모치즈키가 조용히 이름을 불렀습니다. "내가 그렇게 생각하게 된 것은 여기서의 생활이나 여러 사람들과의 만남과 헤어짐이 있어서야. 그러니까 나는 절대 여기서의 일을 잊지 않아."

창밖이 희붐해졌습니다.

시오리는 바로 지금 생명이 깃든 듯이 희미하고 창백하게 빛나고 있는 네모난 창을 보았습니다. 그 빛은 번져 일그러져 보였습니다. 창유리가 오래된 탓이 아닌 것 같았습니다.

중정에는 어렴풋이 아침 안개가 떠돌고 있습니다. 일단 지면에 내려 쌓인 눈이 다시 한번 하늘로 돌아가고 싶어 지면에서 떠올라 자신을 데려다줄 바람이 불기를 숨죽여 기다리고 있는 듯했습니다.

일요일

Resolution

결단

나카무라의 방에 직원들이 모여 있습니다.

나카무라, 스기에, 가와시마. 시오리의 모습은 보이지 않습니다. 그들은 소파에 앉은 모치즈키 주위를 둘러싸듯이 서 있습니다.

"어제의 세트장?" 가와시마가 모치즈키에게 되물었습니다.

"예. 어제, 세트장의 공원 벤치에 혼자 앉아 처음으로 자신의 인생을 행복한 기분으로 돌아볼 수 있었습니다. 그게 무척 기뻤습니다."

모치즈키는 온화한 표정을 짓고 있었고 목소리는 사람의 마음에 스며드는 것 같았습니다.

가와시마는 모치즈키의 말이 무슨 의미인지 이해하기 어려워

하는 것 같았지만, 스기에는 그 한마디를 듣고 히죽 웃었습니다. 모치즈키는 스기에의 표정을 보고 감사의 마음을 담아 살짝 고개를 끄덕여 보였습니다.

"그렇습니까? 알겠습니다. 저도 오랫동안 소장을 하면서 여기서의 시간을 고르는 것이 처음 있는 일이지만, 뭐 상관없겠지요. 특별한 예로 인정하죠 뭐."

이렇게 말한 나카무라는 몸을 앞으로 내밀어 모치즈키에게 얼굴을 가까이 대고 평소의 웃는 얼굴로 말했습니다. "축하합니다. 잘됐어요."

"여러분께는 정말 폐를 끼칩니다." 모치즈키는 모두에게 고개를 숙였습니다.

"그런 건 신경 쓰지 않아도 돼. 정말, 잘됐어." 가와시마는 이렇게 말하며 웃었습니다.

"어제 썼던 세트의 벤치라니 싸게 먹혀 좋군." 스기에가 가와시마의 어깨에 손을 얹으며 말했습니다. "하지만 다음 주부터는 이 자식하고 둘이서 면접을 본다고 생각하면 좀 마음이 무겁지만 말이야."

이 한마디에 다들 얼굴을 마주 보며 웃었습니다.

"그럼 여러분, 촬영 준비를 시작할까요?"

나카무라가 이렇게 말하며 일어난 것을 신호로 다들 세트장으로 향했습니다.

평소라면 휴일에 인기척이 없을 터인 세트장에 촬영 스태프가 모여 있습니다. 각자 모치즈키와 악수를 나누며 이별을 아쉬워하지만, 그래도 그가 추억을 골랐다는 사실을 축복해주었습니다.

모치즈키가 어제와 마찬가지로 세트장 벤치에 앉았습니다. 카메라가 준비되고 주위에 스태프들이 나란히 서서 모치즈키를 보고 있습니다. 시오리는 촬영하는 사람들 사이에 끼지 않고 멀리 세트장 구석에서 그 모습을 지켜보고 있었습니다.

그걸 알고 가와시마와 스기에가 그녀를 손짓으로 불렀습니다. 스기에는 또 약간 무서운 얼굴을 하고 있습니다. 어쩔 수 없이 그녀가 다가오자 두 사람은 좌우로 비켜 시오리가 설 장소를 비워주었습니다.

똑똑히 봐, 라고 말하는 것처럼 스기에가 시오리의 어깨를 두 손으로 눌렀습니다.

"촬영!" 하는 소리가 들리고 필름이 돌아가기 시작했습니다.

필름 돌아가는 소리를 들으면서 시오리는 숨을 죽인 채 가만히 모치즈키를 지켜보았습니다.

시사실 중앙에 나카무라, 가와시마, 시오리, 모치즈키, 스기에, 이렇게 다섯 명이 일렬로 나란히 앉아 있습니다.

어제, 많은 망자들로 활기찼던 때와 달리 휑한 시사실은 어딘가 쓸쓸해 보였습니다.

시오리는 옆에 앉아 있는 모치즈키를 한 번도 쳐다볼 수 없었습니다.

'뭔가 이별의 말이라도 해야 하는데.'

이런 생각은 하고 있었지만 무슨 말을 어떻게 해야 좋을지 모른 채 화난 얼굴로 정면의 하얀 스크린만 가만히 쳐다보고 있었습니다.

자신의 왼쪽 어깨 끝에 그의 오른쪽 어깨가 아주 살짝 닿아 있다는 것을 알자 더욱 긴장되었습니다. 자신의 심장이 큰 소리를 내며 고동치고 있다는 것이 살짝 닿아 있는 어깨를 따라 전해져 그가 알아채는 게 아닐까 하는 걱정을 하고 있었습니다.

갑자기 그 어깨가 살짝 움직였고 그가 자신 쪽으로 얼굴을 돌렸다는 사실을 알았습니다.

"그 추리소설, 도중까지만 읽었어. 그거 줄 테니까 나 대신 읽어줄래? 『세계대백과사전』 다음에."

시오리가 돌아보자 거기에는 모치즈키의 웃는 얼굴이 있었습니다. 지금까지 시오리가 본 얼굴 중에서 가장 환하게 웃는 얼굴이었습니다.

네, 하고 고개를 끄덕이며 고맙다고 웃는 얼굴을 돌려주려고 하는 순간 상영 시작을 알리는 벨소리와 함께 모치즈키의 웃는 얼굴이 어둠 속으로 천천히 녹아들었습니다. 그리고 깜깜해진 시사실 공간에는 영사기 소리만 울리기 시작했습니다.

스크린에 비친 모치즈키는 혼자 벤치에 앉아 있습니다. 벤치 주위에는 금요일에 촬영할 때 모두가 뿌렸던 낙엽이 조명 불빛에 비춰졌습니다. 화면이 클로즈업된 그의 얼굴로 바뀌었습니다.

시선을 내리 깔고 있던 모치즈키는 천천히 고개를 들어 이쪽을 보았습니다.

시오리는 스크린 속의 모치즈키와 마주 보고 있는 듯해서 기분이 묘했습니다.

모치즈키의 눈동자는 지금까지 시오리가 본 적이 없을 정도로 풍부한 감정을 띠고 있었습니다. 그리고 다음 장면으로 바뀐 순간 시오리는 깜짝 놀라 무심코 몸을 뒤로 젖혔습니다. 거기에 비친 것은 스태프의 모습이었습니다.

실제로는 그때 거기에 없었을 나카무라가 있습니다. 스기에가 있습니다. 가와시마도 있습니다. 그리고 두 사람에게 떠받치듯이 시오리도 있었습니다. 스크린 속의 시오리는 화난 듯한 얼굴로 모치즈키를 똑바로 쳐다보고 있었습니다.

그리고 그들 뒤에는 고지마 씨 촬영 때 사용한 무대장치인 파란 하늘과 흰 구름이 아름답게 떠올라 있었습니다. 머리 위에 고리는 없었지만 그들은 마치 파란 하늘과 구름 사이에 떠 있는 천사처럼 보였습니다.

이것이 모치즈키가 고른 기억이었습니다.

시오리는 눈도 깜박이지 않고 모치즈키의 기억 속의 자신을 바라보고 있었습니다.

그녀는 모치즈키의 마음속 깊은 곳을 처음으로 들여다본 것 같았습니다.

찰칵 하는 커다란 소리와 함께 상영이 갑작스럽게 끝나고 화면은 깜깜해졌습니다.

불과 30초쯤 되는 시간이 시오리에게는 몇 시간처럼 느껴졌습니다. 어둠 속에서 문득 정신을 차렸을 때 시오리는 조금 전까지 왼쪽 어깨에 분명히 닿고 있던 느낌이 사라졌다는 사실을 깨달았습니다.

불이 켜졌습니다.

옆에는 이제 모치즈키가 없습니다.

시오리는 좌석에 앉은 채 조금 전과 마찬가지로 아무것도 비추고 있지 않은 스크린을 보고 있었습니다. 누군지는 몰랐습니다만 그런 시오리의 어깨를 뒤에서 두 번 톡톡 두드리는 사람이 있었습니다.

시오리는 어떤 얼굴을 해야 좋을지 몰라서 돌아보지도 못한 채 앞을 향하고 있었습니다.

모두 시사실을 뒤로 하고 중정을 지나 시설로 돌아갔습니다. 시오리도 제일 뒤에서 그들을 따라갔습니다. 중정에 쌓인 눈은 약간 녹기 시작하여 신발 밑에서 샤르르샤르르 하는 질척이는 소리를 냈습니다. 방금 본 영상을 생각하고 있는지 다들 한마디도 하지 않았습니다.

시오리도 생각하고 있었습니다.

소중한 사람을 잃어버린 것은 무척 괴롭고 슬픈 일이었지만, 시오리가 느낀 것은 그것만이 아니었습니다. 마음에 뻥 뚫린 커다란 구멍. 하지만 텅 빈 구멍에 조금씩, 조금씩 뭔가 흘러들어오는 것을 느꼈습니다. 그게 뭔지는 모릅니다. 다만 모래시계의 모래처럼 조용히, 조용히 계속 흘러들어 구멍 속에 쌓여가는 것 같았습니다.

어제, 눈밭에서 날뛰었던 가죽구두는 아직 다 마르지 않아 조금 전부터 발끝이 얼어 있었지만 시오리는 별로 차갑다고 느끼지 않았습니다.

그날 밤 나카무라의 방에서는 장기를 두는 소리가 들렸습니다.

나카무라와 수위가 소파에 앉아 한창 열전을 벌이고 있습니다.

"어떨까요, 그녀는?" 우세한 것으로 보였는지 수위가 아주 여유 있게 이렇게 물었습니다.

"글쎄, 어떨까요?" 공격을 막기에 급급한 나카무라는 그런 생각을 할 계제가 아니었습니다.

"잘 변해주면 좋을 텐데요." 나카무라는 이렇게 말하며 왕을 구석으로 피신시켰습니다.

딱 하는 기분 좋은 소리를 내며 곤장 수위가 말을 움직입니다. "오테비샤도리."* 이렇게 말한 수위는 이제 웃음을 참을 수 없다는 듯이 딴 말을 손 안에 넣고 흔들며 잘그락잘그락 소리를 냈습니다.

잠시 괴로운 듯이 생각에 잠겨 있던 나카무라는 문득 장기판에서 고개를 들더니 수위에게 말했습니다.

"화장실 좀."

이렇게 말하며 일어서나 싶었는데 과장되게 균형을 잃더니 몸을 지탱하고 있던 오른손으로 장기판을 짚어 말을 쓰윽 뒤섞어 버렸습니다.

수위의 웃는 얼굴이 굳어지더니 꼼짝하지 않고 나카무라를 올려다봤습니다. "또 이런 닳고 닳은 수법을……"

"아니, 일부러 그런 게 아닙니다."

수위는 장기판 위의 말을 아쉽다는 듯이 쳐다보았습니다.

"아니, 정말이라니까요." 나카무라는 이렇게 말하며 몇 번이나 변명을 했습니다.

그 후 두 사람 사이에 어떤 말이 오갔는지는 알 수 없었습니다.

---

* 王手飛車取り. 일본 장기에서 왕과 비차를 동시에 잡을 수 있는 위치, 일종의 외통수 비슷한 처지로 몰았음을 의미한다.

다만 이튿날인 월요일 밤 나카무라는 회람판을 들고 온 스기에에게 또다시 장기 한 판 두자고 말할 수밖에 없었습니다.

이렇게 하여 평소와는 다른 일요일이 지나갔습니다.

월요일

Refrain

반복

딱딱딱딱딱.

똑똑똑똑똑.

두 사람의 발소리가 아침 햇살이 쏟아져 들어오는 계단을 올라갑니다.

"쇼타 할아버지 말이야, 여자 경험담만 실컷 늘어놓더니 결국 고른 게 외동딸 결혼식이야. 부모님께 꽃다발 증정식이었다니까." 가와시마가 지긋지긋하다는 듯이 말했습니다.

"귀엽네요."

"귀엽긴 뭐가 귀여워? 정말 고생만 시키고 말이야. 겸연쩍음을 감추려고 일부러 서론을 길게 늘어놓는 거라니까." 이렇게 말한 가와시마는 또 여느 때의 사근사근하게 웃음 띤 얼굴을 보여주었습니다.

옆에 나란히 걷는 사람은 시오리입니다.

시오리는 어제까지 입던 원피스와는 달리 여성용 감색 정작을 입었습니다. 어젯밤 늦게 나카무라가 불러 직접 건네준 것입니다. 정장은 벨벳 천으로 만들어진 것이었습니다. 시오리는 손가락으로 문지르면 흔적이 남는 느낌이 마음에 들어 오늘 아침에는 평소보다 일찍 일어나 거울 앞에서 몇 번이고 포즈를 취해보았습니다. 복장 탓인지 오늘의 그녀는 평소보다 조금 어른스러워 보였습니다.

"그러니까 할아버지는 여자애가 담당이면 더욱 음탕한 이야기를 하거든. 그러면 수줍어하지 않는 게 비결이야."

"걱정 없어요." 여유 있는 표정의 시오리는 가와시마에게 웃어 보였습니다.

"좋은 아침입니다."

"일찍 나오셨네요."

두 사람은 힘차게 직원실로 들어섰습니다.

"좋은 아침." 오늘도 제일 먼저 나온 스기에가 혼자 청소를 하면서 '늦었어!' 하는 듯이 인사를 했습니다.

두 사람은 바로 청소에 가세했습니다.

시오리도 오늘은 무척 싫어하는 걸레를 손에 들고 버킷의 물에 두 손을 담갔습니다. 차가운 물에 손의 감각이 둔해지는 것을 느낄 수 있었습니다. 감각을 되돌리기 위해 걸레를 힘껏 짠 시오리는 자신의 책상 위를 닦기 시작했습니다. 문득 모치즈키의 책상이 눈에 들어왔습니다. 서류나 개인 물건이 다 치워지고 전화기만 달랑 놓여 있었습니다. 휑한 책상을 보자마자 지금껏 눌러온 감정이 갑자기 복받쳐 시오리는 하마터면 눈물을 쏟을 뻔했습니다. 그런 기분을 억누르려고 그녀는 화난 듯한 얼굴로 모치즈키의 책상을 힘을 주어 박박 닦았습니다.

"좋은 아침입니다." 여느 때처럼 나카무라가 힘차게 들어왔습니다.

"안녕하세요." 세 사람은 손을 멈추고 나카무라를 쳐다보았습니다.

"지난주는 모치즈키 씨를 더해 스물두 명을 무사히 보낼 수 있었습니다. 이것도 다 여러분이 노력해준 덕분이라고 생각합니다. 다만 유감스럽게도 가와시마 씨가 담당했던 이세야 씨가 사정이 있어 오늘부터 여러분의 동료가 되었습니다. 당분간 가와시마 씨 밑에서 조수로 일하게 되었으니 아무쪼록 잘 부탁드립니다."

"잘 부탁드립니다." 나머지 세 명도 고개를 숙였습니다. 그중에서도 가와시마는 죄송하다는 듯이 고개를 깊숙이 숙였습니다.

"그러면 이세야 씨한테 인사말 한마디…… 이세야 씨!"

나카무라가 부르자 이세야가 입구로 들어왔습니다. 지급된 제복이 불만스러운지 두 손을 호주머니에 찌른 채 천천히 나카무라 씨 옆에 섰습니다.

"이세야 유스케입니다. 저는 말이죠, 과거를 돌아보는 것 자체에 그다지 흥미가 없다고 할까, 그리고 아무래도 이곳 시스템 자체에 큰 의문을 갖고 있는데, 그건 말이죠……"

거기까지 들은 스기에가 웃으면서 이세야 옆으로 다가가 호주머니에 찔러진 손에 걸레를 쥐여 주었습니다. "청소부터 먼저 하지."

"자아, 청소야, 청소." 이렇게 말하며 가와시마도 다시 대걸레질을 했습니다.

나카무라는 웃으면서 이세야의 어깨를 톡톡 두 번 두드리고는 직원실을 나갔습니다. 이세야는 아직 더 이야기를 하고 싶은지 걸레를 손에 든 채 잠시 그 자리에 서 있었지만 모두가 다시 청소를 하자 어쩔 수 없이 시오리 옆에서 책상을 닦기 시작했습니다.

걸레질을 하면서 차가움과 먼지 냄새에 벌써부터 질린 시오리는 신참을 곁눈질하면서 내일부터는 아무래도 대걸레로 청소하자고 생각했습니다.

이렇게 하여 여느 때와 다름없는 일주일이 시작되었습니다.

직원실을 나온 시오리는 두 손으로 서류를 가슴에 안고 걸었습니다. 그녀가 안은 서류에는 모치즈키가 준 추리소설도 있습니다. 혼자 면접실로 향하면서 시오리는 지난주 모치즈키와 달을 올려다본 복도에 멈춰 서서 천장을 올려다보았습니다. 천창 너머로 색종이를 잘라 붙인 듯이 네모난 파란 하늘이 보였습니다.

"좋아."

이렇게 소리 내어 정신을 집중한 시오리는 서류를 고쳐 안고 다시 복도를 걷기 시작했습니다.

그때 관내에 망자의 방문을 알리는 종소리가 울렸습니다.

"자, 그쪽에 앉으세요. 예에, 미야하라 씨의 35년 인생 중에서 가장 소중한 추억을 골라주셨으면 하는데요."

면접실 의자에 앉은 시오리는 더듬더듬 연습을 되풀이했습니다. 혼자 방으로 들어오자마자 조금 전까지의 기운은 어디론가 날아가버리고 갑자기 불안과 긴장이 그녀를 덮쳤습니다. 신발 안의 발가락이 오그라드는 것 같았습니다.

"오늘이 월요일이니까 모레 수요일이 기한입니다…… 수요일까지 골라주시기 바랍니다."

눈앞에 놓인 의자는 망자의 방문을 몹시 기다리고 있는 듯합니다.

시오리는 자신의 의자를 살짝 앞으로 끌어당겨 고쳐 앉았습니다.

"이렇게 여러분이 골라주신 추억을 저희 스태프가 최대한 재현해드립니다. 저는 담당인 사토나카 시오리입니다."

몇 번이나 말이 막히면서 거기까지 말한 시오리는 드디어 약간 마음이 가라앉은 것 같았습니다.

녹다 만 눈이 아침 햇살을 어지럽게 반사하여 빛이 생물처럼 벽 위를 미끄러집니다. 시오리는 아름답다고 생각했습니다.

똑똑.

면접실 문을 노크하는 딱딱한 소리가 울렸습니다.

시오리는 문 쪽을 돌아보며 크게 한 번 숨을 들이쉬었습니다.

옮긴이의 말

기억과 나

내 기억은 한 컷 한 컷의 장면과 이미지로 이루어져 있다. 각 장면과 이미지는 단편적으로 존재할 뿐 아직 이야기를 이루지 못한 상태다. 각 장면과 이미지는 추억되어 누군가에게 말해질 때 서로 이어지고, 비로소 이야기가 된다. 그런데 이야기는 기본적으로 허구다.

누구나 기억을 이야기하고 싶어 한다. 나이가 들수록 점점 더 그렇다. 어느 순간 추억만으로 살아가는 자신을 발견하고 아연해질 수도 있다. 그렇게까지 기억을 이야기하고 싶어 하는 것은 현재가 기억에서 멀어지는 걸 어떻게 해서든 붙잡아두고 싶어서다. 망각은 불가역적이라 완전히 끊어져버리기 전에 기억과 현재를 이어놓아야 한다.(현재와 이어지지 못한 기억에 갇히는 것이 치매일지도 모르겠다) 그렇게 기억을 현재와 잇는 작업이 기억을 말하는 행위, 곧 이야기하기일 것이다.

말해진 기억, 즉 기억으로 구성된 이야기가 바로 나라는 존재다. 그러니 나는 허구 위에 구축된 구성물일 뿐이다. 기억을 이야기하는 것은 현재의 나를 지탱하기 위해서다. 그러려면 기억과 현재가 어긋나서는 안 된다. 결국 기억을 이야기하는 일이란 거짓일지도 모르는 접착제로 서로 어긋난 기억들을 붙여가며 쓰러지지 않게 구축하는 행위일 수밖에 없을 것이다.

고레에다 히로카즈의 소설 『원더풀 라이프』를 번역하는 내내 내 인생에서 가장 추억하고 싶은 순간이 언제냐는 질문을 받았고 나는 여태껏 한 번도 구체적인 답을 내놓지 못했다. 지금도 언뜻언뜻 답을 찾고 있는 나를 발견하곤 한다. 나는 아마 시설 벤치에 앉아 있다가 직원이 되고 말 것이다.(그때까지 시오리가 있었으면 좋겠다)

시설 벤치에 앉아 있는 나는 지난 과거의 비디오테이프를 볼 것인지 말 것인지 고민하게 될 것이다. 보기 싫다고 하겠지만(감추고 싶은 비밀이 또 얼마나 많겠는가), 어느 한순간 확인하고 싶은 충동을 이겨내지 못할지도 모른다. 만약 비디오테이프를 보게 된다면 화면 속에 비친 모습이 내 인생이었다고 순순히 받아들일 수 있을까? 대부분 남의 인생처럼 낯설 것이고, 익숙한 모습도 내가 기억하는 것과 다를 것이다.

나는 이미 기억이 얼마나 제멋대로인지 알아버렸고 그것을 기꺼이 용인하며 살아왔으며 거기까지가 나라고 생각해왔다. 그런데 비디오테이프를 보고 만다면 나는 나를 어떻게 구성해야 할까? 화면에 마음속의 일까지 비치지는 않을 테니 여전히 해석할 여지는 남아 있을 것이고, 그러면 또 나는 이런저런 변명과 함께 기억을 조작하고 말 것이다.

기억을 조작하려는 마음도 살아 있을 때의 일일 뿐인 걸까? 살기 위해 조작하는 것이니 죽고 나면 그럴 이유도 사라지는 걸까? 행복했던 순간도 많겠지만 그런 순간들을 위해 애써 잊어야 했던 것들, 욕망에 좌절했던 부끄러운 순간들, 아무리 변명하려고 해도 덮이지 않을 파렴치한 모습들, 나를 지킨다는 미명하에 자행한 이기적이고 이중적인 선택들. 죽었다고 그런 내 모습과 제대로 대면할 수 있을까? 또 한 번의 죽음이 필요하지 않을까? 그렇다면 시설은 다시 죽는, 온전히 죽는 장소가 아닐까?

스기에, 모치즈키, 가와시마, 누가 내 담당이면 좋을까, 하는 생각을 한다. 가와시마라면, 나는 살아 있을 때와 마찬가지로 내 기억을 조작하기 바쁠 것 같다. 모치즈키라면, 대면하고 싶지 않은 자신의 모습에 무척 시달릴 것 같다.(설령 시오리가 조수로 있다고 해도 이 방은 어쩐지 피하고 싶다) 스기에라면, 지금의 나와 가장 비슷한 모습을 유지하며 모호한 기억에 굳이 선명한 윤곽을 그리지 않은 채 다시 온전히 죽을 수 있을 것 같다.

영화 〈원더풀 라이프〉도 그렇지만 이 소설 또한 일단 보면 헤어날 수 없는 작품이다. 좋아하든 싫어하든, 재미있어 하든 따분하게 생각하든 이미 이 작품 안에 있게 된다. 고레에다 히로카즈가 그렇게 대단해? 〈원더풀 라이프〉라는 영화 봤는데, 솔직히 재미있던? 이런 말을 하면서 자신의 처음 기억을 더듬을 것이고, 묻지도 않았는데 가장 소중한 추억을 고르고 있을 것이다.

옮긴이 | 송태욱

연세대학교 국어국문학과를 졸업하고 동대학원에서 문학박사 학위를 받았다. 도쿄외국어대학교 연구원을 지냈으며, 현재 연세대학교에서 강의하며 번역을 하고 있다. 지은 책으로 『르네상스인 김승옥』(공저)이 있고, 옮긴 책으로는 덴도 아라타의 『환희의 아이』, 미야모토 테루의 『환상의 빛』, 오에 겐자부로의 『말의 정의』, 히가시노 게이고의 『사명과 영혼의 경계』, 다니자키 준이치로의 『세설』, 사사키 아타루의 『잘라라, 기도하는 그 손을』, 가라타니 고진의 『일본 정신의 기원』『트랜스크리틱』『탐구』, 시오노 나나미의 『십자군 이야기』, 강상중의 『살아야 하는 이유』, 미야자키 하야오의 『책으로 가는 문』 등이 있으며, 나쓰메 소세키 소설 전집을 번역 중이다.

원더풀 라이프

초판 1쇄 발행 2016년 4월 25일

지은이 고레에다 히로카즈
옮긴이 송태욱

펴낸곳 서커스출판상회
주소 서울 마포구 월드컵북로 400 5층 24호(상암동, 문화콘텐츠센터)
전화번호 02-3153-1311
팩스 02-3153-2903
전자우편 rigolo@hanmail.net
출판등록 2015년 1월 2일(제2015-000002호)

ISBN 979-11-955687-6-5 03830